Metropoly

RALF ISAU

METROPOLY

Mit Bildern
von Helmut Poul Dohle

Thienemann

Für Olivia

Erst wenn du die Stadt verlassen hast, siehst du,
wie hoch sich ihre Türme über die Häuser erheben.

Friedrich Nietzsche (1844–1900)

Einführung für den Neophyten

(aus dem »Kodex der Phantanauten«)

Nicht was einer ist, hat oder glaubt, macht ihn zum Phantanauten, zum »Weltenschöpfer«, sondern einzig seine Phantasie. Deren Zirkel bleibt stets auf ein doppeltes Dutzend begrenzt. Er verjüngt sich durchs Ausscheiden der Einundzwanzigjährigen und Nachrücken von Neophyten, die mindestens im zwölften Lebensjahr stehen. Diesen »neu Gepflanzten« ist zuvor ein Teil des Phantalabiums zugefallen, des Zirkels uraltes Erkennungszeichen.

Jährlich versammeln sich die Phantanauten zu einem Erzählreigen am Grauen See, wenn der Vollmond die Ophiuchiden trifft: In diesem Schauer von Sternschnuppen öffnet sich die Quelle der Erleuchtung bis zum Tag vor der Sommersonnenwende und versiegt wieder beim nächsten Vollmond. Während dieses Monats muss der Neophyt eine Nacht in der Kammer der Weltenschöpfer schlafen und dabei dem Meer der Träume Neuland abtrotzen. Wer diese Gabe besitzt, wird am Morgen danach durch das Untertauchen im Grauen See in das von ihm geschaffene Reich gelangen. Nach seiner Rückkehr erstattet er dem Zirkel Bericht und erbringt einen Beweis der Echtheit seiner Schöpfung. Überzeugt er die Mehrzahl der Phantanauten, gilt er als aufgenommen.

Fortan bedarf sein Neuland des täglichen Erinnerns, um nicht wieder unterzugehen. Der kluge Phantanaut soll seine Ge-

schichte daher mindestens zwei anderen Menschen erzählen und sie überdies zur Weitergabe des Gehörten anspornen. So reift der Schöpfer zum lebenslangen Weltenmeister, und derweil sein Werk darüber wächst, wird es die »Welt der Sinne«, unser wirkliches Leben, bereichern.

Der Aufsatz

London (England), 8. April 1893

Es war eine kalte Hand, die das weinende Mädchen umklammerte, so fest, als wolle sie es dem Sensenmann entreißen. Doch nicht Gevatter Tod stritt mit der Elfjährigen um die im Bett liegende Mutter, sondern eine grausame Krankheit. Der Hausarzt hatte sie Rheuma genannt.

Das Mädchen, das von seinen Eltern und Geschwistern Lena genannt wurde, besaß eine überaus empfindsame Seele. Natürlich liebte es seine Familie – die ob ihrer Anmut und Herzenswärme bewunderte große Schwester Vanessa, den wegen seiner Gelehrsamkeit verehrten Vater Leslie und auch die sechs anderen Geschwister. Doch mehr als alle diese zusammen liebte Lena ihre Mutter Julia. Sie so daliegen zu sehen – das einstmals schöne Gesicht verknöchert, den so klugen Geist von Morphium und anderen Drogen betäubt –

machte sie ganz krank. Ohne ebenjene Tropfen mit dem so bedrohlich klingenden Namen könne Julia die Schmerzen nicht ertragen, hatte der Doktor schon vor Wochen behauptet. Seitdem dämmerte sie vor sich hin. Selbst im wachen Zustand war sie kaum ansprechbar.

Lenas Blick wanderte zum Fenster, als draußen die Wolken aufrissen und das warme Licht der Frühlingssonne ins Zimmer fiel. Sie stellte sich vor, jetzt mit ihrer Mutter in Cornwall über den Strand zu spazieren und Muscheln zu sammeln. Es war ein schöner Gedanke, ein Hoffnungsschimmer, der ihr Mut machte. Lena wischte sich mit dem Ärmel die Tränen aus den Augen und räusperte sich.

»Mein Aufsatz über *Oliver Twist* ist endlich fertig, Mama. Ich habe ihn dir mitgebracht.«

Julias Atem ging regelmäßig. Sie schlief tief und fest.

»Willst du ihn hören?«

Die Kranke antwortete nicht.

Lena schlug ihr Heft auf und begann trotzdem zu lesen.

»Charles Dickens' Geschichte von Oliver Twist ist mehr als ein spannendes Erzählstück. Sie öffnet dem Leser die Augen für manches Übel in unserem Land. Vor allem die Armut der Massen und die Ausbeutung von Kindern prangert er an. Die Sprache des Autors ist voller Bilder, in denen er überdies den ewigen Kampf zwischen Gut und Böse schildert.

Oliver, die Hauptfigur in dem Roman *Oliver Twist oder der Weg des Fürsorgezöglings*, ist ein Findelkind, ein Waisenknabe, der in einer grausamen Welt ums Überleben kämpft. Er wächst in einem Armenhaus auf, hat ständig Hunger und muss mit anderen Kindern im Arbeitshaus Werg zupfen, den faserigen Hanf- und Flachsabfall. Alsbald schuftet er für einen Sargtischler, flieht nach London und gerät in die Fänge des zwielichtigen Hehlers Fagin, der Straßenjungen für sich stehlen lässt, um sich am Verkauf des Diebesguts zu bereichern …«

Ungeachtet der mangelnden Aufmerksamkeit ihrer Mutter las Lena den Aufsatz vom Anfang bis zum Ende. Nach der Zusammenfassung der Handlung erging sie sich unter der Überschrift »Und die Moral von der Geschicht« in einer gründlichen Zergliederung dessen, was sie als Symbolik bezeichnete, also des Hintersinns, der in Wortbildern und Gleichnissen jene schlimmen Zustände verurteilte, die auch fünfundfünfzig Jahre nach Veröffentlichung des vollständigen Romans beileibe noch nicht alle beseitigt waren.

Im Gegensatz zu ihrer drei Jahre älteren Schwester Vanessa, die sich schon als zukünftige Malerin sah, hatte Lena für sich die Schönheit der Sprache entdeckt. Begünstigt durch die umfangreiche Bibliothek ihres Vaters las sie sehr viel. Weil er diese mit Hunderten von Büchern angefüllte Schatzkammer gewöhnlich verschlossen hielt, musste Lena ihn jedes Mal fragen, wenn sie neues »Futter« brauchte. Dann schloss er die Tür auf, zog das gewünschte Buch heraus und übergab es ihr.

Der Umgang mit Worten beschränkte sich bei Lena jedoch nicht nur auf das Lesen fremder Texte. Sie erzählte und schrieb auch selbst sehr gerne. Mit Gutenachtgeschichten schickte sie ihre Geschwister ins Reich der Träume – nicht wenige davon waren ihrer eigenen Phantasie entsprungen.

Wenn keiner der vier Brüder, drei Schwestern, der Eltern und auch niemand vom Hauspersonal als Zuhörer zur Verfügung stand, musste Shag dran glauben. Er war der Familienhund, eine Promenadenmischung mit langen Zotteln und einer Eselsgeduld.

Lena gab sogar eine eigene Hauszeitung heraus, die *Hyde Park Gate News*, in der sie regelmäßig über Freud und Leid der Stephens berichtete. Das Blatt war allerdings nur im Haus Nummer 22 jener Straße zu lesen, der es seinen Namen verdankte.

Dies alles mag sehr ungewöhnlich klingen, zieht man das Alter des wortgewandten Mädchens in Betracht. Das liegt aber hauptsächlich daran, dass die Familie Stephen im Allgemeinen und Lena im Besonderen alles andere als gewöhnlich waren. Die jüngeren Kinder wurden zu Hause von den Eltern unterrichtet. Leslie und Julia waren gutmütige, aber bisweilen auch sehr ungeduldige Lehrer. Schon mit sechs Jahren hatte Lena begonnen, Französisch und Latein zu lernen. Und wenn ihr die Mathematik wieder einmal Kopfschmerzen bereitete, bekam sie vom Vater als Medizin Sir Walter Scott verordnet, dessen *Ivanhoe* etwa, ein historischer Roman, in dem der schottische Schriftsteller böse Tempelritter, König Richard Löwenherz und – unter dem Namen Locksley – Robin Hood auftreten ließ.

So verwundert es nicht, wenn Lenas Aufsatz über Dickens' *Oliver Twist* weit über das hinausging, was man von einer normalen Elfjährigen hätte erwarten dürfen. Vor allem ihr Schlussplädoyer, eine flammende Anklage gegen die Ausbeutung von Kindern, hatte es in sich. Schon bei der Lektüre des Romans war sie über die darin geschilderten Missstände empört gewesen. Als sie hierauf ihren Vater gefragt hatte, ob es in England tatsächlich Kinderarbeit gegeben habe, wollte sie dessen Antwort zunächst kaum glauben.

»Ende des vergangenen Jahrhunderts«, hatte Leslie berichtete, »so etwa um 1795, ist in unseren Baumwollspinnereien fast jeder dritte Arbeiter ein Kind gewesen. Andere Kinder wurden bereits im zarten Alter von vier Jahren in Bergwerksstollen geschickt, die so eng waren, dass kein Erwachsener hineingepasst hätte. Hier wie dort schufteten sie sich neunundsechzig Stunden in der Woche die Kindheit aus dem Leib, nur an Sonn- und Feiertagen durften sie ein wenig ruhen. Doch obwohl sie sich nicht weniger abrackerten als die erwachsenen Arbeiter, bekamen sie nur einen Bruchteil von deren Lohn. Viele Kinder starben, ehe sie die Volljährigkeit erreichten.«

Für Lena, ein behütetes Mädchen aus wohlhabendem Hause, waren diese Schilderungen der Wirklichkeit noch düsterer gewesen als die Geschichte von Oliver Twist. Ungläubig hatte sie entgegnet: »Aber Kinder sind doch für die meisten Arbeiten viel zu klein!«

Leslie hatte lange in die empörte Miene seiner Tochter gesehen, ehe er antwortete: »Alles war auf die geringe Größe und Kraft der kleinen Körper abgestimmt. Sogar die Maschinen wurden so konstruiert, dass Kinder sie bedienen konnten. Bei der ›Mule Jenny‹ etwa, einer Spinnmaschine, lief der Wagen mit den Spindeln extra niedrig vor und zurück, damit auch Neunjährige sich über ihn beugen und die gerissenen Fäden wieder zusammendrehen konnten. Weil die ›Jenny‹ nie stillstand, mussten die Jungen und Mädchen stundenlang dem Spindelwagen folgen. Am Tag legten sie dabei gut und gerne achtzehn Meilen zurück.«

»Glücklicherweise gibt es heute Gesetze zum Schutz von Kindern. Das ist doch so, nicht wahr, Paps?«

Wieder hatte sich Lenas Vater mit seiner Erwiderung viel Zeit gelassen. »Es stimmt schon, seit dem ›Fabrikgesetz‹ von 1833 hat sich für sie manches zum Besseren gewendet, seit 1878 müssen Arbeiter mindestens zehn sein. Solange sie nicht älter als vierzehn sind, dürfen sie nur jeden zweiten Tag oder halbtags beschäftigt werden …«

»In dem Alter sollten sie zur Schule gehen und spielen, anstatt sich den Rücken krumm zu schuften«, hatte sich Lena ereifert.

»Du hast natürlich recht. Es bleibt Kinderarbeit.«

»Wie kann die Königin so etwas nur zulassen, Paps? Sie ist die mächtigste Frau der Welt und hat selbst neun Kinder. Ein Wort von ihr und dieses Unrecht hätte ein Ende.«

Leslie hatte nachsichtig gelächelt. »Die Welt ist leider ein wenig komplizierter, Sternchen. Sie wird von *Männern* regiert. Viel zu oft von Halunken, die nur an den eigenen Vorteil denken. Sie benutzen das Bild der großen Mutter des Vereinigten Königreiches wie einen hübsch bemalten Theatervorhang, hinter dem sie ihre Machenschaften verbergen. Solche Männer haben die Ausbeutung von Kindern lange vor Queen Victoria im großen Stil eingeführt und weder die Krone noch das Parlament können ihnen so einfach Einhalt gebieten. Außerdem gibt es die Kinderarbeit ja nicht nur im britischen Reich, sondern auf der ganzen Welt. Nimm nur die ›Schwabenkinder‹.«

»Das Wort sagt mir nichts.«

»Ich habe davon während meiner Bergtouren in den Alpen gehört. Jedes Jahr ziehen Hunderte, manchmal Tausende von Jungen und Mädchen aus Tirol und Vorarlberg nach Süddeutschland. Dort rackern sie sich während der Sommermonate bei den schwäbischen Bauern in der Landwirtschaft ab, oft als Hütekinder für das Vieh.«

Die Beschreibungen ihres Vaters hatten Lena tief berührt. Sie war entrüstet, dass es auf der Welt nach wie vor so viele Oliver Twists gab, denen geldgierige Erwachsene, meistens Männer wie der Hehler Fagin, rücksichtslos die Kindheit raubten – die hässliche Fratze des Gauners verfolgte Lena bis in die Träume. Und so endete ihr Aufsatz über den Dickens-Roman in einem Feuerwerk gerechten Zorns. Man müsse die Kinder den Ausbeutern entreißen, wetterte sie. Weder ihr noch der schlafenden Mutter wurde bewusst, wie ihre Stimme dabei immer lauter wurde. Doch jemand anderer merkte es.

Es klopfte an der Schlafzimmertür, sie wurde geöffnet und zwei Köpfe erschienen. Von oben lugte das bärtige Antlitz Leslies herein und darunter das noch viel struppigere Gesicht von Shag. Der Hund – er sah aus wie ein Flederwisch auf vier Beinen – lief zu Lena und blieb hechelnd vor ihr sitzen.

»Alles in Ordnung, Sternchen?«, fragte der Vater. Seine messerscharfe spitze Nase zuckte, als müsse er jeden Moment niesen. Er stieß die Tür vollends auf und betrat ebenfalls den Raum. Sein trauriger Blick glitt über die Schlafende im Bett hinweg. Gedankenvoll begann er, sich den zerzausten Vollbart zu kraulen. Trotz seiner fünfzig Jahre wirkte er nicht wie ein alter Mann. Er war immer noch recht schlank gebaut und sein dunkles Haar war erst von wenigen grauen Fäden durchzogen. Mit seiner hohen Stirn erinnerte er Lena bisweilen an jene altgriechischen Philosophen, deren Büsten sie aus dem Museum kannte.

»Ich habe Mama meinen Aufsatz über *Oliver Twist* vorgelesen«, antwortete sie und begann, den wandelnden Staubfänger hinterm Ohr zu kraulen.

»Für mich hörte es sich eher so an, als stündest du unten an Speakers' Corner und hieltest vor tausend Leuten eine Brandrede gegen die Ausbeutung von Kindern.« Besagte »Ecke der Redner« war ein Versammlungsplatz am nordöstlichen Ende des Londoner Hyde Parks, an dem jeder öffentlich seine Meinung kundtun oder sich mit unbequemen Ideen in den Augen seiner Zuhörer sogar zum Narren machen durfte – solange er nicht die Königin und ihre Familie beleidigte.

Lena verzog das Gesicht. »War ich wirklich so laut?«

»Allerdings. Die Einzige, die du in diesem Haus damit nicht alarmiert hast, ist offenbar deine Mutter. Ich wüsste etwas Besseres, als einer Schlafenden vorzulesen. Hast du Lust auf einen kleinen Ausflug?«

Sie schüttelte den Kopf. »Mama braucht mich. Ich bleibe lieber da.«

Er seufzte und erwiderte sanft: »Sie merkt nicht einmal, dass du hier bist, Sternchen.«

Lenas Augen füllten sich mit Tränen. »Das weißt du doch gar nicht. Ich möchte bei ihr sein, wenn sie aufwacht.«

»Jetzt sei doch vernünftig, Kind. Du weißt, wie stark die Medizin ist, die Mama bekommt. Sie kann noch viele Stunden so daliegen. Willst du ihr die ganze Zeit beim Schlafen zusehen?«

»Ich lese ihr doch vor.«

»Nun ist aber Schluss, Lena. Meinst du, Vanessa, Thoby und Adrian haben ihre Mutter nicht lieb? Trotzdem versagen sie sich nicht jede Freude, so wie du es schon seit Wochen tust. Nimm dir ein Beispiel an deinen Geschwistern und gönne dir etwas Ablenkung. Fahre mit mir nach South Norwood. Am Nachmittag sind wir wieder zurück.«

Lena horchte auf. »South Norwood? Du meinst, du besuchst … *ihn?*«

Leslie lächelte. Er wusste genau, wie er seine Tochter ködern konnte. »Ganz richtig. Du möchtest den schreibenden Augenarzt doch sicher auch gerne wiedersehen, diesen Mann, von dem ganz London spricht.«

Die Flaschenpost

London (England), 8. April 1893

Das Haus in der Tennison Road Nummer 12 barg viele Geheimnisse. Deshalb konnte Lena kaum widerstehen, wenn ihr Vater sie zu jenem Doktor mitnahm, der sich neuerdings so brennend für die Schweizer Alpen interessierte. Die Gründe dafür waren weniger medizinischer als literarischer Natur.

Jahrelang hatte es dem Mann an Patienten gemangelt, vielleicht weil nur wenige das Schild an seiner Praxis zu deuten wussten. »Ophthalmologe« hatte darauf gestanden. Manche hielten ihn aufgrund dessen wohl für einen Sternendeuter, dabei war er Facharzt für Augenheilkunde. Um den Leerlauf im Wartezimmer sinnvoll zu nutzen, hatte er irgendwann damit begonnen, Geschichten aufs Papier zu bannen, die ebenso phantastisch wie mysteriös waren. Bald verdiente er mehr Geld durchs Schreiben als durchs Heilen. Einen seiner Helden nannte er übrigens Sherlock Holmes und der Augenarzt hieß Arthur Ignatius Conan Doyle.

Nach einer lebensbedrohlichen Influenza hatte ebenjener Doktor vor zwei Jahren seinen alten Beruf an den Nagel gehängt, um sich hinfort ganz seiner literarischen Laufbahn zu widmen. Weil Lena ja selbst Schriftstellerin werden wollte, betrachtete sie es immer aufs Neue als große Ehre, Mr Conan Doyle zu treffen, einen Mann, der es auf diesem Gebiet schon weit gebracht hatte. An diesem Vormittag war ihre Vorfreude indes aus den nun schon bekannten Gründen nicht ungetrübt. Als ihr Vater den Zweispänner vom südwestlichen Rand des Hyde Parks nach South Norwood kutschierte, pendelten ihre Gedanken zwischen gespannter Erwartung und einem schlechten Gewissen. Letzteres glaubte sie ihrer kranken Mutter zu schulden.

Während der zehn Meilen langen Kutschfahrt versuchte Lena, sich abzulenken, ihre Augen ruhten keinen Moment. Auf Londons Straßen gab es immer etwas Neues zu entdecken. Es war ein windiger Samstagmorgen mit typischem Aprilwetter. Herrenlose Hüte hüpften über das Kopfsteinpflaster. Sonne und Regen wechselten sich ab. Als die Kutsche an einer Kreuzung halten musste, entdeckte Lena eine aufrecht zwischen den Pflastersteinen steckende Bronzemünze. Es war nur ein Penny, das Geldstück mit dem geringsten Wert. Während sie noch überlegte, ob sich ein Absteigen dafür überhaupt lohnte, raubte ihr unvermittelt Leslies ausgestreckter Arm die Sicht. Er deutete auf eine mit Plakaten zugeklebte Mauer.

»Vielleicht sollten wir mal wieder ins Theater gehen. Etwas Zerstreuung täte dir gut. Am London Haymarket gibt es demnächst eine Premiere mit der Neilson.«

»Die kann ich nicht leiden«, antwortete Lena widerborstig, gab die Bronzemünze aber trotzdem verloren, um an der Ziegelwand nach dem Anschlag zu suchen. Die immer bunter werdenden Plakate waren mancherorts zu einer regelrechten Plage geworden. Auch hier klebten sie zuhauf. Da warb die Raleigh Bicycle Company großformatig für die moderne Art der Fortbewegung per Fahrrad, die auch für Frauen zur körperlichen Ertüchtigung famos geeignet sei. Ein anderes Plakat pries mit den Namen berühmter Kunden wie Queen Victoria und Papst Leo XIII. ein mit Blättern des Kokastrauches versetztes weinhaltiges Getränk an – den Vin Mariani. Schließlich entdeckte Lena die Premierenankündigung. Es war ein Stück des bekannten Bühnenschriftstellers Henry Arthur Jones.

Leslie ließ die Zügel schnalzen und die Kutsche setzte sich wieder in Bewegung. »Was hast du gegen Julia Neilson? Ganz London liegt ihr zu Füßen.«

»Höchstens *halb* London, Paps«, widersprach Lena mit einem strengen Seitenblick. Neben Büchern las sie auch schon regelmäßig Zeitung. Zeitungen wurden von Männern gemacht. Und Männer ließen sich von der Schauspielerin reihenweise den Kopf verdrehen.

Ihr Vater lachte. »Bist du etwa eifersüchtig auf die Aktrice?«

»Ich habe gelesen, sie soll sehr schön und voluptuös sein. Was bedeutet das, Paps?«, fragte Lena, obwohl sie den Sinn des Wortes ganz genau kannte.

»Voluptuös?« Er räusperte sich verlegen. »Das heißt … äh … Es bedeutet, diese Frau weckt in manchen Männern gewisse … Leidenschaften.« Rasch fügte er hinzu: »Aber nicht bei mir. Mit der Schönheit deiner Mutter kann es die Neilson niemals aufnehmen. Und auch nicht mit deiner. Jedes Mal, wenn ich dich betrachte – dein liebreizendes Gesicht, die seidigen, langen, braunen Haare, die jadegrünen Augen, den weißen Schwanenhals und die zarte Gestalt –, dann sehe ich eine Elfe vor mir.«

Lena stöhnte leise. Jetzt fing er bestimmt gleich wieder von den Vorfahren ihrer Mutter an. Darunter hatte es viele Schönheiten gegeben, die als Modelle bei Malern und Fotografen sehr beliebt waren. In einen von Lenas blaublütigen Ahnen hatte sich sogar die einstige Königin von Frankreich, Marie Antoinette, verliebt.

Leslie mochte erraten, was in dem hübschen Dickkopf seiner Tochter vorging, denn statt von den bezaubernden Blüten am Familienstammbaum zu schwärmen, sagte er nur sanft: »Genieße einfach den Vormittag, Sternchen.«

Sie wandte sich ihm zu und sah in sein gütig lächelndes Gesicht. Unschwer ließ sich erkennen, wie sehr auch er unter Julias Krankheit litt. Aber er wollte tapfer sein, wollte seinen Kindern Mut machen. Dafür liebte Lena ihren Vater und um ihm das zu zeigen, lächelte sie zurück.

Für den Rest der Fahrt schwiegen die beiden. Lena versuchte, Leslies Rat zu beherzigen und die Sorge um die leidende Mutter hinter anderen Gedanken zu verstecken. Im Haus des Schriftstellers gibt es immer etwas Spannendes zu entdecken, machte sie sich klar. Was für Überraschungen wird der heutige Besuch wohl bringen? Doch obwohl sie sich alle Mühe gab, wollte die rechte Vorfreude nicht aufkommen.

Mr Conan Doyle beabsichtigte, sich wieder einmal mit Lenas Vater über dessen große Leidenschaft zu unterhalten. Leslie Stephen war, neben vielem anderen, ein erfolgreicher Bergsteiger und hatte etliche Schweizer Hochgipfel erklommen, darunter das Bietschhorn und das Schreckhorn in den Berner Alpen. Seine genauen Kenntnisse der Gegend betrachtete der Schriftsteller deshalb als so wertvoll, weil er seines Helden Sherlock Holmes überdrüssig geworden war. Als Künstler wollte er frei sein und nicht ewig über den Meisterdetektiv schreiben. Daher plante er, ihn den Reichenbachfall runterzuspülen oder sonstwie umzubringen – über die genauen Umstände des Hinscheidens war er sich noch unschlüssig. »Das letzte Problem«, wie er diese noch zu knackende Nuss nannte, sollte jedoch mit dieser Geschichte ein für alle Mal gelöst werden.

»Und über den Besuch meiner zukünftigen Schriftstellerkollegin freue ich mich ganz besonders. Guten Morgen, Virginia«, hieß Mr Conan Doyle die Tochter seines Alpenfachmanns gleich in der Diele herzlich willkommen. Der Arzt war dreiunddreißig Jahre alt, schlank, immer tadellos gekleidet, hatte ein ovales Gesicht, eine hohe Stirn, dunkle Haare, einen dichten Schnurrbart, einen erfrischenden Humor und ein ansteckendes Lachen. Lena sprach er gewöhnlich weder mit ihrem Kose- noch mit ihrem ersten Vornamen an – Adeline –, sondern mit dem zweiten und gebräuchlicheren.

Sie machte einen Knicks und erwiderte artig den Gruß.

Wie schon bei früheren Gelegenheiten schickte er sie gleich auf Entdeckungstour durch sein Haus. »Weil die kleine Mary gerade mit Mrs Conan Doyle und dem Kindermädchen irgendwo im Park ist, habe ich mir für dich zum Zeitvertreib ein Spiel ausgedacht, Virginia. Eine Schatzsuche. Irgendwo unter diesem Dach ist ein Straußenei versteckt, ein Andenken aus Afrika. Es ist sehr groß, viel größer als ein Hühnerei. Wenn du es findest, darfst du es behalten. Schau dich in meinen heiligen Hallen ruhig um, während dein Vater und ich miteinander reden. Du darfst deine Nase in alle Räume stecken, die nicht verschlossen sind.«

Lena hatte mit so etwas gerechnet. Mr Conan Doyle war in seinem Leben schon viel herumgekommen. Mehrmals hatte er als Schiffsarzt abenteuerliche Reisen unternommen. So war er 1880 als Medizinstudent auf dem Walfänger *Hope* nach Grönland gefahren. Nach dem Universitätsabschluss heuerte er auf der *Mayumba* an, einem altersschwachen Dampfer, der regelmäßig zwischen Liverpool und der Westküste Afrikas verkehrte. In seinem Haus gab es daher manches Kuriosum zu bestaunen, das man sonst nicht einmal auf dem Jahrmarkt zu sehen bekam. Für ein neugieriges Mädchen wie Lena gab es im Haus des Doktors also viel zu entdecken, doch an diesem Morgen ließ sie die sonst übliche Begeisterung vermissen.

»Stimmt etwas nicht?«, wunderte sich Mr Conan Doyle.

Lena senkte beschämt den Blick und zuckte die Achseln.

»Es ist wegen ihrer Mutter«, sagte Leslie und erklärte, wie sehr seine Tochter unter Julias Krankheit leide.

Mr Conan Doyle nickte verständnisvoll. »Ich kann mich gut in deine Lage versetzen, Virginia. Um die Gesundheit von Mrs Conan Doyle – meiner lieben Touie – steht es auch nicht zum Besten. Bei ihr sind es die ständigen Hustenanfälle. Ich fürchte, es könnte die Schwindsucht sein. Als Arzt habe ich jedoch eines gelernt: Den Verlauf einer Krankheit falsch einzuschätzen ist tausendmal leichter, als sie zu diagnostizieren, sie also lediglich festzustellen. Ich habe schon Tote auferstehen sehen, nicht buchstäblich, aber gemessen an dem, was andere Kollegen ihren Patienten leichtfertig vorhersagten. Deshalb bewahre dir die Zuversicht auf ein gutes

Ende. Das wird deine Stimmung aufhellen. Du kennst doch das Sprichwort: ›Wer in Hoffnung lebt, der tanzt ohne Musik.‹«

»Mir ist aber nicht zum Tanzen zumute, Sir«, murrte Lena.

»Das ändert sich, wenn du erst einmal damit begonnen hast.« Er breitete die Arme aus. »Stelle dir einfach vor, mein Haus wäre eine Terra incognita, ein unerforschtes Reich, voller verborgener Schätze. Fang an, danach zu suchen, ehe es jemand anderes tut.«

Lena kam sich wie eine Spielverderberin vor, weil sie das großzügige Angebot des von ihr so bewunderten Schriftstellers nicht gebührend zu würdigen vermochte. Da sie ihn keinesfalls vor den Kopf stoßen wollte, lächelte sie gequält. »Können Sie mir einen Tipp geben, wo sich das Straußenei ungefähr befindet, Sir?«

»Dort, wo du bisher noch noch nie gewesen bist«, antwortete Mr Conan Doyle geheimnisvoll.

Sie seufzte. »Also oben irgendwo?«

Er lächelte bedeutungsvoll.

Nachdem Leslie seine Tochter ermahnt hatte, nichts kaputt und sich nicht schmutzig zu machen, verschwanden die beiden Männer im Salon.

Lena starrte ein oder zwei Minuten lang auf die Stufen, die zu den oberen Geschossen führten, und musste dabei an Mr Conan Doyles tröstende Worte denken. Vielleicht hatte er ja recht und sie musste nur mit dem Tanzen anfangen. »Jede

Reise beginnt mit einem ersten Schritt«, murmelte sie und setzte den Fuß auf die unterste Stufe. Der nächste Schritt fiel ihr schon etwas leichter und wenig später befand sie sich im zweiten Stock. Bisher war Lena nur ein einziges Mal hier oben gewesen. Sie hatte mit der kleinen Mary gespielt, Mr Conan Doyles Tochter.

Im ganzen Geschoss herrschte Stille, abgesehen vom Ticken einer Standuhr, die Lena aber nicht sehen konnte. Am Ende des dunklen Flurs lag ein Zimmer, in das sie noch nie einen Blick geworfen hatte. Dort wollte sie mit ihrer Suche beginnen. Hoffentlich war es nicht verschlossen.

Einen Moment verharrte sie mit der Hand auf dem Türknauf. Aus dem Erdgeschoss waren Stimmen und das Klappern von Geschirr zu hören. Vermutlich würde im Salon gleich der Tee serviert. Sie drehte am Griff, die Tür schwang knarrend auf und gab den Blick frei – ins aufgerissene Maul eines Eisbären! Erschrocken wich Lena zurück.

Gleich darauf wurde ihr bewusst, was sie so verängstigt hatte. Es war nur ein Fell mit ausgestopftem Kopf, das auf dem Dielenboden vor sich hinstaubte. Seltsam, dachte Lena. Warum verfütterte Mr Conan Doyle den zweifellos kostbaren Pelz hier an die Motten, anstatt ihn irgendwo unten im Haus auszustellen?

Da keine Gefahr bestand, von dem Fell angegriffen zu werden, betrat Lena den Raum. Ihr Blick schweifte durch eine Rumpelkammer, anders konnte man es nicht bezeichnen.

Das Zimmer war schummrig und etwas ungünstig geschnitten, ungefähr fünf Schritte breit, aber nur halb so tief. Möglicherweise wurde es deshalb nur als Abstellraum benutzt. Durch die halb geöffneten Vorhänge der zwei schmalen Fenster fiel kaum Licht herein – draußen trieb der Wind wohl gerade wieder Regenwolken über den Himmel.

Rechter Hand befand sich ein Kamin. Offenbar wurde er schon lange nicht mehr benutzt, denn in der Asche lagen braune vertrocknete Blätter. Lenas Blick wanderte nach rechts, wo neben der Feuerstelle ein Nashornkopf an der Wand lehnte. Ob der Hausherr den Dickhäuter oder den Eisbären persönlich erlegt hatte? Als Großwildjäger war er ihr bisher nicht bekannt, wohl aber als Draufgänger. So erzählte man sich, Mr Conan Doyle liebe Pferdespiele, aber niemand lasse sich auf eine zweite Runde Polo mit ihm ein, weil es meist mit Spaß begänne und im Hospital ende.

Nachdem Lena die afrikanische Trophäe gebührend bestaunt hatte, setzte sie die Erkundung des Zimmers fort. Wie eine Museumsbesucherin schritt sie bedächtig die verschiedenen Kuriositäten ab. Vor lauter Staunen vergaß sie die Ermahnungen des Vaters und fing mit ihrem hellblauen Kleid und den weißen Strickstrümpfen so manche Staubflocke ein.

Am Boden standen zwei große Holzkisten. Sie waren mit Vorhängeschlössern gesichert und damit für die Schatzsucherin tabu. Darüber hing ein Wandteppich mit allerlei Fabelfiguren, die in Lenas blühender Phantasie für einen Moment zum Leben erwachten. Danach verharrte ihr Blick kurz auf einer geschnitzten Maske, eine von insgesamt vier oder fünf grausigen Fratzen, die in einem kaputten Korbsessel am Fenster lagen. An der Wand daneben stand ein Köcher mit langen Pfeilen. Davor lagen auf dem Teppich ein Jagdbogen ohne Sehne und zwei Harpunen mit Knochenspitzen ...

Plötzlich verschwand die Dunkelheit aus dem Raum. Der wankelmütige Frühlingswind hatte die Wolken wieder von der Sonne vertrieben. Lenas Körper versteifte sich. Was war das für ein Schatten, der sich da hinter dem rechten Vorhang abzeichnete? Er sah aus wie ... Sie lief rasch zum Fenster, lugte zwischen den beiden Schals hindurch – und schmunzelte.

»Das Straußenei!«, entfleuchte es ihr im Triumphgefühl des Augenblicks.

Es stand auf einem schwarzen Ring aus Ebenholz. Lena war fast ein bisschen enttäuscht, weil die Suche schon zu Ende sein sollte. Vorsichtig nahm sie das große Ei mit beiden Händen vom Fensterbrett. Seine von kleinen Dellen überzogene Oberfläche glänzte weiß. Es war ziemlich leicht. Oben und unten befand sich ein kleines Loch – hatte man es wie ein normales Osterei ausgeblasen? Lena schüttelte es. Ja, es war völlig leer.

Sie drückte ihren Fund mit der Linken an die Brust und angelte mit der freien Hand aus der Fensternische den Ebenholzring. Obwohl sie den »Schatz« so schnell gefunden hatte,

war sie doch mächtig stolz auf sich. Als sie vom Fenster zurücktrat, bahnte sich die Sonne erneut einen Weg in die Rumpelkammer.

Ein gleißender Lichtstrahl fiel zwischen den Vorhängen hindurch, ließ in der Luft ein Gewirbel aus Staub erglühen und zog sich als leuchtende Spur weiter bis zum Kamin, wo auf dem Sims ein einzelner Gegenstand erstrahlte.

»Eine … *Flaschenpost?«*, murmelte Lena überrascht. Spätestens seit der Lektüre von Edgar Allen Poes Kurzgeschichte »Das Manuskript in der Flasche« wünschte sie sich, eines Tages am Strand die Botschaft irgendeines Fremden zu finden, der womöglich bis zum Ende der Welt gereist war und, ehe er für immer aus ihr verschwand, seine Eindrücke niedergeschrieben und einem wasserdichten Gefäß wie diesem anvertraut hatte.

Lena fühlte sich von dem im Sonnenlicht strahlenden Behältnis wie magisch angezogen. Langsam, den Kopf mal nach rechts, mal nach links geneigt, näherte sie sich dem Kamin. Die aufrecht stehende Flasche war ziemlich gewöhnlich, ein schlanker Zylinder aus weißem Glas, ganz milchig geschmirgelt von Sand und Steinen irgendeines Gestades. Der oben herausragende Korken sah aus, als hätten Ratten daran genagt. Lena meinte, noch Reste roten Wachses zu erkennen. Aus irgendeinem Grund hatte Mr Conan Doyle das Siegel nie gebrochen.

Das Straußenei war für sie unwichtig geworden, als sie die Feuerstelle erreicht hatte, verlangte doch das Rätsel der ungeöffneten Flaschenpost nach einer Lösung. Ohne den Blick von dem zerkratzten Glasgefäß zu nehmen, legte sie den Ebenholzring auf den Kaminsims. Bei dem eher gedankenlosen Versuch, das Ei hineinzustellen, verfehlte sie die Mulde, bemerkte dies aber erst, als sie das Ei losgelassen hatte und es nach vorne kippte. Sie erkannte voller Entsetzen, dass es auf den Steinen vor der Feuerstelle unweigerlich zu Bruch gehen musste. Um das Unglück zu verhindern, packte sie hastig zu, bekam das Ei auch zu fassen, stieß dabei aber mit dem Unterarm gegen die Flasche.

Vor Schreck entfuhr Lena ein spitzer Schrei. Wie gelähmt sah sie den gläsernen »Briefumschlag« zu Boden stürzen, wo er mit lautem Klirren zersprang.

Einige aufgeregte Herzschläge lang vermochte sie sich nicht zu rühren. Lena ahnte, diese Flaschenpost war etwas Besonderes. Warum sonst hatte ihr Besitzer sie nicht geöffnet? Aber das half ihr nun auch nichts mehr. Der Schaden war angerichtet, die Flasche kaputt. Unglücklich betrachtete sie den Scherbenhaufen zu ihren Füßen.

Viele Splitter lagen genau in jenem Streifen aus Sonnenlicht, der sie erst hierhergeführt hatte. Sie erwartete, in dem Geglitzer ein gefaltetes oder zusammengerolltes Stück Papier zu finden, konnte aber nichts dergleichen …

Mit einem Mal stutzte Lena. Sie hatte gerade etwas anderes zwischen den Scherben entdeckt, einen gelbgoldenen Gegenstand, der mehr noch als das Glas im Licht funkelte. »Was ist denn das?«, flüsterte sie, bückte sich nach dem glitzernden Kleinod und hob es auf. Es bestand aus Metall. In Form und Größe erinnerte es an ein Stück Schale von einer Orange, das innen wie poliert glänzte. Auf seiner matten Außenseite waren geheimnisvolle goldene Linien und Schriftzeichen eingraviert, dazwischen funkelten winzige rubinrote Steine …

»Sapperlot!«, rief plötzlich jemand von der Tür her. Es war der Schriftsteller. Hinter ihm stand Lenas Vater. Vermutlich hatte der Lärm die beiden Männer alarmiert.

Als Leslie die Glassplitter am Boden sah, eilte er sofort zu seiner Tochter. »Alles in Ordnung? Hast du dir wehgetan?«

»Nein. Ja«, antwortete Lena.

Ihr Vater blinzelte verwirrt. »Na, was denn nun?«

Sie deutete auf die Scherben und jammerte: »Mir fehlt nichts, aber wie kann ich in Ordnung sein, wenn ich die Flaschenpost kaputt gemacht habe? Ich hab's nicht mit Absicht getan, Mr Conan Doyle, und es tut mir leid! In der Flasche war kein Brief, sondern nur das hier.« Sie reichte ihm das Metallstück.

Gedankenvoll nahm er es aus ihrer Hand. Zu Lenas Überraschung schien ihn der Schaden nicht im Geringsten zu erzurnen. Nur das Kleinod interessierte ihn. Er betrachtete es mit einem wehmütigen Lächeln und murmelte, als wäre er Sherlock Holmes auf der Spur eines neuen Mordfalls: »Interessant!«

»Haben Sie so etwas schon einmal gesehen?«, fragte Leslie.

»Das will ich wohl meinen, mein lieber Freund. Dieses Bronzeteil hat einmal mir gehört. Es wurde mir 1879 in Edinburgh gestohlen. Ich lebte damals noch bei meinen Eltern, war gerade zwanzig und studierte an der dortigen Universität Medizin. Im Jahr darauf fuhr ich auf der *Hope* nach Grönland. Der Kapitän des Walfängers schoss übrigens den Eisbären da« – Mr Conan Doyle deutete zu dem Fell auf dem Boden – »und Sie werden es nicht glauben: Im Magen des Tieres fanden wir die Flaschenpost, die Lena eben … geöffnet hat. Als ich die Flasche schüttelte, hörte ich ein Klappern und gegen die Sonne betrachtet konnte man vage Umrisse erkennen. Da dachte ich mir: Das Phantalabium hat dir sein Teil zurückgeschickt …«

»Was ist ein Phan-ta-la-bi-um?«, fragte Lena dazwischen.

Die Ermahnung des Vater ließ nicht lange auf sich warten. »Du solltest Mr Conan Doyle ausreden lassen, Sternchen. Es schickt sich nicht für Kinder, Erwachsene zu unterbrechen.«

Der Schriftsteller lachte fröhlich. »Das gilt wohl ebenso für uns Ältere, Mr Stephen, und wir tun uns damit auch oft ziemlich schwer. Virginias Wissbegier gefällt mir. Seit ich Ihre Tochter und ihr erzählerisches Talent kenne, hatte ich gehofft, sie würde eines Tages die Flaschenpost finden. Das ist der Grund, weshalb ich sie so frei in meinem Haus habe herumstreifen lassen.«

»Sie sprechen in Rätseln, Mr Conan Doyle.«

»Ja, und was ist nun dieses Phantalabium?«, hakte Lena nach.

»Ein Instrument zur Navigation. Unter anderem«, antwortete Mr Conan Doyle knapp.

»So wie ein Kompass?«

»Es ist eher ein Visiergerät wie ein Sextant. Im weitesten Sinne …« Die Stimme des Schriftstellers versickerte in tiefem Grübeln. Seine Augen wurden glasig. Mit einem Mal streckte er Lena das Bronzestück entgegen. »Hier. Verwahre du es für mich.«

»Ich?«, wunderte sie sich.

»Ja. Ich bin zu alt. Schon am Tag, als wir die Flasche aus dem Bärenkadaver zogen, war ich es. Deshalb habe ich sie nie geöffnet. Ich hatte angenommen, das Phantalabium habe mich im Gegensatz zum ersten Mal nur als Überbringer auserwählt, um das Stück an jemand anderen weiterzugeben. Jemanden wie dich, Virginia.«

»Mr Conan Doyle«, sagte Leslie in beschwörendem Ton, »Sie machen dem Kind Angst. Was soll das Gerede von diesem Gerät, das Menschen ›auserwählt‹? Das klingt mir doch sehr nach Aberglaube und Hexerei.«

»Sie können beruhigt sein, Mr Stephen. Es ist weder das eine noch das andere. Im Übrigen wird das Phantalabium Virginia nichts tun. Bei ihr ist es gut aufgehoben. Fürs Erste jedenfalls.«

Lenas Vater war offenkundig alles andere als gelassen. »Was soll *das* nun wieder heißen? Lena ist ein sehr sensibles Kind. Sie hat schon genug zu leiden, weil ihre Mutter so krank ist. Ich habe sie heute hierher mitgenommen, damit sie von ihren Sorgen abgelenkt wird. Was sie jetzt am wenigsten braucht, ist irgendein Zauberdings, das ihr noch mehr Kummer bereitet.«

»Noch einmal, Mr Stephen: Ich kann Ihnen versichern, das Phantalabium ist das genaue Gegenteil davon – obwohl es immer wieder Dummköpfe gibt, die Magie und Phantasie in einen Topf werfen.«

»Phantasie? Für mich hat es sich eben so angehört, als sei dieses Phanta-soundso lebendig.«

Anstatt weiter auf die Einwände des besorgten Vaters einzugehen, nahm Mr Conan Doyle einfach Lenas Arm, drückte ihr das Metallstück in die Hand und sagte: »Keine Angst, Virginia. Weder lebt das Phantalabium noch geht von ihm irgendeine Gefahr aus. Es ist für ein Mädchen wie dich völlig harmlos.«

»Gib es ihm zurück«, verlangte Leslie sofort.

Lena schloss die Finger um das kühle Metall. Aus einem unbestimmten Gefühl heraus wollte sie es behalten. Mit fester Stimme sagte sie: »Ich habe keine Angst davor, Paps.«

Der Hausherr nickte zustimmend und deutete zum Kaminsims. »Das Straußenei nimmst du natürlich auch mit. Dein Spürsinn muss schließlich belohnt werden. Und was das Segment des Phantalabiums anbelangt, das du gefunden hast – ich weiß nicht genau, ob meine Erwartungen sich nun erfüllen. Ich werde aber jemanden fragen, der sich besser in diesen Dingen auskennt als ich. Es könnte ein Zufall sein. Oder du wurdest erwählt.«

»Erwählt?«, schnaubte Leslie empört. »Wozu? Etwa als Briefträgerin für Flaschenpost?«

Arthur Conan Doyle schüttelte lächelnd den Kopf. »Nein. Sondern um eine neue Welt zu erschaffen.«

Das Tangram

Loughrea (Irland), 31. Mai 1893

Es kam Lena so vor, als bestehe der Loch Riach aus flüssigem Kupfer. Dabei nannte man ihn den Grauen See. Wie sie inzwischen wusste, bedeutete das gälische Wort *riach* auch »gestreift« oder »gesprenkelt«, und den Grund dafür glaubte sie jetzt zu verstehen: Jemand hatte auf seine Oberfläche ein Zebramuster aus Millionen von Diamanten gestreut – zumindest sah es so aus. Das leicht bewegte Wasser trieb mit dem Licht der Morgensonne ein übermütiges Spiel und gaukelte dem Auge der am Ufer stehenden Beobachter Dinge vor, die es gar nicht gab.

Oder die vielleicht *noch* nicht existierten.

Denn der Junge mit der Brille, der da gerade ins tiefe Wasser stieg, wollte etwas Neues schaffen. Ein Reich der Phantasie, das bisher nur in seinen Träumen Gestalt angenommen hatte. Unbehaglich verfolgte Lena das Geschehen vom Ufer aus. Die anderen Beobachter um sie herum nahm sie kaum wahr. Selbstvergessen griff sie nach dem Abschiedsgeschenk ihres Vaters, einen Anhänger, den sie an einer Goldkette um den Hals trug.

Jim – so hieß der Junge, den sie vor nicht einmal vierundzwanzig Stunden im Zug kennengelernt hatte – stand schon bis zur Brust im Wasser. Hinter ihm trieb, von kleinen Korkschwimmern getragen, eine Leine, mit der er notfalls wieder an Land gezogen werden konnte. Als nur noch sein Kopf zu sehen war, wandte er sich zum Ufer um.

»Hole noch mal Luft und dann gute Reise, Phantanaut«, rief neben Lena eine tiefe Stimme. Sie gehörte Lord Alistair, dem Phantalabiumexperten, den Mr Conan Doyle zu Rate gezogen hatte. Ihm verdankte sie auch ihre Einladung nach Irland.

Die Lippen des Jungen im Wasser bewegten sich, doch was er sagte, war nicht zu verstehen. Er nahm seine Brille ab, holte tief Luft, machte einen Schritt vorwärts und versank wie ein Stein im See. Die Rettungsleine straffte sich, eine Korkkugel ging unter, gleich darauf folgten eine zweite und dritte. Plötzlich schossen die Schwimmer wieder nach oben und die Leine wurde schlaff.

Bange blickte Lena sich um. Die anderen Jungen und Mädchen wirkten nicht im Geringsten beunruhigt. Was war geschehen? Sollte etwa die Leine gerissen sein? Hatte Jim sie durchtrennt? Oder waren die Geschichten von dem Seeungeheuer im Loch Riach etwa doch …?

»Nur die Ruhe«, sagt Sir Alistair neben ihr. »Alles ist, wie es sein muss.«

Davon war Lena ganz und gar nicht überzeugt. Vor Anspannung umklammerte sie den Kettenanhänger so fest, dass seine Ecken ihr schmerzhaft in die Hand stachen. Das goldene Schmuckstück bestand aus vier achtzackigen, miteinander verbundenen Sternen, die um eine Aussparung in Form eines auf der Spitze stehenden Vierecks herum angeordnet waren. In der Mitte jedes Sterns befand sich ein Edelstein: oben ein Goldberyll, rechts ein Rubin, unten ein leuchtend grüner Smaragd und links ein blauer Turmalin, der selbst bei schwachem Licht zu schimmern und zu glühen schien.

»Die Sterne und ihre Steine stehen für Glaube, Liebe, Hoffnung und Phantasie. Sie sollen dich begleiten, wohin immer du gehst«, hatte Lenas Vater erklärt, als er ihr die Kette um den Hals legte. Das Abschiedsgeschenk war wohl zur Hebung ihrer gedrückten Stimmung gedacht – sie hatte sich bis zuletzt gegen die Reise nach Irland gesträubt. Doch Leslie konnte ebenso hartnäckig sein wie sie. Obwohl oder gerade weil ihre kranke Mutter immer noch vor sich hin dämmerte, hatte er ihr Ausgelassenheit und Zerstreuung verordnet. »Mama wird keinen Tag eher gesund werden, nur weil du dich selbst bestrafst und dir kein Vergnügen mehr gönnst. Ich möchte, dass du einmal richtig Spaß hast und für einen Monat alles, was dich traurig macht, vergisst.«

Als gehorsame Tochter hatte sie dem väterlichen Rat schließlich nachgegeben. Abgesehen davon war Lena wie wohl alle Mädchen neugierig. Mr Conan Doyle hatte ihr zwei Wochen nach dem aufregenden Fund in seiner Rumpelkammer die Einladung eines irischen Lords aus dem County Galway überreicht. Der Inhalt des Briefes war zunächst eher rätselhaft als erhellend gewesen:

Liebe Adeline Virginia Stephen!

Unser gemeinsamer Freund ließ mich wissen, dass Sie ein lange verschollenes Teil des Phantalabiums gefunden haben. Selbst ich vermag zum gegenwärtigen Zeitpunkt nicht die Tragweite dieses Glücksfalls abzuschätzen. Möglicherweise sind Sie mit einer besonderen Gabe gesegnet, die Sie zu Außergewöhnlichem befähigt. Dies ist jedoch weder die richtige Form noch Zeit, um diese Frage zu klären. Jeden Sommer lade ich einen kleinen Kreis aus Jungen und Mädchen auf mein Schloss zu einem Erzählreigen ein. Von Mr Conan Doyle weiß ich, dass auch Sie mit einer gehörigen Portion Phantasie gesegnet sind. Es wäre mir daher eine große Freude, Sie in diesem Jahr auf Brendan Castle am Loch Riach begrüßen zu dürfen. Sie würden am 30. Mai anreisen und bis zum Tag des nächsten Vollmondes bleiben.

Sämtliche Kosten trage selbstverständlich ich. Bitte senden Sie mir eine Bestätigung, sofern Sie die Einladung annehmen. Die Bahnfahrkarte und weitere Instruktionen gehen Ihnen dann rechtzeitig zu.

Mit vorzüglicher Empfehlung

Lord Seanan Alistair

Mr Conan Doyle hatte den Gastgeber als Ehrenmann beschrieben, der seit Jahren junge, phantasiebegabte Menschen förderte. Ohne ihn wären viele Schriftsteller und Poeten nie zu Ruhm und Ansehen gelangt. »Und in aller Bescheidenheit darf ich mich auch zum Kreis seiner Schüler rechnen«, hatte der geistige Vater von Sherlock Holmes dann noch hinzugefügt.

Hierauf gab es für Leslie kein Halten mehr. Er war ja selbst dem Schreiben verhaftet, hatte sich als Journalist und Sachbuchautor betätigt, Zeitschriften wie das *Cornhill Magazine* entscheidend mitgeprägt und sich bis vor zwei Jahren als Herausgeber des *Dictionary of National Biography* verdient gemacht, einem immer noch wachsenden Nachschlagewerk, das die Lebensgeschichten prominenter Persönlichkeiten sammelte. Vor allem für diese enorme Leistung bewunderte ihn Lena. Wenn sie die sechsundzwanzig unter seiner Federführung entstandenen Biographiebände in der großen Hausbibliothek nur ansah, wollte sie ihm nacheifern und eines Tages Schriftstellerin werden.

Eingedenk dessen stand es für Leslie außer Frage, seine Tochter an dem »Erzählreigen« auf Brendan Castle teilnehmen zu lassen. Er hatte ihre Talente schon immer gefördert. Was ihm für sie gut erschien, das war ihm auch billig. Erst recht, wenn die Kosten ein edler Gönner trug.

Und so war sie Ende Mai in Begleitung einer Freundin ihrer Mutter nach Irland aufgebrochen. Lenas schlechtes Gewissen begleitete sie bis Dublin. Sie hatte hier die Nacht auf den 30. Mai bei Verwandten von Mr Conan Doyle verbracht, dessen Großvater John Doyle in Irland ein bekannter Porträtmaler und Karikaturist gewesen war. Am Dienstagmorgen brachten ihre Gastgeber sie zum Bahnhof Kingsbridge, wo sie den Zug nach Loughrea bestieg.

In dem von Lord Alistair bezahlten Erste-Klasse-Abteil saß bereits, die Ellenbogen auf einen schmalen Mahagonitisch und den Kopf in die Hände gestützt, ein sommersprossiger, rothaariger, dicklicher Junge von etwa zwölf Jahren. Lena wünschte ihm einen guten Morgen. Er antwortete nicht. Seine ganze Aufmerksamkeit gehörte einem Geduldsspiel auf dem Tisch.

Es war ein chinesisches Tangram, auch »Siebenschlau« genannt. Eigentlich bestand es nur aus einem hölzernen Viereck, das in fünf unterschiedlich große Dreiecke, ein Quadrat und ein Parallelogramm zersägt sowie in kräftigen Farben blau, gelb, rot und grün lackiert worden war. Doch die Einfachheit trügte. Durch Verschieben und neues Aneinanderlegen der bunten Täfelchen konnte man schattenrissartige Tiere, Schiffe oder andere Gestalten in schier unermesslicher Anzahl bilden. Nur die Phantasie des Spielers setzte dem Formenreichtum eine Grenze.

Lena hatte sich, weil der Rotschopf sie nicht einmal ansehen wollte, auf die gegenüberliegende Seite des Tisches gesetzt. Ob ihr Vater sich unter Zerstreuung das vorstellte, was der Junge da trieb: sich völlig in ein Spiel zu verlieren? Wahrscheinlich dachte der kleine Kopfzerbrecher weder an die Mutter noch an sonst etwas außerhalb seiner Tangram-Welt. Lena wusste nicht, ob sie ihn beneiden oder bedauern sollte.

Gedankenvoll hatte sie in die Tasche ihres blauen Kleids gegriffen und das Bronzestück aus der Flaschenpost hervorgezogen. Mr Conan Doyles Erklärungen zu dem Phantalabium, von dem es ein Teil sein sollte, waren eher rätselhaft als erhellend gewesen.

Während sie noch über den geheimnisvollen Gegenstand nachgrübelte, hatte plötzlich ein weiterer Passagier das Abteil betreten: ein schmaler, blasser Junge mit strubbeligem braunem Haar und Brille. Auch sein Gutenmorgengruß prallte an dem Rotschopf wirkungslos ab.

»Ist er taub?«, fragte der Neuankömmling.

Seine direkte Art gefiel Lena. »Eher süchtig«, antwortete sie, streckte ihm die Hand hin und stellte sich vor.

So hatte sie Jim kennengelernt, jenen Jungen, der gerade im Grauen See verschwunden war. Eigentlich hieß er James Augustine Aloysius Joyce, aber man hatte sich gleich auf die Benutzung der vertraulicheren Anrede verständigt. Er stammte aus Dublin, war also ein irischer Untertan von Queen Victoria.

Jim hatte kaum neben Lena Platz genommen, als das Bronzestück in ihren Händen seine Aufmerksamkeit erregte. Daraufhin förderte er ein ganz ähnliches Teil des Phantalabiums zutage und von diesem Moment an verstanden sich die zwei, als seien sie schon seit Langem gute Klassenkameraden. So etwas Ähnliches waren sie als Schüler desselben Lehrers für die nächsten Wochen ja auch, machte Lena sich klar. Wegen des häuslichen Unterrichts durch die Eltern hatte sie in dieser Hinsicht einigen Nachholbedarf. Sie hungerte geradezu nach einem Schulfreund. Dementsprechend schnell schloss sie den irischen Jungen ins Herz.

Inzwischen hatten die zwei Lord Seanan Alistair als einen gütigen Schöngeist kennengelernt, der das Wort »Edelmann« besser verkörperte als die meisten anderen Adligen. Im Moment konnte Lena die Sorglosigkeit des Navigators – so nannten ihn seine Schüler – jedoch nicht verstehen. »Müsste Jim nicht bald wieder auftauchen?«, fragte sie besorgt.

»Das wird er auch«, antwortete Sir Alistair.

»Aber er hat die Leine verloren.«

»Sie hat *ihn* verloren«, widersprach der Navigator. »Sorgen müssten wir uns nur machen, wenn die Schwimmer zuckten wie bei einem Fisch an der Angel.«

Zweifelnd blickte Lena wieder auf den See hinaus. Sollte tatsächlich stimmen, was sie in der letzten Nacht erfahren hatte?

Lena, Jim, ein norwegisches Mädchens namens Sigrid Undset und Juan Ramón Jiménez aus dem spanischen Andalusien waren in der letzten Nacht als besondere Gäste – als »Neophyten« oder »neu Gepflanzte« – im Wappensaal des Schlosses willkommen geheißen worden. Sie speisten gemeinsam mit dem Lord und seinen anderen Schülern an einem uralten runden Tisch, um den sich schon die legendäre Tafelrunde von König Artus versammelt hatte. Jeden Einzelnen der vier Anwärter erwartete in den kommenden Tagen eine besondere Prüfung. Nur wer diese bestand, würde in den Zirkel der Phantanauten aufgenommen werden.

Dieser Kreis war auf vierundzwanzig Jungen und Mädchen beschränkt. Alljährlich trafen sich alle, denen die Anreise aus ihren verschiedenen Heimatländern möglich war, einen Mondmonat lang auf Brendan Castle. Nach altem Brauch bestätigte am ersten Abend jeder – auch die Neophyten – sein Recht auf den Platz an der Tafel durch das von ihm mitgebrachte Teil des Phantalabiums. Das Navigationsinstrument wurde nach dem Gründer der Phantanauten auch »Brendans Sphäre« genannt. Mit dem Zusammensetzen des kugelförmigen Gebildes begann offiziell der Erzählzyklus.

Die an der Tafel Sitzenden erschufen während dieser Zeit aus ihrer Phantasie Welten oder bauten bestehende Mythenreiche durch neue Geschichten aus. Ein bisschen, so dachte Lena, war es wie bei dem Tangram des Jungen im Zug: Nur die Vorstellungskraft des Erzählers setzte der Vielfalt Grenzen.

Mit Jim sollte am Abend der diesjährige Erzählreigen eröffnet werden. Er hatte die letzte Nacht in der Kammer der Weltenschöpfer verbracht und dem Meer der Träume Neuland abgetrotzt – so nannten es die Phantanauten, wenn jemand im Schlaf eine eigene Welt erschuf. Sollte tatsächlich stimmen, was der Navigator und seine Phantanauten behaupteten, dann befand sich Jim jetzt in diesem Reich seiner Phantasie.

Das würde zumindest erklären, wieso die Rettungsleine so unbeschwert auf dem Wasser trieb.

»Bestimmt ist er schon eine Minute untergetaucht«, sagte Lena, weil sie glaubte, vor Anspannung platzen zu müssen.

»Nur Geduld, er kommt gewiss gleich zurück«, erwiderte der Lord gelassen.

Sofern er damit recht behielt, stimmte dann auch der Rest? Sprudelte im Loch Riach tatsächlich die Quelle der Erleuchtung, durch die jeder Weltenschöpfer in sein eigenes Phantasiereich gelangen konnte? »Und falls nicht?«, entgegnete sie nichtsdestotrotz.

»Darüber machen wir uns Gedanken, wenn es so weit ist.«

»Aber dann wird Jim ertrunken sein.«

»Nicht unbedingt.«

Es dauerte zwei oder drei weitere quälend lange Sekunden, bis Lena seine Antwort zu verstehen glaubte. »Sie meinen, er könnte für immer in seiner Phantasiewelt bleiben?«

»Zumindest für eine geraume Zeit«, antwortete der Lord seelenruhig. »Aber das kommt selten vor.«

Mit dieser Bemerkung hatte er ihre Bedenken nicht gerade zerstreut. Doch ehe sie dagegen aufbegehren konnte, sagte einer der vier Jungen an der Rettungsleine: »Er kommt zurück.«

Lena blickte auf den See hinaus. Tatsächlich! Das Ende der Leine hing nicht länger lose im Wasser. Die Korkschwimmer zuckten.

»Holt ihn raus. Schnell!«, befahl Lord Alistair.

Die Jungen zogen mit aller Kraft an der Leine.

Kaum hatten sie sich ins Zeug gelegt, kam auch schon Jims Kopf zum Vorschein. Er riss den Mund auf und schnappte nach Luft. Während die vier Phantanauten ihn beiholten, setzte er sich seine Brille auf – auf der Fahrt nach Loughrea hatte er seiner neuen Freundin gestanden, ohne die Sehhilfe so kurzsichtig zu sein wie eine Schnecke.

Lena fiel ein Stein vom Herzen. Als Jim das Ufer fast erreicht hatte, sprang sie vor lauter Ungeduld einfach ins Wasser und watete ihm entgegen.

»Hallo, Weltenbummler.«

Er hustete. »Habt ihr die *ganze* Woche auf mich gewartet?«

Sie stutzte. »Wieso Woche?«

»Ich bin doch sieben Tage fort gewesen.«

»Wenn's hochkommt, dann waren es siebzig Sekunden«, antwortete sie kopfschüttelnd.

»Lass dir aus dem Wasser helfen, James, sonst erkältest du dich noch«, rief Lord Alistair vom Ufer aus.

Lena reichte ihrem Freund die Hand. Er richtete sich auf und sie wateten gemeinsam an Land.

Am Abend desselben Tages erstattete Jim an der runden Tafel des König Artus Bericht. Er sei in Rád gewesen, erzählte der Neophyt, einer Welt ewiger Wiederholungen. Dort habe er den bösen König Perpeto besiegt, der die Quelle der Erleuchtung hatte vergiften wollen. Lena kannte Jims phantastische Geschichte bereits. Er hatte ihr am Nachmittag alles erzählt und sie glaubte ihm. Alles andere hätte sie als Verrat an ihrer Freundschaft angesehen. Die Phantanauten indes wollten – so verlangte es ihr uralter Kodex – Beweise für die Echtheit seiner Welt sehen.

Jim geriet in Erklärungsnot.

»Aber das ist doch ungerecht«, ergriff Lena für ihn Partei. Aufgeregt war sie vom Stuhl aufgesprungen. »Ich spüre, dass er die Wahrheit sagt. Er hat das alles *wirklich* erlebt. Das größte Geschenk aus Rád ist seine Geschichte selbst.«

Schließlich brachte der Navigator das Schiff sicher in den Hafen. Er lenkte die Aufmerksamkeit der Phantanauten auf ein Mitbringsel an Jims Hand, das dieser in der Aufregung ganz vergessen hatte: ein u-förmiges Brandmal. Damit war der geforderte Nachweis erbracht und Jim wurde feierlich in den Kreis der Phantanauten aufgenommen.

In diesem Moment hatte Lena ihre Sorgen um die Mutter vergessen. Sie freute sich für ihren Freund und dachte an nichts anderes als sein Glück. Doch unvermittelt zwinkerte ihr der Lord zu und sagte: »Heute Nacht wirst *du* in der Kammer der Weltenschöpfer schlafen. Wir sind schon auf morgen Abend gespannt, wenn du uns deine Welt vorstellen wirst.«

Nervös strich sie sich eine Haarsträhne aus dem Gesicht. »I-ich?«

Er nickte. »Unsere beiden anderen Neophyten sind ein bisschen schüchtern, aber du hast ja eben um Jims Aufnahme gekämpft wie eine Löwenmutter für ihr Junges. Ich denke mir, du bist genau die Richtige.«

Die Kammer der Weltenschöpfer glich einer Klosterzelle. Ihre weiß getünchten Wände waren erschreckend kahl, die Maße klein, das vergitterte Fensterchen für Lena unerreichbar hoch und die Einrichtung beschränkte sich auf das Nötigste: einen Haken zum Aufhängen der Kleider, einen Krug Wasser zum Trinken und ein Bett zum Träumen.

»Alles andere würde dich nur ablenken«, hatte Penny mit ihrer rauen Stimme erklärt, als sie der Neophytin das Gelass zeigte. Mrs Penelope Power, die Hausdame des Lords, mochte Mitte fünfzig sein und war eine füllige Erscheinung, auf die der niedliche Name nicht so recht passen wollte. Sie ließ sich mit ihrem langen, faltenreichen, schwarzen Kleid eindeutig schwerer übersehen als eine kleine Bronzemünze. Ihr großes Herz indes war ungleich wertvoller als ein Penny. Für die Dauer des Erzählreigens kümmerte sie sich vorwiegend um das Wohl der weiblichen Gäste.

»Das Bett fällt irgendwie aus dem Rahmen«, bemerkte Lena. Das stimmte. In seinen enormen Ausmaßen sprengte es die geradezu klösterliche Bescheidenheit der übrigen Ausstattung. Es glich eher einer Schlaflandschaft, in der auch ein Elephant ohne Platznot hätte nächtigen können. Kopfkissen und Decke waren dick mit Daunen gefüllt und das Ganze überdachte ein blauer Baldachin.

Lena entsann sich der Erklärungen ihres Vaters zu den Edelsteinen auf ihrem Kettenanhänger. »Das ist die Farbe der Phantasie nicht wahr?«

»Ja«, antwortete Penny. »Seine Lordschaft sagte einmal zu mir, das Blau stehe für die Weite und Freiheit des Himmels. So wie das Firmament könne auch niemand die Phantasie in Ketten legen. Aber das wirst du bald selbst herausfinden. In dieser Kammer kann niemand ohne Träume schlafen.«

»Fragt sich nur, was man darin sieht.«

»Brendans Sphäre wählt gewöhnlich nur solche aus, die hier eine neue Welt erschaffen.«

»Bei mir ist aber nicht sicher, ob mir das Teil des Phantalabiums rechtmäßig zugefallen ist«, gab Lena zu bedenken.

Penny lachte, jedoch nicht spöttisch, sondern eher vergnügt. »Mach dir nicht zu viele Sorgen, Herzchen, das schadet nur deiner Welt. Ich habe schon viele Neophyten unter meine Fittiche genommen und du siehst mir nicht nach einer Niete aus.«

»Ich hoffe, meine Gewinnaussichten sind besser als bei einer Lotterie«, grummelte Lena.

»Durchaus. Niemand geht am Morgen ärmer aus dieser Kammer heraus, als er sie abends betreten hat. Wart's nur ab, Kleines. Wart's nur ab.«

Lena warf sich in dem Riesenbett ruhelos hin und her. Sie war aufgeregt, weil sie sich vor dem fürchtete, was ihr im Traum erscheinen mochte. Als später der Mond durch das hohe Gitterfenster schien, konnte sie erst recht nicht schlafen. Irgendwann kam auch noch der Durst hinzu.

Sie seufzte, stand auf und schlurfte im Nachthemd zum Wasserkrug, der in einer Wandnische neben dem Kleiderhaken stand. Während sie trank, lag ihr Blick auf der runden Himmelslaterne. In Cornwall, wo sich das Sommerhaus der Familie befand, war die Luft ähnlich klar wie hier am Grauen See. Lena hatte dort oft durch das Fernrohr ihres Vaters zur Kraterlandschaft des fernen Erdtrabanten emporgeblickt und, so wie es andere Kinder bei der Betrachtung von Wolken auch tun, aus den Mustern alle möglichen Phantasiebilder erschaffen.

Über dieser Erinnerung kamen ihr wieder die aufregenden Ereignisse im Haus von Mr Conan Doyle in den Sinn. Das aus der zerbrochenen Flasche befreite Teil des Phantalabiums war ihr nicht ganz geheuer gewesen. Sie hatte zwar den Wunsch verspürt, es zu besitzen, diesem Gefühl aber nicht getraut. Der Schriftsteller war davon überzeugt gewesen, es sei für ein Mädchen wie sie völlig harmlos, ja, es habe sie sogar erwählt, um eine neue Welt zu erschaffen.

Er musste ihr wohl angesehen haben, wie sehr seine Worte sie verwirrten, und hatte rasch hinzugefügt: »Unterschätze diesen Gegenstand niemals, Virginia. Er reagiert auf deine Phantasie.«

»Und wie?«

»Du weißt, was ein Polygon ist?«

»Ein Vieleck.«

»Richtig. Jetzt sage mir, wie viele Kanten du an dem Bronzestück siehst.«

Sie hatte zwölf gezählt. Mr Conan Doyle forderte sie hiernach auf, es ein zweites Mal zu probieren. Dabei kam sie auf sechzehn Kanten. Es folgten weitere Versuche und bei jedem lautete das Ergebnis anders. »Wie kann das sein?«, fragte sie staunend.

»Es ist ein Phantagon.«

»Was …? Ich verstehe nicht, Sir …«

Er hatte sich geräuspert und danach so steif geklungen wie ein Lehrer. »Im Gegensatz zu einem Polygon, das für jeden Menschen mit klarem Verstand genauso viele Ecken besitzt, bestimmt deren Anzahl bei einem Phantagon allein die *Phantasie* des Betrachters. Bei Kindern ist diese oft noch sprunghaft, deshalb gelangen sie jedes Mal zu einem anderen Ergebnis.«

»Ist das nun gut oder schlecht für mich?«, hatte Lena unbehaglich gefragt.

Mr Conan Doyles Antwort war vielsinnig gewesen. »Beides. Es ist gut, die eigene Phantasie nicht von fremden Vorstellungen lähmen zu lassen, aber es wäre schlecht, sich niemals festzulegen.«

»Festzulegen?«, hatte Lena grübelnd wiederholt. »Und wie macht man das?«

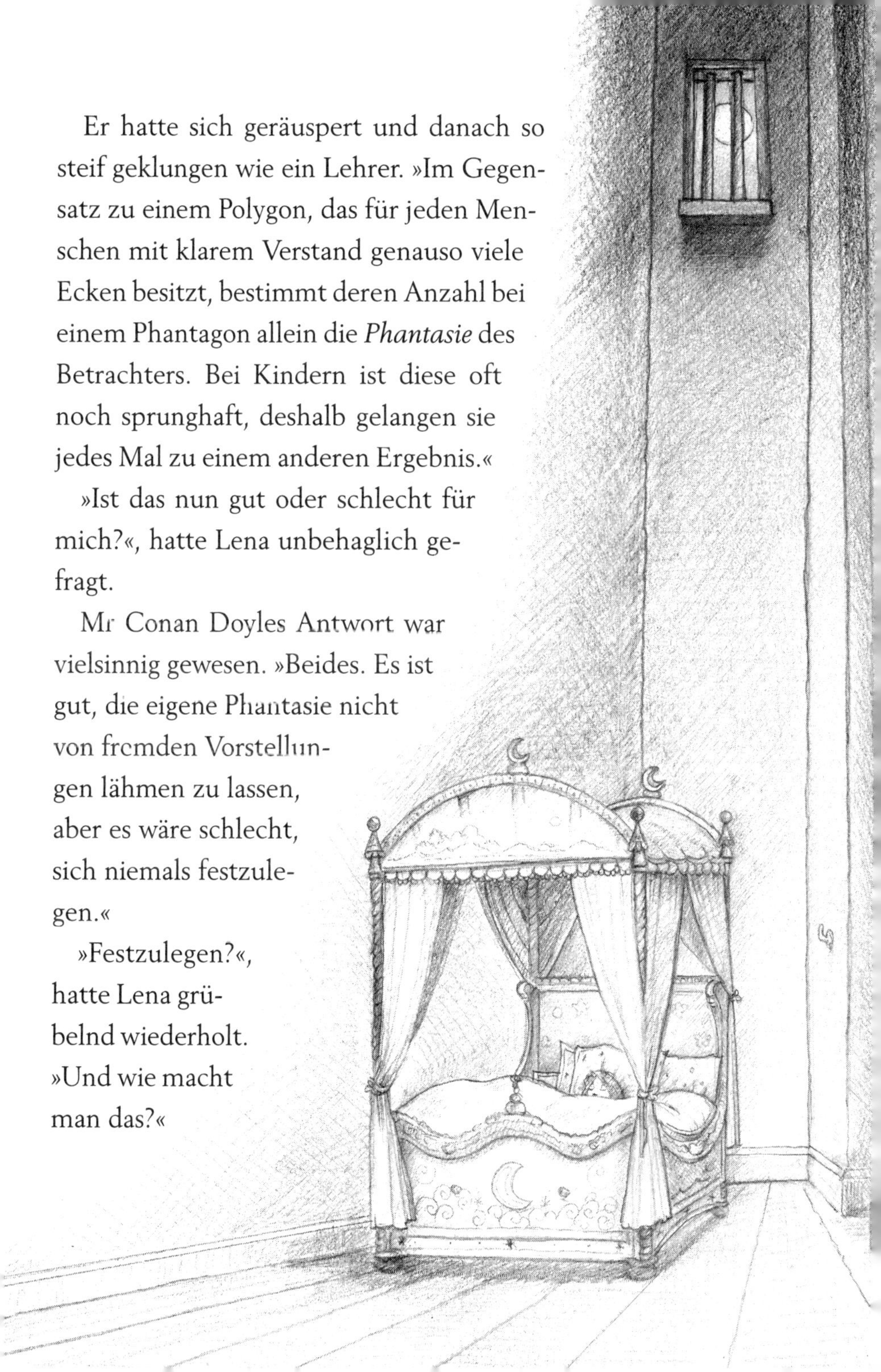

Indem du dir selbst traust, hallte das Echo seiner Antwort in ihrem Geist, jetzt, da sie immer noch den Mond anstarrte. Ihr Blick wechselte zum Himmelbett. »Wenn das heute Nacht noch was werden soll, fange ich am besten gleich damit an.«

Sie stellte den Krug in die Wandnische zurück und kroch wieder unter die Daunendecke.

Wenig später war Lena eingeschlafen. Und träumte. Sie sah eine bunte Welt. Eine fröhliche Welt. Eine Welt voller Zerstreuungen. Offenbar hatte da der Wunsch ihres Vaters Pate gestanden, war ihm doch so sehr an Ablenkung für seine sorgenschwere Tochter gelegen. Wohin ihr träumendes Auge auch blickte, überall hatte sie spielende Kinder gesehen. Trotzdem beschlich sie das ungute Gefühl, an diesem Phantasiereich können irgendetwas nicht stimmen – bei Jim war es ja ähnlich gewesen.

Am liebsten hätte sie das morgendliche Bad im Grauen See abgesagt, aber das traute sie sich dann doch nicht. Jim war so tapfer gewesen, jetzt wollte sie ihm und allen anderen zeigen, dass ein Mädchen genauso mutig sein konnte.

Also stieg sie bei Sonnenaufgang ins Wasser.

Wie schon tags zuvor war der Himmel fast wolkenlos und der Loch Riach funkelte im rotgoldenen Licht der frühen Stunde. Sie trug ein wadenfreies, bunt geblümtes Frühlingskleid, aber weder Strümpfe noch Schuhe. Auch ihr hatte man die Rettungsleine um den Leib geschlungen – für alle

Fälle. Jim, vor vierundzwanzig Stunden selbst noch ein aufgeregter Neophyt, gehörte jetzt zu den Jungen, die am Ufer das Ende des Stricks festhielten, um Lena notfalls aus dem Wasser zu ziehen.

»Nur Mut. Du schaffst es«, rief der Navigator hinter ihr.

»Ich weiß«, murmelte sie, ohne stehen zu bleiben oder sich umzudrehen. Das kalte Wasser machte ihr keine Angst. Sie war eine gute Schwimmerin und wollte so schnell wie möglich die Kante erreichen, von der Jim ihr erzählt hatte. Dahinter gehe es steil in die Tiefe. Direkt in die neue Welt.

Der Saum ihres weiten Kleides schwamm ein paar Schritte weit auf der Oberfläche des Sees. Dann hatte sich der Stoff vollgesogen und sank herab. Rasch stieg das Wasser höher, bis zum Bauch, bis zur Brust und schließlich bis zum Hals. Der Boden unter Lenas Füßen neigte sich stärker nach unten. Ihr irischer Freund hatte an dieser Stelle innegehalten, doch sie lief einfach weiter. Wie es sich für ein mutiges Mädchen gehörte.

Plötzlich trat sie ins Leere.

Obwohl Jim sie vorgewarnt hatte, war das jähe Absinken eine Überraschung für Lena. Als geübte Schwimmerin hatte sie zuvor sogar ernstlich erwogen, sich ein paar Steine als Ballast ins Kleid zu stopfen. Jetzt erst wurde ihr bewusst, dass ihre Erfahrungen mit dem nassen Element in diesem besonderen See nichts wert waren.

Das Licht über ihr nahm rasch ab. Binnen Sekunden war

sie von Dunkelheit umgeben. Lena suchte nach der Rettungsleine. Sie war verschwunden. Auch davon hatte ihr Freund berichtet. Dann müsste eigentlich …

Ihr Blick wandte sich nach unten und tatsächlich! Zu ihren Füßen leuchtete ein kleines rundes Licht. »Lass dich einfach hineinsinken«, hatte Jim ihr geraten. »Es ist eigentlich nicht dein Gewicht, das dich nach unten zieht, sondern der Sog deiner Welt, in die du aufsteigst. Du musst dich nur umdrehen und alles ist richtig.«

Also drehte sie sich um.

Das Mädchen auf dem Brunnen

Tempelplatz (Metropoly), 1. Tag

Mit dem Kopf voraus tauchte Lena aus dem Wasser und rang gierig nach Atem. Sofort ruderte sie mit Armen und Beinen, um nicht wieder unterzugehen. Dabei stellte sie verwundert fest, dass sie sich in einem Brunnenschacht befand. Hoch über ihr leuchtete ein wolkenloser Himmel, genauso blau wie der Baldachin über dem Bett in der Kammer der Weltenschöpfer. Ab und zu kreuzte ein Vogel ihr kreisrundes Blickfeld.

Mit einem Mal sah sie etwas Blitzendes auf sich zukommen. Unweigerlich musste sie an Jims Geschichte denken, in der bittere Kindertränen die Quelle der Erleuchtung vergiftet hatten. War dies hier etwa seine und nicht ihre Welt …? Im letzten Moment zog sie den Kopf zurück.

Direkt vor ihrem Gesicht platschte etwas ins Wasser und

versank. Nein, machte sie sich klar. Das hier war anders. Rasch griff sie nach dem funkelnden Ding, ehe es der Reichweite ihrer Arme entschwinden konnte.

»Eine Münze?«, murmelte sie staunend, als sie den Fang ins Licht hielt. Oder eher ein goldener Jeton, verbesserte sie sich, eine Spielmarke. Von einer Seite der runden Scheibe lächelte ihr ein puppenhaftes Frauengesicht entgegen, ziemlich glatt und hübsch, aber trotzdem hätte es ihr widerstrebt, dieses Antlitz als lieblich zu bezeichnen. Die Augen der orientalisch anmutenden Schönheit waren geschlossen. Sie trug einen Turban und mehrere Perlenketten. Auf die Rückseite der Medaille war eine große »1« geprägt, umgeben von einem gewölbten Schriftzug: Oben stand »Metropoly« und darunter das Wort »Punkt«.

»Unglaublich«, flüsterte sie. Der Graue See hatte sie tatsächlich in die Stadt aus ihrem Traum …

»Au!« Lena jaulte vor Schmerz auf. Eben war noch eine Spielmarke herabgefallen, genau auf ihren Kopf. Wütend schnappte sie nach dem versinkenden Jeton und zog sich an die Brunnenwand zurück, um sich vor weiteren Geschossen zu schützen. Keinen Moment zu spät, denn schon platschte vor ihr abermals eine Marke ins Wasser.

»Da hat es aber jemand nötig«, brummte sie in der Annahme, ein verbreiteter Aberglaube beschere ihr den Goldregen – viele Leute meinen ja, in Brunnen geworfene Münzen wirken bei der Erfüllung von Wünschen wahre Wunder.

In rascher Folge fischte sie eine dritte und vierte Spielmarke aus dem Wasser. Die eine war der aufgeprägten Ziffer zufolge zwei, die andere fünf Punkte wert. Von allen Jetons lächelte das gleiche puppenhafte Frauengesicht mit den geschlossenen Augen. Lena machte sich an den Aufstieg.

Der gemauerte Brunnenschacht verfügte zwar über keine Leiter, doch über eine Menge vorspringender Steine. Daran konnte sie sich festhalten oder sie als Tritte benutzen. Im Gegensatz zu Jim, der sein Phantasiereich in mancher Hinsicht verändert betreten hatte, trug sie nach wie vor das bunt geblümte Kleid, war barfuß und augenscheinlich noch genauso alt wie in der Welt der Sinne, dem wirklichen Leben. Die Quelle der Erleuchtung machte offenbar nicht aus jedem Grenzgänger einen strahlenden Ritter.

Während Lena dem himmelblauen Loch immer näher kam, zischten weitere Jetons an ihr vorüber. Einer landete wundersamerweise genau in der Außentasche ihres Kleids, wo er sich klimpernd zu den vier anderen Spielmarken gesellte.

Endlich erreichte sie den Brunnenrand, zog sich daran hoch, schob die Beine über die Mauer hinweg und setzte sich auf die Einfassung. Ringsherum tobte das Leben. Sie befand sich inmitten eines belebten, lauten, großen Platzes, der weder rund noch viereckig, sondern auf größtmögliche Weise verwinkelt war.

Von der Kletterei ermüdet, wollte Lena zunächst verschnaufen, ehe sie sich an die Erkundung ihrer Welt machte. Deren quietschbunte Ausgestaltung kannte sie ja bereits aus dem Traum der letzten Nacht. Alles hier wirkte hell, freundlich und in seinem Formenreichtum überladen. Überdies verbreiteten Bäumchen voller Blüten, die in großen Blumentöpfen standen, einen geradezu betäubenden Duft.

Wohin Lena den Blick auch wandte, sah sie Kinder. Sie spielten mit Bällen, Reifen, Springseilen, Kreiseln, Puppen und vielem mehr. Es gab sogar lebendiges Spielzeug: Hunde, Eidechsen, Ratten, Biber, Frösche, Kanarienvögel, Schildkröten, kleine Schweine und anderes Getier. Hier und da schien etwas von den Tieren auf ihre Besitzer abzufärben. Einige hatten statt Haaren bunte Federn auf dem Kopf, die Haut anderer zierten Zebrastreifen und ein Mädchen besaß sogar ein Katzengesicht. Manche Kinder johlten vor Vergnügen, andere gingen ihrem Zeitvertreib mit geradezu verbissener Anstrengung nach, aber alle waren beschäftigt. Niemand gönnte sich Ruhe.

Lenas Aufmerksamkeit wurde erneut von den baulichen Besonderheiten des Platzes gefesselt. Schnell wurde ihr klar, dass die scheinbare Vielfalt sich aus wenigen Grundformen zusammensetzte: Dreiecke, Quadrate und Parallelogramme. Manchmal waren diese winzig wie Mosaiksteine, oft aber auch riesig und dann wirkten die Gebäude wie aus großen Bauklötzen zusammengesetzt.

Einfallslosigkeit zeigte sich auch in der leuchtenden Farbgebung. Von den glasig schillernden Pflastersteinen bis zu den glänzenden Anstrichen der umstehenden Fassaden, sah Lena nur Blau, Gelb, Rot und Grün. Zwischentöne entstanden durch die Kombination unterschiedlicher kleiner Farbflächen.

Merkwürdigerweise drehten sich die Häuser langsam um den Platz. Oder ruhte Letzterer auf einer rotierenden Scheibe? Wenn dem so war, dann bildete der Brunnen im Zentrum des Platzes genau die Achse dieses kolossalen Kreisels. Jedenfalls tauchten in den Lücken zwischen den Gebäuden ab und zu Gassen auf, um gleich wieder zu verschwinden. Hier und da zogen an Lena bunte Plakate vorüber, von denen das immergleiche Porzellangesicht lächelte. Sie kannte diese kühle Schönheit bereits von den Spielmarken.

Sieht sie dich an?

Der Gedanke durchzuckte Lena wie ein Stromstoß. Sie bekam eine Gänsehaut. Waren die Augen der Frau mit Turban und Perlenketten vorher nicht immer geschlossen gewesen? Jetzt jedenfalls standen sie offen. Groß, starr und grün. Es war ein kaltes Grün, nicht zu vergleichen mit Lenas zauberhaftem Jadeblick, sondern blass wie Gletschereis. Und von sämtlichen Plakaten schauten diese stechenden Augen genau auf sie, das Mädchen auf dem Brunnenrand.

Die Porträts waren Lena nicht geheuer. Unbehaglich riss sie sich davon los und wandte sich wieder der unmittelbaren Umgebung zu. Als sie sich umdrehte, entdeckte sie einige

Kinder, die sie sprachlos anstarrten. Vermutlich stiegen hier eher selten Mädchen aus Brunnen.

Die Staunenden trugen wie alle Kinder auf dem Platz Uniformen und häufig auch Mützen, für Lena durchaus kein befremdlicher Anblick, gehörte dergleichen doch in England – wenn auch nur für den Schulbesuch – zum Alltag. Sie entdeckte fünfzehn oder vielleicht auch zwanzig Modelle, die sich in Farbe und Schnitt unterschieden.

Des Weiteren fielen ihr an der Kleidung unterschiedliche Plaketten auf, manche bemalt, andere emailliert, dritte wiederum in schlichtem Messinggold oder Nickelsilber gehalten. Die Formen der Marken waren so vielfältig wie die militärischen Rangabzeichen der Offiziere und Soldaten, die für ein Londoner Mädchen zum selbstverständlichen Straßenbild jeder Stadt gehörten. Da gab es

Kreise, Dreiecke, Quadrate, Rauten, waagerechte Dreifachbalken, senkrechte Doppelbalken und schräge Einfachbalken. Manche Plaketten zierten die Brust ihrer Träger, häufiger jedoch die Stirnseite der Mütze. Vielleicht waren die Symbole Abzeichen bestimmter Schulen. Oder sie zeigten tatsächlich irgendeine Rangordnung an, die sich aus dem Jahrgang oder der Leistung des Einzelnen ergab.

»Guten Tag«, begrüßte Lena die überraschte Schar.

Ein Junge drängte nach vorn, der die anderen fast um einen Kopf überragte. Beim Anblick seiner unwilligen Miene erschrak Lena bis ins Mark. Er hatte die bernsteinfarbenen Augen eines Wolfs und sein Gesicht – es war nicht rosig wie bei einem Kind, sondern glich der faltigen Zornesmiene eines Achtzigjährigen.

»Du störst uns beim Spielen. Geh weg«, grunzte der Knabe oder Mann oder worum immer es sich bei dem Flegel handelte.

Lena war ziemlich durcheinander. Sie kannte Zwerggestalten aus dem Zirkus und hatte in der Zeitung über den berühmten französischen Plakatmaler Henri de Toulouse-Lautrec gelesen, der nur ein Meter zweiundfünfzig groß war. Aber ihr unfreundliches Gegenüber sprach mit der Stimme eines *Kindes*. Sie spürte, dass sie hier nicht lediglich einen kleinwüchsigen Mann mit sonderbaren Augen vor sich hatte. Beklommen fragte sie, was denn

das für ein Spiel sei, bei dem man haufenweise Münzen in einen Brunnen werfe.

»Ein Geschicklichkeitsspiel«, antwortete der gnomenhafte Alte knapp.

»Jeder Treffer bringt dem Werfer die Punktzahl, die er im Wasser versenkt hat«, rief eine helle Knabenstimme. Ein Knirps, der zu Lenas Beruhigung wie ein richtiges Kind von acht oder neun Jahren aussah, schob sich neben den Verschrumpelten und erklärte: »Bei einem Fehlwurf muss er die Spielmarke demjenigen geben, der beim nächsten Mal trifft. Gewinnen tut der mit den meisten ins Wasser gefallenen Punkten.«

»Und wer gibt euch die Marken? Eure Eltern?«, fragte Lena. Sie hatte noch immer keinen einzigen normalwüchsigen Menschen auf dem Platz entdecken können.

Unter den Umstehenden entstand ein angeregtes Getuschel.

»Ich habe dich noch nie auf dem Tempelplatz gesehen. Woher kommst du, dass du sie nicht kennst?«, fragte schließlich wieder der kleine Alte.

»Aus dem Brunnen«, antwortete Lena.

Erneut wurde gemurmelt, ehe der Gnomenhafte erwiderte: »Pekunia gibt uns die Münzen als Belohnung für unser Spiel.«

»Und wer ist diese Pekunia?«

»Die Königin von Metropoly, der Stadt der Kinder und des

ewigen Spiels«, kam die Antwort aus vielen Kehlen zugleich. Einige Jungen und Mädchen deuteten zu den Plakaten hinüber.

»Sie ist wie eine Mutter für uns«, erklärte der Knirps und klang mit einem Mal sehr traurig, als er hinzufügte: »Die einzige Mutter, die wir noch haben.«

»Einen Vater gibt es nicht?«, wunderte sich Lena. Vielleicht nannte das Oberhaupt dieses merkwürdigen Reiches ja grundsätzlich sämtliche Untertanen »Kinder«. Sie kannte einen jungen Priester, der für alle nur »Vater« Bailey war, während er ohne Ausnahme jeden, selbst uralte Gemeindemitglieder, als »Sohn« oder »Tochter« ansprach.

Der Knirps erklärte: »Andere Erwachsene haben hier nichts zu suchen und böse Männer schon zweimal nicht.«

»Wer behauptet denn, dass alle Männer böse sind?«

»Pekunia. Die gieren nur nach Macht und Geld, sagt sie. Eher würde ihr Königreich vergehen, als dass ein Mann sich hier sehen ließe.« Die Antwort des Kleinen klang für Lena irgendwie einstudiert.

Ein kleines Mädchen mit grellrotem Federschopf trat zum Brunnen vor. »Wie heißt du?«

»Adeline Virginia.«

»Willst du beim Münzenversenken mitmachen, Adeline Virginia?«

»Danke, nein. Dabei kann man ja nur verlieren, weil am Ende keiner mehr eine Münze hat. Das ist mir zu blöd.«

»Dann solltest du dir schleunigst ein anders Spiel suchen«, sagte das Mädchen. Es lächelte zwar, doch sein Rat klang wie eine Drohung.

»Warum? Darf man hier denn nicht …?« Lena verstummte, weil plötzlich lautes Geschrei, Geklapper und Getrappel an ihr Ohr drang. Sie reckte den Hals und suchte mit den Augen nach der Ursache des Lärms.

Aus einer der Gassen, die sich mit den Häusern um den Brunnen drehten, stürmte eine zwergenhafte Gestalt auf den Tempelplatz. Sie war barfüßig, hatte struppiges blondes Haar und trug ein dunkelbraunes Wams sowie eine ausgefranste, lehmfarbene Hose – aber eindeutig keine Uniform. In einiger Entfernung dahinter tauchen geharnischte Reiter auf.

Jagen die etwa einen kleinen Jungen?, fragte sich Lena empört. Den Erklärungen der Münzenspieler zufolge musste dem wohl so sein, denn in Metropoly gab es ja außer der Königin keine anderen Erwachsenen. Andererseits – wer steckte dann in den Ritterrüstungen? Sie waren für Kinder doch viel zu groß!

Der Kleine drehte sich nach den Verfolgern um und rannte dabei weiter auf den Brunnen zu.

»Vorsicht!«, rief Lena. Noch ein paar Schritte und der Zwergwirbelwind würde sie in den Schacht stoßen.

Im letzten Moment schlug er einen Haken.

Mit einem Mal begann der Boden zu zittern. Ein tiefes,

lautes Seufzen hallte über den Tempelplatz. Dann kehrte Ruhe ein.

Die Stille war geradezu gespenstisch. Sämtliche Kinder und Tiere verharrten im Spiel. Ihre Stimmen waren verstummt. Sogar der kleine Flüchtling blieb wie angewurzelt stehen. Es sah aus, als warteten alle darauf, dass etwas Großes, etwas Gefährliches, etwas Unheimliches vorüberging. Aber was? Lena blickte sich nach allen Seiten um. Und dann wusste sie die Antwort.

Der Platz war stehen geblieben. Oder das Stadtviertel drehte sich nicht mehr um den Brunnen.

Ihre Hand schloss sich um den Kettenanhänger, als könnten dessen vier Sterne sie beschützen. Sie traute der Stille nicht. Und tatsächlich! Auf einmal knirschte es rings um sie herum, so als würde ganz in der Nähe ein Koloss große Steine zermalmen. Ein Zittern erfasste die umstehenden Häuser. Und mit einem Mal bewegten sie sich wieder, aber nicht im Kreis, sondern …

Auseinander!?

Der Kettenanhänger glitt Lena aus der Hand, vor Schreck, aber auch, weil sie sich festhalten musste, um nicht von ihrem bebenden Sitzplatz aus in den Brunnen zu fallen. Ungläubig verfolgte sie das bizarre Schauspiel.

Zwischen den eben noch nahtlos nebeneinanderstehenden Gebäuden bildeten sich rasch Lücken. An einigen Stellen entstanden dadurch Gassen, in die nie zuvor ein Kind seinen

Fuß gesetzt hatte. Andernorts wurden die Breschen sofort wieder mit Steinen aufgefüllt, die von den benachbarten Häusern herabfielen und sich auf wundersame Weise zu neuen Bauwerken zusammenfügten. In den bisherigen, den angrenzenden Gemäuern taten sich dadurch aber keine Mauerlücken auf. Seltsamerweise blieben die Gebäude völlig unbeschädigt. Metropoly wuchs.

»Wie kann das sein?«, murmelte Lena fassungslos. Unwillkürlich hatte sie die Frage an den kleinen Ausreißer gerichtet, der ihr am nächsten stand. Als sie sich ihm jetzt ganz zuwandte, lief es ihr eiskalt den Rücken hinab. Nicht, weil er aus seinen blauen Augen wie gebannt *sie* oder vielmehr den Kettenanhänger auf ihrer Brust anstarrte, sondern weil auch er ein *uraltes* Gesicht hatte.

Wie ein Hundertjähriger.

Plötzlich begann sich das Viertel wieder um den Brunnen zu drehen. Und die Kinder auf dem Tempelplatz kehrten zu ihren Beschäftigungen zurück. Der zwergenhafte Greis blieb Lena die Antwort schuldig und setzte seine Flucht fort. Alles andere als gebrechlich, eilte er auf eine eben neu entstandene Gasse am gegenüberliegenden Ende des Platzes zu.

Seine Verfolger hatten den Wachstumsschub der Stadt ebenfalls reglos abgewartet. Jetzt galoppierten sie auf den Platz. Die Reiter trugen Schwerter, Schilde, Äxte, Lanzen, Hellebarden, Morgensterne und sonstiges Kriegsgerät. Als Lena die teils ungepanzerten Hände und die Gesichter in den offenen Helmen aus der Nähe sah, traute sie ihren Augen nicht.

In den Ritterrüstungen steckten Stoffpuppen. Hellbraune Jutekameraden. Einige wirkten ziemlich zerschlissen, an etlichen Stellen geflickt oder waren sogar aufgeplatzt – aus den Löchern quoll Stroh. Ähnlich verhielt es sich mit den Pferden: So lebendig sie sich auch bewegten, so künstlich sahen sie aus.

Ein Pferd aus Sacktuch kam neben dem Brunnen zum Stehen. Die goldenen Verzierungen auf dem Brustpanzer des unbehelmten Reiters wie auch seine stolze Haltung ließen für Lena nur einen Schluss zu: Es handelte sich um den Anführer der Jagdgesellschaft. Sein Gesicht war mehr als die Gesichter der anderen Soldaten mit Narben – genauer gesagt, mit gestopften Rissen und aufgenähten Flicken – übersät. Er hatte links ein leuchtend rotes Auge und rechts ein braunes, das an einem lockeren Faden hing und bei jeder Bewegung des Kopfes hin und her baumelte. Aus seinem linken Ohr ragte ein Büschel Stroh.

»Hat jemand ein fliehendes Kind gesehen?«, fragte der Kommandant. Seine Stimme schnarrte wie eine Ratsche.

»Nein«, erwiderte Lena.

»Ja«, antworten alle Übrigen postwendend und deuteten zu der Gasse, in die der Kleine mit dem alten Gesicht geflohen war.

»Versuchst du etwa, den Spielverderber zu schützen?«,

knurrte der Ritter das Mädchen auf dem Brunnen an. Sein rotes Auge blitzte bedrohlich.

Lena schüttelte erschrocken den Kopf. »Bestimmt nicht. Ich bin eben erst angekommen.«

»Wir sprechen uns noch«, sagte der Helmlose in einschüchterndem Ton und befahl seinen Mannen, die Verfolgung fortzusetzen.

Die Reiterhorde stürmte vom Platz.

Lena war verwirrt. »Warum jagen sie den Kleinen?«, fragte sie die Kinder.

»Er hat sich wohl geweigert, zu spielen«, antwortete das Mädchen mit dem roten Federschopf.

»Das ist doch nicht schlimm. Sie werden ihn deshalb ja wohl nicht gleich aus der Stadt werfen, oder?«, fragte Lena und wunderte sich.

»Aus Metropoly? Wie soll das gehen? Pekunias Reich ist grenzenlos. Man kann es nicht verlassen.«

Lena erschauerte. Schon beim Aufwachen am Morgen war ihr diese bunte Welt der Zerstreuung irgendwie seltsam vorgekommen. Anscheinend gab es für die hier lebenden Kinder nur die Königin Pekunia – die Übermutter – und endloses Spiel. War das nun gut oder schlecht?

Der wolfsäugige Wortführer deutete mit ausgestrecktem Arm ins Irgendwo und grunzte: »Du bringst uns kein Glück. Such dir einen anderen Spielplatz.«

»Ich habe sowieso schon viel zu lange hier herumgesessen«,

entgegnete Lena aufmüpfig. In Wirklichkeit wollte sie nur keinen Ärger bekommen.

Sie rutschte vom Brunnenrand auf die glasig bunten Pflastersteine hinab und trollte sich. Jetzt erst, dachte sie, bin ich wirklich in meiner Welt.

Tunichtgut

Tempelplatz (Metropoly), 1. Tag

Ziellos irrte Lena über den Platz. Ihr war ein bisschen schwindelig, wofür sie den Blumenkübeln die Schuld gab. Offenbar benebelte der ihr entgegenströmende Duft ihre Sinne. Vielleicht brauchte sie ja auch nur ein ruhiges Plätzchen, um die vielen neuen Eindrücke zu verdauen und ungestört über ihre Rolle in dieser merkwürdigen »Stadt der Kinder und des ewigen Spiels« nachzudenken.

Unschlüssig blickte sie zum makellos blauen Himmel hinauf, als könne sie von dort eine göttliche Eingebung erhalten, handelte sich damit aber nur weitere Verwirrung ein. Hoch über ihrem Kopf gab es außer ein paar Vögeln nichts: keine Wolken, ja, nicht einmal eine Sonne. Trotzdem war es in Metropoly hell und warm wie an einem herrlichen Frühlingstag.

»Was hast du da nur angerichtet?«, haderte sie mit sich selbst und steuerte das Portal eines farbenfrohen, großen Gebäudes am Rand des Platzes an. Vielleicht fand sie dort etwas Ruhe. Es erinnerte sie entfernt an eine Kathedrale, wenngleich der Monumentalbau bunter war als alle Kirchen, die sie je gesehen hatte ... Lena stutzte. Wechselte der Dom seine Gestalt? Oder war es nur der sich im Näherkommen verändernde Betrachtungswinkel, der ihr diese Illusion vorgaukelte: Ständig schienen aus Dach und Wänden neue Türme emporzuwachsen und andere darin zu versinken.

An der Fassade entdeckte sie einige in Stein gemeißelte Geschichten. Sie glaubte das Märchen von Rotkäppchen wiederzuerkennen, sah aber auch ganz andere, sehr viel blutigere Episoden. Manche Figuren ähnelten Heiligen aus der Welt der Sinne, andere glichen eher Clowns. Von der Dachkante blickten bunte Wasserspeier herab: Drachen, Gnome, Katzen und Hasen.

Endlich hatte Lena die große Freitreppe des himmelstürmenden Bauwerks erreicht. Sie drehte sich noch einmal zum Brunnen um. Dort warfen die Jungen und Mädchen ihre Spielmarken ins Wasser, als wäre nichts geschehen. Sie wollte sich schon wieder dem Portal zuwenden, als sie am gegenüberliegenden Ende des Platzes unvermittelt eine breite, schnurgerade Straße entdeckte – möglicherweise hatte das Häuserkarussell auch eben erst den Blick auf diesen Prachtboulevard freigegeben.

»Was ist denn das?«, staunte Lena.

Unweit des Tempelplatzes ragte ein gigantischer Kreisel auf. Er war mindestens einhundert Yards hoch und hatte Fenster, Erker, Balkone und Türmchen. Der Größe nach zu urteilen, musste es sich um einen Palast handeln. Er glich zwei flachen, an den Grundflächen zusammengefügten Kegeln, die auf einer oben länger und unten nur kurz herausstehenden Achse steckten. Das ganze Bauwerk war geringelt, Blau, Gelb, Rot und Grün wechselten sich vom Boden bis in den Himmel immer wieder ab.

Mitunter verschwamm das bizarre Gebäude vor Lenas Augen und die Luft um den Riesenkreisel flirrte. Dann wieder sah sie deutlich all die verspielten Details. Ihr Staunen hielt geraume Zeit an, bis sie endlich ganz begriff: Dieser kolossale Bau *drehte* sich wie ein echter Kreisel mit rasender Geschwindigkeit um die eigene Achse. Nur scheinbar stand er ab und zu still – das Auge ließ sich trügen, so als blicke man auf ein schnell rotierendes Speichenrad.

Ein kleiner Junge, der mit einem Stab einen Holzreifen vor sich hertrieb, kreuzte Lenas Gesichtsfeld. »Was ist das für ein Kreisel da?«, rief sie und deutete auf das wirbelnde Haus.

Der Knabe vergaß seinen Reifen. Verblüfft musterte er Lena vom Scheitel bis zur Sohle, bis sein Blick auf ihrem Kettenanhänger zur Ruhe kam, als er endlich antwortete: »Vier Sterne? Die Marke habe ich noch nie gesehen. Bist wohl aus einem Randbezirk, dass du danach fragst.« Sein Daumen wies über die Schulter. »Das da hinter mir ist Pekunias Palast.«

»Die Königin wohnt in einem ... *Kreisel?*«

Der Junge zuckte die Achseln. »Wieso nicht? Der Kreisel ist eines der ältesten Spielzeuge der Welt.«

»Ich finde das ziemlich verrückt. Hast du sie je aus diesem ... Karussell herauskommen sehen?« Lena merkte, dass ihre Neugier dem Knaben nicht behagte. Er wirkte mit einem Mal zappelig und seine Antwort klang gereizt.

»Ist das eine Fangfrage? Zweifelt die Königin etwa an meiner Untertanentreue? Na klar habe ich ihre Schönheit und Pracht schon oft bewundert. Einmal im Jahr zeigt die Allerlustigste sich dem Volk auf der Paradestraße, wenn sie mit ihrem Gefolge den Tempel besucht. Sie trägt Juwelen und Perlenketten, kostbare Gewänder, Seidenhandschuhe und einen Turban. Ihr Gesicht ist bis über die Nase verschleiert, doch allein ihre blitzenden grünen Augen verzaubern jeden, dem sie einen Namen geschenkt hat.«

»Sie verschenkt *Namen?* Wie meinst du das?«

»Das weiß doch jedes Kind. Und jetzt stör mich nicht länger.« Er eilte zu dem umgefallenen Reifen, richtete ihn wieder auf und brachte ihn mit dem Stock in Schwung.

Lena war perplex. Es fiel ihr schwer, zu glauben, dass tatsächlich *sie* diese vollkommen aberwitzige Welt erschaffen hatte. Kopfschüttelnd drehte sie sich um und ging zu dem hohen Portal.

Dessen von mächtigen Eisenbändern getragene Tür bestand aus senkrechten Balken, die abwechselnd blau, gelb, rot und grün angestrichen waren. Daran klebte – wie konnte es anders sein? – ein Plakat von Pekunia. Es zeigte die Königin in einem rosa Gewand, das bis zu den Knöcheln hinab um ihren schlanken Körper gewickelt war – ein Sari, wie ihn gewöhnlich indische Frauen trugen. An den Füßen hatte sie juwelenbesetzte, hochhackige Sandaletten. Die eisgrünen Augen in ihrem jugendlich glatten Konterfei waren auf Lena gerichtet …

Das Mädchen erschauerte. Hatte Pekunia eben gezwinkert? Das war doch nicht möglich! »Gedruckt ist gedruckt und sonst nichts«, flüsterte Lena und musste unwillkürlich ebenfalls blinzeln. Sie wischte sich mit dem Handrücken übers Gesicht.

Das porzellanpuppenhafte Antlitz war jetzt wieder so starr wie zuvor. Trotzdem schienen die eisigen Augen der Königin sie weiter zu mustern. Um sich dem bohrenden Blick zu entziehen, öffnete sie die Pforte und huschte ins Gebäude.

Sobald sich die Tür hinter Lena geschlossen hatte, war sie von Stille umgeben. Und von einem muffigen Geruch. Sie befand sich in einer Vorhalle, die durch eine Säulenreihe vom Hauptraum getrennt war. Gleich rechts neben dem Eingang stand ein Bord mit Pekunia-Bildnissen, jedes so groß wie ein Briefbogen und offenbar für eine Spende zu erwerben – ein

Glaskasten daneben enthielt einige Spielmarken. Lena lief auf die Pfeiler zu und blieb zwischen dem mittleren Paar stehen.

Vor ihr erstreckte sich der Innenraum einer gewaltigen Basilika. Das von zwei schmaleren Seitenschiffen flankierte Langhaus reichte in schwindelerregende Höhen hinauf. Sitzreihen erstreckten sich beiderseits eines Mittelgangs scheinbar endlos bis zum fernen Altar. Über allem hing ein dunstiger Schleier aus Licht.

Bunte Glasfenster zeigten verschiedene Szenen. Im Mittelpunkt stand immer die Königin. Auf einem Bild segnete sie ein kleines Mädchen, auf einem anderen verteilte sie Spielzeug an eine Kinderschar, ein drittes zeigte sie in einer Sänfte an der Spitze einer Prozession von Untertanen vor dem Kreiselpalast und ein weiteres mit nach oben ausgestreckten Armen, so als werfe sie den über ihr schwebenden Greis im Knabenkörper zum Himmel hinauf.

Die Kathedrale war augenscheinlich menschenleer. Irgendwo gurrte eine Taube – der Vogel hatte sich wohl in den Riesenbau verirrt. Lena machte sich an die Durchquerung des Mittelschiffes, um sich den Altar auf der anderen Seite genauer anzusehen. Sie benutzte den breiten Gang zwischen den Bänken. Die quadratischen Bodenplatten unter ihren nackten Fußsohlen waren kühl, aber nicht unangenehm. Auch in diesem Pekunia-Tempel gab es ausschließlich blaue, gelbe, rote oder grüne Steine. Weil die Farbwechsel jedoch völlig zufällig und die einzelnen Ziegel im Vergleich zu den riesigen Ausmaßen des Gebäudes sehr klein waren, verschwammen alle Flächen zu Grau.

Ihr Blick folgte einem der schlanken Pfeiler bis zum Kreuzgewölbe hinauf. Es schien so hoch wie der Himmel selbst zu sein.

Unvermittelt flatterte etwas Dunkles durch ihr Gesichtsfeld. Ehe sie dem Tier mit den Augen folgen konnte, war es auch schon wieder verschwunden. Im ersten Moment dachte Lena an den Vogel, dessen Gurren sie zuvor gehört hatte, aber das hier war etwas anderes. Sie kannte sich mit Tauben aus. Ihr Vater nannte sie die »Ratten der Lüfte«; in London lebten vermutlich Millionen davon. Tauben schlugen nicht mehr als nötig mit den Flügeln, lieber glitten sie durch die Luft. Dieses Tier hier hatte jedoch geflattert wie eine Fledermaus. Im Vergleich zu einer solchen war aber der Schemen mindestens zehnmal größer gewesen.

Der Gedanke an ein so riesiges Flatterwesen, das sie jetzt womöglich aus einem verborgenen Winkel heraus beobachtete, verursachte Lena eine Gänsehaut. Voller Unbehagen sah sie sich um. Dadurch entdeckte sie zwar nicht das flatternde Etwas, dafür aber über dem Portal eine Empore mit einer Stafette bunter Orgelpfeifen von piccoloklein bis kolossal groß.

Einige hundert Schritte später durchquerte sie den Chor. Hier gab es nur Sitze an den Seitenwänden. In den hohen

Lehnen befanden sich aufwendige Schnitzereien mit Motiven aus dem Alltagsleben von Metropoly: spielende Kinder, spielende Kinder, spielende Kinder …

Endlich hatte Lena die Apsis erreicht, eine halbrunde Nische am Ende des Mittelschiffes, die von schmalen blau-gelb-rot-grünen Bleiglasfenstern ausgeleuchtet wurde. Hier stand der Altar, ein mächtiger Block aus grünem Marmor. An der Frontseite war ein längerer Text eingemeißelt. Um ihn zu entziffern, musste sich Lena ihm weiter nähern.

Hinter dem Altar ragte ein großes Triptychon auf: Die Mitte des dreigeteilten Ölgemäldes beherrschte die Königin von Metropoly, sie trug einen roten, langen Mantel mit Hermelinkragen. Rechts davon war ein figurbetontes blaues Ballkleid zu sehen und links ein fescher Reitdress. Der Künstler hatte an den Rändern der Kleidungsstücke kleine gelbe Vierecke mit blau gestrichelter Umrandung aufgemalt, die Lena im ersten Moment irritierten. Die sonst so echte Darstellung verlor dadurch ihre Natürlichkeit. Dann wurde ihr klar, was sie da sah.

Eine Pekunia-Anziehpuppe samt Garderobe.

Vor einigen Jahren hatte Lena selbst einige Pappkameradinnen besessen, deren Kleider man aus bunten Papierbogen ausschneiden musste. Die Umschlaglaschen an den Rändern hinderten die Gewänder daran, herunterzufallen.

Offenbar war die Königin von Metropoly sehr darauf bedacht, sich ihren Untertanen kindgerecht zu präsentieren.

Lenas Blick schweifte weiter nach oben hinauf. Über dem dreigeteilten Tafelbild hing, einem Scherenschnitt gleich, die in Holz gearbeitete Silhouette eines Kreisels. Als Lena direkt vor den Altar trat, um die Inschrift zu lesen, entdeckte sie auf dem glänzenden Marmortisch ein großes Puzzle. Merkwürdigerweise war es unvollständig. Wollte Pekunia damit an den Spieltrieb ihrer kindlichen Jünger appellieren? Jedenfalls konnte Lena in dem Bild schon deutlich die glatt gebügelten Gesichtszüge der Übermutter von Metropoly erkennen. Erfreulicherweise hielt die halb gepuzzelte Königin wie auf den goldenen Spielmarken aus dem Brunnen ihre eisigen Augen geschlossen.

Je länger Lena das noch löcherige und ausgefranste Kultbild betrachtete, desto unwohler fühlte sie sich. Wäre die Ikone schon vollendet, hätte sie nicht ihre Phantasie bemühen müssen, um sie im Geist zu vervollständigen. Doch mit der Ungewissheit kam auch das Unbehagen. Sie spürte, dass Pekunias Gesicht ein Geheimnis barg. Es war irgendwie falsch. Doch was genau damit nicht stimmte, vermochte Lena nicht zu sagen.

Unverrichteter Dinge wandte sie sich wieder der Vorderseite des Altars zu. Der dort eingemeißelte Text war in zehn Unterpunkte aufgeteilt. Mit wachsendem Erstaunen las sie die Worte.

DIE ZEHN GEBOTE

1. *Ich bin Pekunia, deine Königin, die dich von der Langeweile befreit hat und dir Spielzeug gibt. Du sollst keine andere Herrscherin haben außer mir.*
2. *Du sollst dich mit meinem Spielzeug vergnügen und dir kein eigenes machen, noch dich erfreuen an den Dingen im Himmel droben oder am Boden drunten oder in den Tiefen der Wasser. Du sollst dich nicht mit solchen beschäftigen, noch danach trachten, denn ich bin Pekunia, deine Große Mutter, eine Königin, die allein dir dein Spielzeug gibt und die Strafe bringt über alle, die sich ohne mein Spielzeug vergnügen, aber jene belohnt, die mein Spielzeug lieben und sich an meine Gebote halten.*
3. *Du sollst den Namen Pekunias nicht entwürdigen, denn die Königin wird jeden bestrafen, der das tut.*
4. *Ruhe nie! Sechs Tage sollst du mit meinem Spielzeug spielen und am siebten sollst du es noch toller treiben. So ehrst du Pekunia, deine Königin.*
5. *Du sollst deinen Vater und deine Mutter vergessen. Dann wirst du lange in Metropoly leben, der Stadt, die deine Königin dir gibt.*
6. *Du sollst im Spiel deine Gegner nicht schonen – es ist ja nicht ernst gemeint.*
7. *Du sollst dein Spielzeug zerbrechen – Pekunia gibt dir neues.*

8. *Du sollst kein Spielzeug stehlen – deine Königin wird dich damit versorgen.*
9. *Du sollst lügen, um dir einen Spielvorteil zu verschaffen.*
10. *Du sollst nicht das Spielzeug deines Mitkindes begehren, denn von Pekunia kannst du haargenau das Gleiche bekommen.*

Lenas Hand hatte wie von selbst nach dem Kettenanhänger gesucht und ihn gefunden. Gemäß den Worten ihres Vaters stellte der Goldberyll im oberen Stern den Glauben dar, denn Gold stehe für Reinheit, Wert und Bestand. »Wer im Glauben verwurzelt ist«, hatte er hinzugefügt, »der kann allen Stürmen trotzen. Nie braucht er fremde Gedanken zu fürchten, weil er fest im Boden seiner Überzeugungen verankert ist. Aber Menschen ohne Glauben sind wie Laub, mit dem der Wind sein Spiel treibt.«

Sie hatte ihm von Herzen zugestimmt und sich gedacht, jede Überzeugung sei besser als keine. Jetzt beschlichen sie jedoch Zweifel daran. Konnten Pekunias Zehn Gebote tatsächlich einem anderen nützen als Pekunia? Ihr Regelwerk roch förmlich nach Ausbeutung. Unwillkürlich kam Lena die Geschichte von Oliver Twist in den Sinn, wie der ausgehungerte Fürsorgezögling mit anderen Kindern im Arbeitshaus schuften musste. Im Reich der Großen Mutter durften die Kinder allerdings spielen und das war ja nichts Schlechtes. Im Gegenteil. Lenas Vater hatte einmal gesagt, Kinder brauchten das Spiel, um sich normal zu entwickeln. War Pekunia also nur eine barmherzige Wohltäterin, eine Übermutter eben?

Plötzlich hörte Lena hinter sich ein Knarren. Jemand hatte die Kirchentür aufgerissen. Sie drehte sich um.

Vor dem hellen Hintergrund sah sie scherenschnittgleich einen geharnischten Kämpfer. Er trug keinen Helm.

»Warum spielst du nicht?«, bellte er. Das gewaltige Echo seiner schnarrenden Stimme hallte in der Kathedrale mehrmals wider.

Lena wich erschrocken an den Altar zurück. »Ich habe die Zehn Gebote studiert.«

»Warte da auf mich«, befahl der Ritter und marschierte los. Während er mit langen Schritten das Kirchenschiff durchmaß, zückte er sein Schwert.

Wie zur Salzsäule erstarrt, blieb Lena stehen. Je näher der Geharnischte kam, desto mehr Einzelheiten erkannte sie: das Strohbüschel im Ohr, die verschiedenfarbigen Knopfaugen – es war der Anführer des Reitertrupps, der vorhin dem kleinen Greis nachgejagt war. Wie hatte er sie so schnell finden können?

Sein rotes Auge fixierte Lena, als könne er sie damit bannen, das braune beachtete sie nur, wenn es in die richtige Blickrichtung baumelte. Als er die halbrunde Altarnische erreichte, blieb er kaum vier Schritte vor Lena stehen und fragte: »Wie lautet dein Name und wo ist dein Zuhause?«

»Ich heiße Adeline Virginia, Sir, und komme aus dem Brunnen.«

»Aus der Unterwelt also. Dann gehörst du zu den Rebellen und ich muss dich festnehmen.« Er schickte sich an, dieser Maßnahme mit Waffengewalt Nachdruck zu verleihen.

»Nein!«, protestierte Lena. Die Entschlossenheit in ihrer Stimme ließ ihn innehalten. Ruhiger fügte sie hinzu: »Meine Heimat ist die Welt der Sinne. Die Quelle der Erleuchtung hat mich hierher geführt. Sie mündet in den Brunnen auf dem Tempelplatz.«

»Du bist eine Schwindlerin«, entgegnete er barsch.

»Ich sage die Wahrheit, Sir. Sie müssen mir glauben.«

»Es ist nicht nötig, mich mit Sir anzureden. Ich bin nur ein Strohmann aus gewöhnlicher Jute und keine Seidenhaut wie die Lakaien bei Hofe.« Er deutete mit der Schwertspitze auf ihren Kettenanhänger und sagte: »Abgesehen davon lügst du. Ich sehe da vier Sterne. Dieses Abzeichen tragen weder die Soldaten der Königin noch ihre Diener und schon gar nicht die Kinder auf der Straße.«

Sie zog verständnislos die Augenbrauen hoch. »Ja, und?«

»Etikettenschwindel untergräbt die öffentliche Ordnung und ist ein Kapitalverbrechen, das sollte dir eigentlich bekannt sein. Ich bin Hauptstrohmann der königlichen Leibgarde und kenne sämtliche zugelassenen Marken. Deine gehört nicht dazu. Somit bist du entweder eine Betrügerin oder du gehörst den Spielverderbern an.«

»So ein Quatsch! Ich komme aus London.«

»Hüte deine Zunge, Mädchen! Ich lasse mich von dir nicht für dumm verkaufen. Den Bezirk London gibt es in Metropoly nicht. Ihre Majestät Pekunia die Allerlustigste hat dich durchschaut.«

»Aber ich war vor weniger als einer Stunde noch in der Welt der Sinne«, beteuerte Lena. Unwillkürlich musste sie an die starrenden Plakate denken. Sollte die Königin etwa durch die Bilder ihre Ankunft auf dem Marktplatz *gesehen* haben?

»Ihre Majestät allein bestimmt, wer ihr Reich betreten oder verlassen darf. Es sind ausnahmslos Kinder, deren Herz ganz dem Spiel gehört. Dich hat sie nicht dazu berufen, für sie zu spielen. Andernfalls würdest du ja eine königlich zugelassene Marke tragen und keine billige Fälschung. Dich erwartet die Höchststrafe.«

»Was?«, japste Lena. »Ich soll sterben?«

Der Hauptstrohmann lachte keckernd. »Diese Gnade wird Verrätern und Etikettenschwindlern nicht erwiesen – sofern es sich vermeiden lässt. Wer die Segnungen der Großen Mutter verachtet, kann unmöglich richtig im Kopf sein. Deshalb bekommst du Narrenarrest im Arbeitshaus. Dort kannst du, anstatt zu spielen, bis an dein Lebensende im Stumpfsinn fronen …«

»Narrenarrest?«, echote Lena fassungslos. »Nur weil meine Sterne Ihnen nicht gefallen, bin ich doch nicht verrückt.«

»Folgst du mir jetzt freiwillig oder muss ich von meiner Waffe Gebrauch machen?«

Lena schwante, dass der Leibgardist sich nicht umstimmen lassen würde. Wie der arme Oliver Twist in eine Arbeitserziehungsanstalt eingesperrt zu werden und sich von morgens bis abends abrackern zu müssen, war schon schlimm genug, aber ihr grauste vor dem Gedanken, obendrein auch noch als Idiotin abgestempelt zu werden. Aus gutem Grund. Ihre erwachsene Halbschwester Laura lebte seit vorletztem Jahr in einem Heim, weil sie geistig umnachtet war. Lieber wollte Lena sich in Stücke hauen lassen. Um diesem nicht sehr verlockenden Schicksal zu entgehen, gab es nur eine Möglichkeit: Flucht.

Den Versuch dazu unternahm sie mit der Flinkheit eines Wiesels. Ehe der Strohmann reagieren konnte, brach sie zur Seite aus, lief im Bogen um ihn herum und durch den Chor in Richtung Hauptportal.

»Halt!«, brüllte der Soldat hinter ihr.

Sie rannte weiter. Hinter sich hörte sie die scheppernden Eisenschuhe des Verfolgers. Obwohl das Gewicht seiner Rüstung enorm sein musste, war der Jutekamerad erstaunlich schnell. Er holte sogar auf.

Als der Chor hinter ihr lag, schlug sie einen Haken nach links. Nun entspann sich eine Hetzjagd zwischen Bänken, Säulen, Steinfiguren, Kerzenständern und allem, was sich als Hindernis eignete. Zwar kam Lena dem Ausgang immer näher, doch sosehr sie sich auch dem Zugriff des Hauptstrohmanns zu entziehen versuchte, so forsch setzte er ihr nach. Konnte es sein, dass er umso schneller und stärker wurde, je mehr sie sich verausgabte?

Plötzlich spürte sie den rauen Stoff seiner Hand im Nacken. Blitzschnell wechselte sie die Richtung und konnte ihm so noch einmal entkommen.

Ein Strohhalm zischte an ihrem Kopf vorbei. Gleich darauf noch ein zweiter und dritter. Sie täuschte den Verfolger mit einer Stafette von Haken und gelangte dadurch, nur durch eine Sitzreihe von ihm getrennt, an seine Seite. Ein kurzer Blick genügte, um das Unglaubliche zu bestätigen.

Der Jutekamerad zielte mit dem Ohr auf sie und schoss daraus Halme ab.

In diesem Moment flog ein weiterer Strohpfeil auf sie zu. Sie duckte sich, gerade noch rechtzeitig, um nicht im Gesicht getroffen zu werden. Das gelbe Röhrchen traf eine Bank und – Lena hielt verdutzt inne – nein, es war nicht etwa abgelenkt worden oder entzweigebrochen, sondern hatte sich tief ins Holz gebohrt.

»Da staunst du, was?«, hörte sie die hämische Stimme des Leibgardisten. »Pekunia hat uns zwar kein Rückgrat gegeben, aber einen Panzer härter als jeder Knochen und Strohhalme so fest wie die Bolzen einer Armbrust. Wenn dir dein Leben lieb ist, dann lass dich endlich festnehmen.«

»Darauf kannst du lange warten«, erwiderte Lena trotzig und hetzte keuchend weiter.

Sie war schon fast unterhalb der Empore mit der riesigen Orgel. Das Scheppern der Eisenschuhe in ihrem Rücken klang erschreckend laut. Selbst wenn sie den Ausgang vor dem Ritter erreichte, würde sie die schwere Tür nicht mehr rechtzeitig öffnen können. Daher entschloss sie sich, zu kämpfen.

Im Mittelgang standen neben den letzten Bänken auf beiden Seiten schmiedeeiserne Kerzenständer. Sie schnappte sich den linken und wirbelte damit herum.

Keinen Moment zu früh, denn schon krachte die Schwertklinge auf den gedrehten Schaft, dass die Funken flogen. Die Wucht des Hiebes riss Lena fast von den Beinen. Der Jutekamerad war stärker als sie. In diesem Kampf konnte sie nur verlieren.

Schon sauste der nächste Schlag auf sie nieder. Zwar vermochte sie ihn abermals zu parieren, wankte unter der Kraft des Schlages aber zur Seite. Der Hauptstrohmann nutze die Chance und tänzelte um sie herum. Jetzt befand er sich zwischen ihr und dem Portal, der Fluchtweg war abgeschnitten.

Er lachte. »Du kannst noch so erbittert Widerstand leisten. Mich besiegst du nicht.«

Lena stieß nur einen wild entschlossenen Knurrlaut aus und hielt ihm den Kerzenständer hin.

»Närrin!«, rief er und hob abermals das Schwert.

Der nächste Hieb fuhr mit der Gewalt eines riesigen Schmiedehammers auf Lena herab. Der Kerzenständer wurde ihr förmlich aus den Händen gerissen und schepperte zu Boden. Von der Wucht des Aufpralls geriet sie ins Straucheln. Zwei, drei Schritte weit stolperte sie noch rückwärts. Dann fiel sie der Länge nach hin. Der Ritter setzte sofort nach und riss die breite Klinge hoch.

Der nächste Streich bringt dich um!, schoss es Lena durch den Kopf. In Todesangst rief sie: »Gnade!« Sie war unfähig, sich zu rühren.

Der Leibgardist zögerte. Wie ein groteskes Kriegerstandbild verharrte er mit seinem erhobenen Schwert und blickte auf sie herab. Besaß der Strohmann etwa ein Herz? Oder ließ ihn nur ein blockierter Wirbel …? Nein, ein Rückgrat hatte er ja nicht. Aber vielleicht hinderte ihn ein verklemmter Halm am tödlichen Streich …

Plötzlich war ein Knirschen zu hören. Hatte draußen der rotierende Platz wieder angehalten? Wuchs Metropoly erneut? Auch der Ritter mochte sich dies fragen, denn er verharrte weiter auf der Stelle. Während Lena starr vor Schreck zu ihrem Scharfrichter emporblickte und sich mit einem Fuß

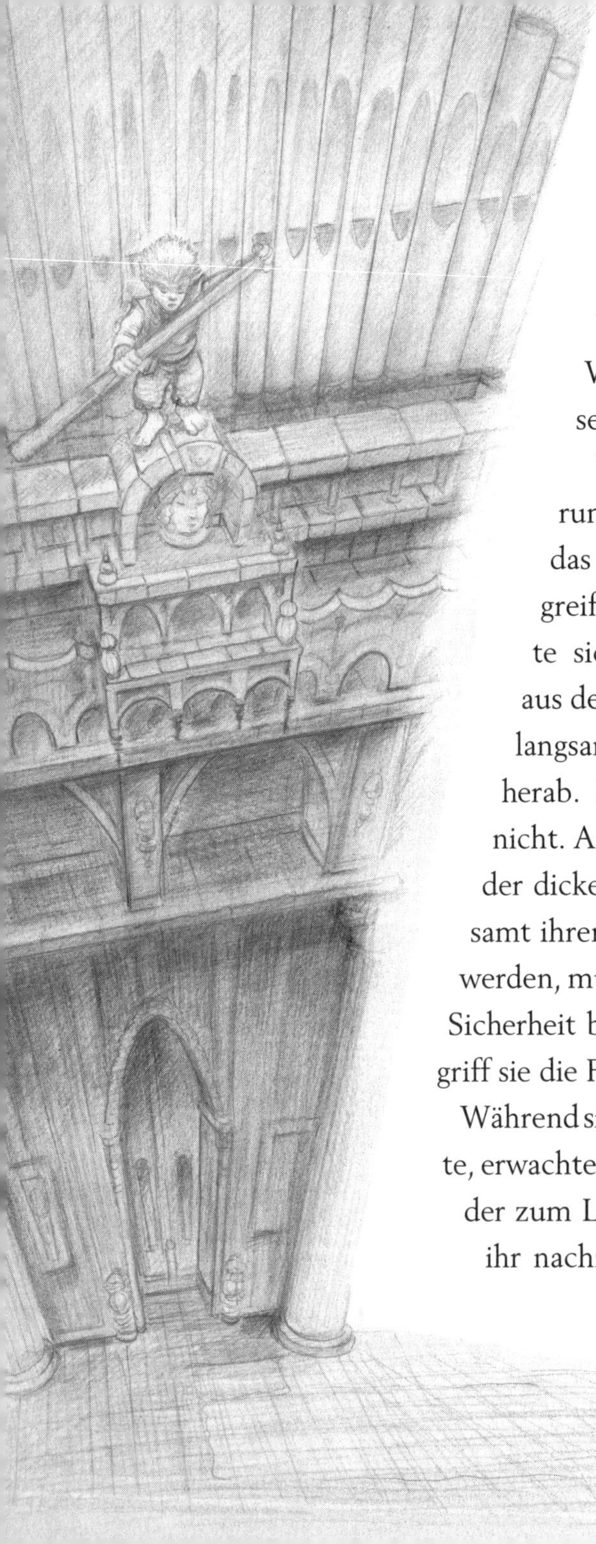

schon im Grabe wähnte, bemerkte sie über ihm eine Bewegung. Auf der Empore tat sich etwas. Wagte sich das flatternde Wesen vielleicht wieder aus seinem Versteck?

Wer immer dort oben herumschlich, er wollte wohl in das Geschehen unter ihm eingreifen, denn unversehens löste sich eine der Orgelpfeifen aus der Verankerung und kippte langsam auf den Schwertträger herab. Lena traute ihren Augen nicht. Auch ihr drohte Gefahr von der dicken Röhre. Wollte sie nicht samt ihrem Widersacher erschlagen werden, musste sie sich schleunigst in Sicherheit bringen. Im Krebsgang ergriff sie die Flucht.

Während sie seitwärts zurückkrabbelte, erwachte der Hauptstrohmann wieder zum Leben. Er schickte sich an, ihr nachzusetzen, hob einen Fuß, legte seinen ganzen Zorn in den vernichtenden Hieb, brüllte aus Leibeskräften …

Dann traf ihn die Orgelpfeife.

Das Scheppern war ohrenbetäubend, als das schwere Rohr die Ritterrüstung zermalmte. Blechteile flogen nach allen Seiten davon und der Ritter verging in einem Strohgestöber.

Wie durch ein Wunder blieb Lena unverletzt. Weder die Pfeife noch die Einzelteile des Harnischs trafen sie. Von irgendwoher vernahm sie ein helles Kichern.

»Du hast Glück, dass ich das A genommen habe, das tiefe G ist länger. Es hätte dich gleich mit erschlagen«, hallte es von der Empore, als riefe da ein Knabe, der noch vor dem Stimmbruch stand. Der Tonfall klang für Lena irgendwie vertraut.

Sie erhob sich, trat zwei Schritte zurück und sah zur Orgel hinauf, um nach ihrem Retter Ausschau zu halten. Der kam auch gleich aus seinem Versteck.

Eine kleine Gestalt rutschte an einer der langen Pfeifen herab, ging zum Rand der Empore, schwang sich über die Brüstung, kletterte behände an den Figuren und anderen Wandverzierungen bis zum Boden runter und stolzierte mit geschwellter Brust auf Lena zu.

»Du?«, entfuhr es ihr. Es war der Kleinwüchsige mit dem uralten Gesicht, den Pekunias Soldaten zuvor über den Tempelplatz gehetzt hatten. Jetzt war er sichtlich um Würde bemüht – er genoss offenbar seinen Auftritt. Gleichwohl ließ er in jeder Bewegung den unbändigen Drang erkennen, sofort wieder loszurennen oder sich sonstwie zu verausgaben. Offenkundig war der rüstige Greis ein Temperamentsbündel.

Während er sich Lena weiter näherte, zog vor allem sein Kopf ihre Aufmerksamkeit auf sich. Er wirkte im Verhältnis zum übrigen Körper etwas überdimensioniert. Augen, Ohren, Mund und Nase waren ebenfalls ziemlich groß. Überdies verlieh ihm der struppige blonde Schopf etwas Wildes, Unbezähmbares.

Er fegte mit dem nackten Fuß einen Strohhaufen zur Seite – die Halme klickerten wie Mikadostäbe über den Boden –, verneigte sich vor dem Mädchen und sagte: »Mein Name ist Tunichtgut. Es ist mir eine große Ehre, deine Bekanntschaft zu machen.« Er sprach mit der typisch hohen Stimme eines Knaben vor dem Stimmbruch. Hatte nicht Jim genauso geklungen?

»Was ist denn das für ein Name?«, erkundigte sich Lena verwundert.

Der Gefragte zog den Mund schief. »Pekunia denkt sich so etwas aus, um uns zu verspotten. So meint sie, Macht über uns gewinnen zu können. Wer nämlich den Namen eines Kindes austilgt, löscht auch seine Vergangenheit. Und nennt er es nach seinem Willen, muss es ihm gehorchen wie den eigenen Eltern – jedenfalls glaubt das Ihre Majestät Pekunia die Allerlustigste.« Aus dem Mund des greisenhaften Jungen klang der hochherrschaftliche Titel alles andere als ehrfurchtsvoll.

»Vielleicht dachte die Königin damals schon: Das ist einer, der bestimmt noch viel Unfug treibt.«

Er grinste diebisch. »Eins muss man ihr lassen: Dumm ist sie nicht.«

»Ich bin übrigens Adeline Virginia. Aber bitte sag Lena zur mir. Wie kann ich dir nur danken? Du hast mir gerade das Leben gerettet.«

Tunichtgut machte eine wegwerfende Geste. »Nicht der Rede wert. Du kommst von der Welt außerhalb, habe ich recht?«

»Der Strohmann hat es mir nicht glauben wollen und du erkennst das sofort? Woher kommt das?«, wunderte sie sich.

Ein wissendes Lächeln umspielte seine Lippen, während er das goldene Schmuckstück an ihrem Hals musterte. »Ich hab's vorhin an deinem Gesichtsausdruck erkannt. So dämlich kann nur einer aus der Wäsche gucken, der Metropoly zum ersten Mal sieht. Außerdem trägt niemand hier vier Sterne.«

Lena ließ den Kettenanhänger im Ausschnitt des Kleids verschwinden, weil er offensichtlich sehr verräterisch war. Danach deutete sie auf den strohumstreuten Schrotthaufen. »War das unbedingt nötig?«

Er kicherte. »Ich hätte ihn ja gerne für dich bestochen, aber Unsereiner besitzt keine Spielmarken. Schon aus Prinzip nicht. Im Übrigen mach dir um Hauptstrohmann Hexel mal keine Sorgen. Er wurde von mir schon oft zerpflückt und von seinen Kumpanen immer wieder zusammengeflickt. Deshalb verschwinden wir jetzt auch besser von hier. Jeden Moment wird es im Tempel von Soldaten der Königin nur so wimmeln. Da hinten gibt es einen Nebenausgang. Komm!« Ohne eine Erwiderung abzuwarten, lief er zum rechten Seitenschiff.

Lena folgte ihm. »Weißt du, was komisch ist, Tunichtgut?«

»Nö.«

»Als der Hauptstrohmann mit seinem Schwert über mir stand und ich die Bewegung in der Orgel sah, dachte ich zuerst, dieses Flatterdings hätte sich zwischen den Pfeifen versteckt.«

Der Kleine blieb abrupt stehen und blickte sie durchdringend an. »Was für ein *Flatterdings?«*

Sie hob die Schultern. »Ich hab's nur einmal kurz gesehen. Hat mich irgendwie an eine Fledermaus erinnert. Aber es war ungefähr zehnmal größer.«

»Dann war es eine Fleder*ratte*.«

»So etwas gibt es nicht.«

Er schnaubte verächtlich. »Vielleicht nicht da, wo du herkommst. Hier schon. Pekunia benutzt die Blutsauger als Spitzel. Sie lieben zwielichtige Winkel und dunkle Höhlen. Notfalls wagen sie sich aber auch ans Tageslicht, wenn sie ihren Herren wichtige Kunde bringen.«

»Du meinst, die Flederratte hat den Hauptstrohmann zu mir geführt?«

»Nicht unbedingt. Es gibt noch eine andere Möglichkeit.«

»Und welche?«

»Das erfährst du noch früh genug. Wir sollten schleunigst von hier verschwinden.«

Er packte Lena am Ellbogen und zog sie mit sich durch das Seitenschiff. Auf der Höhe des Chors gelangten sie zu einer kleinen Pforte, wo er einen goldgelben Schlüssel aus der Tasche förderte. Während er diesen ins Schloss schob und herumdrehte, erklärte er, nicht einmal Pekunia wisse, dass er in ihrer Basilika nach Belieben ein- und ausgehen könne. Das habe ihm schon so manches Mal das Leben gerettet.

»Am besten du begleitest mich«, riet er ihr.

»Wohin?«

»Das darf ich dir nicht sagen. Nicht, bevor ich mit den anderen gesprochen habe.«

»Den Rebellen?«

Er bedachte sie mit einem argwöhnischen Blick.

Sie erriet seine Gedanken. »Ich bin keine Spionin. Sogar Hauptstrohmann Hexel hat mich verdächtigt, eine von euch zu sein.«

Tunichtgut nickte. »Er verdächtigt jeden. Jetzt komm.

Und gib auf die Plakate acht. Sie sind die andere Möglichkeit, von der ich eben sprach: Wenn Pekunias Augen darauf geöffnet sind, kann sie dich sehen.«

Die Spielverderber

Zentrum von Metropoly, 1. Tag

Metropolys Straßen, Gassen und Wege glichen dem Wurzelgeflecht eines alten Baumes. Die Stadt schien ohne jeden Plan gewachsen zu sein. Auf Lena wirkte sie wie ein Irrgarten, Tunichtgut hingegen kannte sich in diesem Labyrinth bestens aus.

Eine Weile liefen die beiden schweigend nebeneinanderher. Der Weg führte durch die engsten Gassen, die man sich vorstellen kann. An manchen Schmalstellen musste Lena eine Schulter vorschieben, um überhaupt hindurchzupassen. Auf diesen Nebenpfaden begegneten sie bestenfalls streunenden Hunden oder Katzen, doch keiner Menschenseele.

Auch der betörende Blütenduft auf dem Tempelplatz blieb weit hinter ihnen zurück. Obwohl Lena in den Gassen stattdessen manch weniger verführerisch riechendem Haufen Unrat ausweichen musste, hieß sie diese Veränderung willkommen. Sie fühlte sich im Kopf wie befreit.

Darauf angesprochen, erklärte Tunichtgut: »Wir nennen die Pflanze Hypnosie. Pekunia lässt die Kübel überall dort aufstellen, wo viele Kinder spielen. Damit benebelt sie den Geist der Jungen und Mädchen. So verlieren sie sich ganz im Spiel, ohne je nach dem Sinn ihres Treibens zu fragen.«

»Dir scheint der Duft aber nichts anzuhaben.«

»Ich benutze eine Salbe. In die Nasenlöcher geschmiert, schützt sie vor dem Gedankengift der Allerlustigsten.«

»Die könnte ich auch gut gebrauchen. Danke, dass du mich aus der Duftwolke herausgebracht hast.«

»Ich habe das nicht aus Rücksicht auf dein Befinden getan – von dem Rausch erholt man sich bald wieder –, sondern um uns für Pekunia und ihre Spione unsichtbar zu machen.«

Damit war das Gespräch auch schon beendet, denn Lenas Führer konzentrierte sich wieder ganz auf seine Umgebung. Bald darauf gelangten sie an einen kleinen, belebten Platz. Auch hier standen mehrere große Blumenkübel, die einen betäubenden Duft verströmten. Tunichtgut machte seine Begleiterin auf einige spähende und lauschende Plakate aufmerksam. Er schien jedes einzelne zu kennen und genau zu wissen, wie er den eisgrünen Augen der Königin auszuweichen hatte.

So ging es noch eine ganze Weile weiter. Wo immer möglich zog Lenas Führer das Halbdunkel der schmalen Gassen den breiten Straßen und Plätzen vor. Die dort Weilenden beachteten das Paar allerdings kaum, weil sie sich auf jede erdenkliche Art die Zeit vertrieben. Manche Spiele kamen Lena ausgesprochen stumpfsinnig vor.

So schob etwa vor einem schmalen Haus ein Junge verbissen zwei bunte Glasmurmeln in einem Holzkasten mit dem Finger hin und her. Neben einer Pekunia-Statue hüpfte ein Mädchen pausenlos von einem flachen Holzrahmen in einen zweiten und wieder zurück. Und am Ausgang einer Gasse warfen zwei Jungen Eier gegen eine Hauswand. Wenn sie zerplatzten, kam sonderbarerweise nicht nur Eigelb zum Vorschein, sondern auch Eiblau, Eirot und Eigrün.

»Überraschungseier«, erklärte Tunichtgut knapp.

»Warum beschäftigen sich die Kinder mit diesem Unsinn?«

»Gedulde dich. Das erfährst du noch früh genug. Erst müssen wir von der Straße weg.«

Was sie ihren Begleiter auch fragte, seine knappen Antworten klangen fast alle gleich. Trotzdem konnte sie nicht an sich halten, als sie zum wiederholten Mal eine Gruppe kleinwüchsiger Leute mit runzligen Gesichtern erblickte. »Wie alt bist du, Tunichtgut?«

Er blieb wie angenagelt stehen, sah sie eindringlich an und antwortete: »Dreizehn Jahre.« Dann lief er weiter.

Sie erschauerte. Nur *dreizehn* Jahre? Sie konnte es kaum glauben. Rasch setzte sie ihm nach. »Aber ... Aber dein Gesicht ...«

Er nickte mit finsterer Miene. »Hat Falten wie bei einem Hundertjährigen, ich weiß. Traust du dir zu, der Wahrheit ins Antlitz zu sehen, Lena?«

»Ja.«

»Auch dann, wenn es eine furchtbare Wahrheit ist?«

Sie zögerte, bejahte dann aber erneut.

Er nickte abermals. »Gut. So lass mich dir die Augen verbinden.«

Die Stille in der Unterwelt von Metropoly empfand Lena als beinahe ebenso unheilschwanger wie den ständigen Lärm spielender Kinder in der Stadt oben. Noch immer trug sie das Tuch über den Augen. Sie stolperte wie eine Blinde an der Hand ihres Führers durch Tunnel und Höhlen. Tunichtgut befahl ihr, nur hin und wieder den Kopf einzuziehen oder auf eine Stufe zu achten, ansonsten blieb er seinem Schweigen treu.

»Du kannst die Binde jetzt abnehmen«, sagte er nach ungefähr einer halben Stunde.

Bange fragte sich Lena, ob sie in dieser Unterwelt von Metropoly Gutes erwarten konnte. Dementsprechend unentschlossen zog sie das Tuch vom Kopf und blinzelte. Zunächst sah sie nur zuckende Flammen, deren Licht ihr in die Augen stach.

Allmählich gewöhnte sie sich an die Helligkeit, die einer Reihe von Öllampen entströmte. Diese hingen an Ketten von der Decke einer oval geformten Höhle. Lena stand in einem Kreis aus kleinen Stühlen. Die Wände dahinter bestanden aus uraltem, miteinander verbackenem Spielzeug. Sie entsann sich eines Besuchs im Britischen Museum vor einigen Monaten. Dort hatte sie altes Spielzeug aus Ton, Knochen und Holz bestaunt, die Ausbeute verschiedener archäologischer Ausgrabungen. Diese Zeugen untergegangener Kulturen waren viele hundert, manche sogar tausend Jahre alt und hatten genauso ausgesehen wie das Spielzeug hier.

»Darf ich dir den besten Taschendieb von Metropoly und meinen geschätzten Stellvertreter Spikes vorstellen?«, sagte Tunichtgut und deutete hinter Lena.

Sie wandte sich um und erblickte eine ganze Schar Zwerggestalten beiderlei Geschlechts, die schweigend aus einem Tunnel in das Höhlenoval strömten. Lena am nächsten war ein pummeliger Kleiner mit Sommersprossen, dem Körper eines Zwölf- und dem ernsten Gesicht eines Fünfzigjährigen. Sein glattes schwarzbraunes Haar sah aus wie ein Pelz. Er streckte ihr die Hand entgegen.

»Sikes?«, murmelte Lena. Den Namen hatte sie in *Oliver Twist* gelesen.

»Nein, *Spikes*«, stellte der Gefragte richtig und setzte ein breites Grinsen auf. »Wie der Stachel, der einem in den Hintern piekt.« Er drehte sich zur Seite und deutete mit dem Zeigefinger auf den betreffenden Körperteil.

Lena traute ihren Augen nicht. Aus der torfbraunen Hose

des Jungen ragte ein buschiger, spitz zulaufender, wie bei einem Waschbären geringelter Schwanz. »Ist der angenäht?«, fragte sie. Vielleicht hatte Spikes ja einen besonders schrägen Humor.

»I wo! Der ist echt.« Der Waschbärenschwanz wirbelte ein paarmal herum.

»Das Anhängsel ist ein Geschenk Pekunias, ebenso wie unsere Spielzeuge und die Namen«, brummte Tunichtgut unwillig. »Sie sagt, jeder ihrer Lieblinge bekomme, was am besten zu ihm passt.«

Sein Stellvertreter sah Lena aus engen Augen von der Seite her an. »Mich hatte sie übrigens genauso genannt wie du gerade eben: Sikes. Schon der Junge, mit dessen Kindheit sie mich beseelte, war ein Taschendieb. Sie sagte, der Name passe zu einem so durchtriebenen Bürschlein wie mir. Was sie genau damit meinte, ist mir bis heute nicht klar. Irgendwie habe ich das Gefühl, du kennst des Rätsels Lösung.«

Je länger er Lena musterte, desto unwohler fühlte sie sich in ihrer Haut. Metropoly war, sofern Sir Alistair tatsächlich die Wahrheit gesagt hatte, aus ihren Träumen entstanden. Konnte es sein, dass einzelne Schnipsel des für sie so aufwühlenden Romans von Charles Dickens beim Bau dieser absonderlichen Welt Pate gestanden hatten? Auch Oliver Twist hatte zum Taschendieb ausgebildet werden sollen und …

Sie räusperte sich. »Sikes ist ein Gauner übelster Sorte aus einer Geschichte, die ich in einem Buch gelesen habe.«

»Merkwürdig, findest du nicht?« Es war Tunichtgut, der damit wieder das Gespräch an sich riss. Auch er schien sie einen Moment lang mit Blicken geradezu durchleuchten zu wollen. Dann aber hob er den Arm und deutete in die Runde seiner Gefährten. »Ich finde, du solltest die ganze Rotte kennenlernen.«

Im Folgenden begrüßte Lena ungefähr drei Dutzend weiterer Jungen und Mädchen, hörte Tunichtgut ihre Namen sagen und vergaß die meisten vor lauter Aufregung gleich wieder. Nur wenige der kleinen Leute waren so groß wie sie. Die meisten sahen wie Gnome aus, mit jüngeren oder schon ziemlich alten Gesichtern. Einige besaßen zusätzliche Eigenarten wie Katzenaugen, Reptilienhaut oder Hundeschlappohren. Niemand wirkte von ihrer Gegenwart begeistert.

Als sämtliche Hände geschüttelt waren

und die kleinen Leute auf den Stühlen Platz nahmen, raunte Lena ihrem Retter eine Frage ins Ohr. »Das sind alles Rebellen und du bist ihr Anführer, stimmt's?«

Tunichtgut grinste. »Ist nicht schwer zu erraten, oder?«

»Nein. Hauptstrohmann Hexel war so erpicht darauf, dich zu schnappen, dass ich mir fast so etwas dachte. Und eben hast du gesagt, Spikes sei dein Stellvertreter.«

»Du bist die Trägerin der vier Sterne. Mir ist sofort klar gewesen, dass du ein besonderes Mädchen sein musst. Zumal ...« Er rieb sich nachdenklich das runzlige Kinn.

Lena sah ihn fragend an. »... zumal?«

»... du Spikes' richtigen Namen wusstest. Das kann kein Zufall sein.«

Unbehaglich wich sie seinem prüfenden Blick aus. In dem Bemühen, von sich selbst abzulenken, deutete sie auf die anderen Gefährten des Rebellenführers. »Warum sind hier alle so klein?«

»Weil Kinder nun mal keine Erwachsenen sind.«

»Ist ›Kind‹ in Metropoly nur ein anderes Wort für ›Mensch‹ oder ›Untertan‹?«

»In deiner Welt etwa nicht?«

»Aber wenn es *richtige* Kinder sind und es hier keine Erwachsenen gibt – woher kommen sie dann? Sag mir jetzt nicht, der Klapperstorch bringe sie.«

Tunichtgut lachte freudlos. »Deine und unsere Heimat ist dieselbe: Wir stammen aus der Welt der Sinne.«

»Du meinst« – sie schluckte schwer – »Pekunia entführt Jungen und Mädchen …?«

»Nein. Hast du mir eben nicht zugehört?«, fiel Spikes ihr ins Wort. Inzwischen saßen alle Rebellen im Kreis. »Sie stiehlt Kindheiten und beseelt sie. Jeder ihrer Untertanen ist so ins Dasein gekommen.«

»Das verstehe ich nicht«, sagte Lena.

»Es ist ganz einfach«, erklärte Tunichtgut ernst. »Jeder Mensch sollte eine glückliche Kindheit haben: spielerisch lernen, von seinen Eltern geherzt werden und staunend die Welt entdecken. Hast du je mit betagten Menschen über ihre Erinnerungen gesprochen? Viele sind im Alter sehr vergesslich geworden. Sie werden dir vielleicht nicht einmal sagen können, was sie gestern getan haben, aber an ihre glückliche Kindheit erinnern sie sich noch ganz genau.« Er breitete die Arme aus. »Wir *sind* diese Kindheiten, Lena. Pekunia hat uns geraubt, uns in lebendige Wesen aus Fleisch und Blut verwandelt und uns neue Namen gegeben. Unsere früheren Besitzer haben uns vergessen. Die meisten sind zu beschäftigt, um das überhaupt zu bemerken. Doch im Alter, wenn nichts mehr sie ablenkt, bleibt in ihnen nur noch eine große Leere.«

Lena bekam eine Gänsehaut. Das hörte sich ziemlich gruselig an! Ungläubig schüttelte sie den Kopf. »Dann willst du mir allen Ernstes sagen, du bist eine erst dreizehn Jahre alte Kindheit? Oder vergeht die Zeit hier sechs- oder siebenmal langsamer als in meiner Welt?«

»Auch wenn das für dich schwer zu verstehen ist, Lena: Ich bin eine *verkörperte* Kindheit und erst dreizehn *normale* Jahre alt. Abgesehen von Pekunia gibt es in Metropoly niemanden, der je vierzehn geworden wäre …«

»Warum gerade vierzehn?«, fiel Lena ihm ins Wort.

»Beginnt in deiner Welt mit diesem Alter nicht das Erwachsensein?«

Sie nickte grübelnd. Bei vielen Völkern war das tatsächlich so. Ihr Vater hatte erst kürzlich mit ihr darüber gesprochen. Er meinte, bei den Katholiken gebe es die Firmung, die Evangelischen hätten ihre Konfirmation und die Jungen der Juden seien am Ende des dreizehnten Lebensjahres in religiösen Dingen volljährig – *Bar Mizwah* nannten sie dies, was »Sohn des Gebots« bedeutete. Viele dieser Traditionen seien Überbleibsel aus dem Altertum, als die Menschen ebenfalls schon Feste zur Aufnahme in die Gemeinschaft der Erwachsenen gefeiert hätten. In der Symbolsprache einiger Kulturen wurde das Ende der Kindheit richtig gruselig dargestellt. Lena entsann sich einiger Bilder aus verschiedenen Teilen der Erde, die Leslie ihr gezeigt hatte. Darauf sei, wie er es nannte, eine »Kinder verschlingende furchtbare Mutter« zu sehen …

»Ich fragte dich vorhin«, drängte sich Tunichtguts Knabenstimme in ihr Bewusstsein, »ob du dir zutraust, einer furchtbaren Wahrheit ins Antlitz zu sehen. Bist du immer noch dazu bereit?«

Sie schluckte. Am liebsten hätte sie Nein gesagt, doch es gab wohl kein Zurück mehr. »Ja.«

Trotz ihrer Zustimmung zögerte er einen Moment, ehe er wieder leise zu sprechen begann. »Das Geheimnis von Pekunias ewiger Jugend sind wir, die Kinder von Metropoly. So wie ein Wasserrad die Energie aus einem Fluss ziehen kann, um damit einen Mühlstein anzutreiben, so zapft sie unsere Lebenskraft an, indem sie uns immerfort spielen lässt. Deshalb ist sie so unersättlich nach der kindlichen Ausgelassenheit. Es ist ein Teufelskreis: Sie müsste verdorren und verschrumpeln, würde sie auch nur kurze Zeit von diesem Quell abgeschnitten. Doch je größer ihr Reich wird, desto mehr braucht sie davon.«

»Auf Kosten der armen Kinder, die wie Blumen verwelken«, murmelte Lena kopfschüttelnd. »Oder weggesperrt werden, weil sie gegen die Zehn Gebote verstoßen haben.«

Tunichtgut nickte. Sein ernstes, altes Gesicht wirkte wie versteinert. »Der Narrenarrest ist eine grausame Strafe. Die Verurteilten fristen den Rest ihres Daseins in Einzelzellen, wo sie stumpfsinnige Arbeiten verrichten müssen. Sie bleiben ausgeschlossen von den spielenden Kindern der Stadt. Am Ende erwartet sie aber alle das gleiche Schicksal: Sie verschwinden in der Nacht zu ihrem vierzehnten Geburtstag auf Nimmerwiedersehen.«

»Was heißt das, sie verschwinden? Sterben sie? Lösen sie sich in Luft auf?«

Spikes antwortete an Stelle seines Anführers. »Pekunia nennt es ›Fortgang‹ oder spricht vom ›Weggenommenwerden‹. Sie sagt, die Scheidenden lebten in der Welt der Erwachsenen weiter, die treuen Untertanen als Berühmtheiten und kluge Köpfe, die Rebellen dagegen als dumme Tröpfe. Wir hier halten diese Behauptung allerdings für P. P.«

»Pipi?«, wiederholte Lena. »Igitt!«

»Nein, P. P.«, stellte Tunichtguts Stellvertreter klar. »Das bedeutet ›Pekunia-Propaganda‹.«

»Mit anderen Worten: Sie lügt? Euch alle erwartet mit gerade vierzehn Jahren der Tod?«

»Wir Spielverderber glauben, eine Kindheit kann hier eigentlich so lange leben, wie man sich in deiner Welt an sie erinnert. Jedenfalls war das früher so. Seit Pekunia in Metropoly herrscht, ist alles anders geworden. Vermutlich ruft sie nur solche Kindheiten zu sich, die in der Welt der Sinne ohnehin nicht gedeihen können.«

»Wie alt bist du, Spikes?«

»Zwölf.«

»Du siehst viel jünger aus als Tunichtgut.«

»Er hat Pekunia länger, als für ihn gut sein kann, den gehorsamen Untertanen vorgegaukelt, um ihr auf die Schliche zu kommen. Das Spiel hat ihn ausgelaugt.«

Tunichtgut deutete auf den Taschendieb. »Spikes ist klugerweise schon früh in die Unterwelt geflohen und hiergeblieben.«

Von dieser Bemerkung ausgehend, erzählte er Lena von den Rebellen, die er seit drei Jahren anführte und die als »Tunichtguts Rotte« berüchtigt war. Viele von ihnen seien Totalverweigerer, hätten sich also ganz aus der Oberwelt von Metropoly zurückgezogen. Andere führten ein Doppelleben: Tagsüber spielten sie wie brave Untertanen der Königin, doch nachts streiften sie durch die Stadt und überpinselten Pekunias Augen und Ohren auf den Plakaten; einige malten sogar Schnurrbärte auf die Bildnisse der Allerlustigsten. Vor allem aber schmiedeten die »Spielverderber« Fluchtpläne.

»Das verstehe ich nicht«, warf Lena an dieser Stelle ein. »Auf dem Platz vor dem Tempel hat ein Mädchen zu mir gesagt, Pekunias Reich sei grenzenlos.«

»Wir sind der Überzeugung, diese Behauptung ist nichts als P. P.«, sagte Tunichtgut.

»Du meinst, weil die Stadt weiter wächst? Das wäre ja nicht möglich, wenn sie bereits die ganze Welt bedecken würde.«

»Pekunia erklärt ihren Untertanen, Metropoly sei wie ein großer Luftballon, der unablässig aufgeblasen werde. Du hast es ja vorhin auf dem Tempelplatz selbst erlebt: Alles dehnt sich aus, neue Häuser und Gassen entstehen.«

»Aber ihr Rebellen haltet das für eine Propaganda der Königin.«

»Zur Verdummung der Massen«, bestätigte Tunichtgut mit einem Nicken. »Wir dagegen glauben an einen Weg in die

Freiheit. Wohin man sich nämlich auch immer vom Tempelplatz im Zentrum aus wendet, man stößt irgendwann auf den sogenannten ›Toten Bezirk‹. Es ist strengstens verboten, ihn zu betreten. Wer es trotzdem versucht hat, wurde nie wieder gesehen.«

»Weil er … getötet wurde?«

»Oder weil er die Stadtgrenze gefunden und überschritten hat. Was sonst soll sich jenseits des Todesgürtels befinden?«

Lenas Hand legte sich auf den unter ihrem Kleid verborgenen Kettenanhänger. »Und ihr wollt Metropoly den Rücken kehren?«

»Ja. Aus dieser Hoffnung schöpfen wir unsere Kraft. Sobald sich eine genügend große Zahl Spielverderber unseren Reihen angeschlossen hat, wollen wir den Ausbruch wagen. Ich persönlich glaube, dass wir dadurch sogar Pekunias Macht brechen und Metropoly wieder zu dem machen können, was es einmal war: das Reich der freien Kindlichkeit, ein Land, in dem das Spiel der Kinder wieder ihnen allein gehört.«

»Kennt jemand von euch den Weg, der aus der Stadt hinausführt?«

»Nein«, sagte Spikes schmunzelnd. »Unser tapferer Anführer hat uns bis heute mit der Beantwortung dieser Frage nicht behelligen wollen.«

»Weil ich keine Alleingänge wünsche«, verteidigte sich Tunichtgut. »Und weil ich darüber bisher nicht mehr sagen

konnte, als ich gerade angedeutet habe: Man muss das Stadtzentrum immer im Rücken behalten. Welche Überraschungen der Tote Bezirk bereithält, weiß ich nicht – es ist ja noch niemand daraus zurückgekehrt. Seit heute bin ich aber ziemlich zuversichtlich, den Weg in die Freiheit finden zu können.«

Im Kreis entstand Gemurmel.

»Und woher kommt die plötzliche Erleuchtung?«, fragte Spikes überrascht.

Tunichtgut lächelte. »Unter den Fundamenten Metropolys gibt es viele Wunder.« Er wandte sich Lena zu. »Eines hat mit dir zu tun. Folge mir bitte. Ich möchte dir etwas zeigen.«

Er trat durch den Kreis aus Stühlen, nahm eine Öllampe von der Wand und lief damit in einen schmalen dunklen Tunnel. Lena blieb ihm dicht auf den Fersen. Hinter sich vernahm sie das aufgeregte Gemurmel der anderen Spielverderber, die ebenfalls Zeuge der Enthüllung sein wollten.

Einige Abzweige später betraten sie eine weitere Höhle. Sie war deutlich kleiner als das Oval des Rebellenrates. Tunichtgut hielt seine Lampe vor eine geglättete Wand. Darin war mit einem feinen Meißel eine Inschrift eingegraben worden. »Lies!«, forderte er Lena auf und das tat sie dann auch.

DIE SCHÖNSTEN SPIELE KOSTEN NICHTS.
SUCHST DU DIE FREIHEIT, WIRF ALLEN BALLAST
FORT UND LASS DICH TREIBEN AUF DEM FLUSS
DER UNBESCHWERTEN PHANTASIE,
DER INS MEER DER TRÄUME MÜNDET.

Lena lief ein Schauer über den Rücken. Das Meer der Träume? Lord Alistair hatte es in den letzten beiden Nächten erwähnt.

»Unter der Stadt verlaufen mehrere Flüsse«, erklärte Tunichtgut. »Niemand konnte bisher mit Gewissheit sagen, ob der größte von allen der ›Fluss der unbeschwerten Phantasie‹ ist – bis zu diesem Tag.«

Spikes trat aus den Reihen seiner Gefährten heraus. »Wieso? Warum glaubst du mit einem Mal, klüger zu sein als gestern?«

»Vielleicht, weil unser hübscher Gast mit der rosigen Haut den Namen kannte, den Pekunia dir gegeben hat.«

Tunichtguts Stellvertreter war von dieser Antwort ebenso überrascht wie Lena.

Der Blick des Rebellenführers wechselte zu ihr. »Bitte zeige ihnen deinen Kettenanhänger.«

Sie legte die Stirn in Falten. Was hatte das Geschenk ihres Vaters damit zu tun? Mit zitternder Hand fischte sie das goldene Schmuckstück an der Kette aus dem Ausschnitt und wandte sich den Rebellen zu.

Überraschte Ahs! und Ohs! hallten durchs Gewölbe.

»Lena ist keine fleischgewordene Kindheit so wie wir«, erklärte Tunichtgut seinen Gefährten. »Sie ist ein *richtiges* Kind aus der Welt der Sinne.«

Das Gemurmel wurde lauter.

»Pekunia hat sie zwar nicht hergeholt«, fuhr er fort, »sie aber schnell als Gefahr erkannt. Deshalb sandte sie ihre Flederratten aus, um Lena aufzuspüren, und Hauptstrohmann Hexel sollte sie gefangen nehmen. Seine Überreste werden wohl gerade zusammengeflickt. Übung genug haben sie ja.«

Rufe der Freude – auch der Schadenfreude – erklangen.

Tunichtgut richtete das Wort wieder an Spikes. »Was mich aber vor allem klüger macht, um auf deine Frage zu antworten, mein Freund, ist der Ort, an dem Lena unsere Welt betreten hat. Sie stieg aus dem Brunnen auf dem Tempelplatz.«

Sein Stellvertreter pfiff durch die Zähne. »Jetzt kapier ich's! Du meinst, unsere alten Legenden sind wahr und das Wasser in dem Brunnen hat eine Verbindung zur Welt draußen.«

»Richtig. Wir Bewohner der Tunnel und Höhlen wissen besser als jeder andere, welcher unterirdische Wasserlauf den Brunnen speist. Wenn es der eine ist, den wir seit alters suchen, dürfte er mit ziemlicher Sicherheit ins Meer der Träume fließen.«

Vielseitiges Nicken verriet die allgemeine Zustimmung der Rotte. Nur Lena war verwirrt.

»Müsste nicht eher der *Quell* des verborgenen Flusses in meine Welt führen? Von dort kommt das Wasser doch her«, hakte sie nach.

Tunichtgut breitete die Arme aus. »Wo ist da der Unterschied? Bei uns sind Quell und Mündung das Gleiche. Sollte es dir noch nicht aufgefallen sein: In Metropoly dreht sich alles im Kreis.«

»Wir vermuten schon lange, dass es sich bei dem Strom um den Fluss der unbeschwerten Phantasie handelt«, fügte Spikes hinzu. »Deshalb wurde an seinem Ufer eine Flotte von Flößen gebaut, um damit ins Meer der Träume zu gelangen – hinaus aus Metropoly. Wir haben sie nur deshalb nicht bestiegen, weil uns bis heute ein hieb- und stichfester Beweis fehlte.«

»Und was hat mein Kettenanhänger damit zu tun?«

»Das liest du am besten selbst«, antwortete Tunichtgut. Er wechselte mit der Lampe zur gegenüberliegenden Wand und das Öllicht enthüllte eine zweite Inschrift.

FOLGE MUTIG DEN VIER STERNEN,
DIE DU NIE ZUVOR GESEH'N.
SIND NICHT HIMMLISCHE LATERNEN,
WERDEN DENNOCH VOR DIR GEH'N
DURCH DIE FINSTEREN ZISTERNEN,
BIS DU WIRST IM TANZ DICH DREH'N.

Lena war verwirrt. Ihr Blick wechselte zum faltigen Gesicht des Oberrebells. »Was hat das zu bedeuten?«

Er lächelte wie ein uralter Weiser. »Es ist eine Prophezeiung Inga Viris aus den Tagen, als Pekunia plötzlich in Metropoly erschien und die Macht an sich riss, indem sie das Ewige Kind vertrieb.«

»Wen?«

»Unsere letzte kindliche Königin. Inga Viri floh mit einigen Getreuen in die Unterwelt von Metropoly und wurde die erste Anführerin der Spielverderber.« Er deutete wieder auf die Inschrift. »Ich glaube, du und Inga seid von gleichem Wesen. Die vier Sterne sind keines von Pekunias Symbolen, aber das Ewige Kind hat von ihnen gewusst. Kennst du ebenfalls das Geheimnis ihrer Bedeutung?«

»Mein Vater sagte, sie und ihre Edelsteine stehen für Glaube, Liebe, Hoffnung und Phantasie.«

Unter den Rebellen erklangen Ausrufe des Erstaunens. Jemand raunte: »Sie ist die Wissende.«

Tunichtgut nickte. »Du bist die Auserwählte, Lena: unsere Befreierin.« Er beugte vor ihr das rechte Knie. Die anderen Spielverderber folgten seinem Beispiel. Hiernach wandte er das Gesicht zur Erde und fügte feierlich hinzu: »Demütig gebe ich meine Stellung als Anführer der Rotte ab an dich – Lena aus dem Meer der Träume. Von nun an werde ich deinen vier Sternen folgen, auf dass du uns in die Freiheit führest.«

»W-was?« Lena war perplex.

»Er meint, *du* gibst jetzt die Befehle«, sagte Spikes. Auch er hielt das Haupt geneigt. Dem Ton seiner Stimme konnte Lena entnehmen, wie wenig ihm der Gedanke behagte.

»I-ich kann das nicht«, stotterte sie.

»Du musst«, beharrte Tunichtgut.

»Nein«, widersprach sie. »Ich kann das einfach nicht. Weißt du, wie mich meine Geschwister nennen?«

»Sternchen?«

»Woher weißt du, wie mein Vater …?« Sie schüttelte verwirrt den Kopf. »Nein, für meine Brüder und Schwestern bin ich einfach nur ›Die Ziege‹.« *The Goat* stand in Lenas Muttersprache nicht nur für das Tier, sondern bedeutete in Verbindung mit *play the goat* auch »den Clown spielen« oder »herumalbern«.

»Wieso?«, wunderte sich Spikes. »Etwa weil du den ganzen Tag meckerst?«

»Mein Bruder Gerald sagt, wegen meines Hangs zu überspannter Komik. Mit anderen Worten: Weil ich ein verrücktes Huhn bin. Wollt ihr so eine als Anführerin haben?«

In der Kammer wurden betretene Blicke getauscht.

Nur Tunichtgut blieb fest. »Was nicht ist, kann noch werden, Lena. Oder willst du all unsere Hoffnungen zerstören?«

Sie hob den Anhänger an der goldenen Kette hoch. »Nein, das würde ich nie tun. Seht ihr den unteren Stern? Als mein Vater über die Bedeutung des grünen Smaragds sprach, erinnerte er mich an eines unserer Sprichwörter: ›Wer in Hoffnung lebt, der tanzt ohne Musik.‹ Manchmal sei sie das Einzige, was einem in verzweifelter Lage noch Kraft gibt, sagte er.« Lena deutete mit der freien Hand auf den Wandspruch. »Dort steht: ›Folge mutig den vier Sternen … bis du wirst im Tanz dich dreh'n.‹ Wenn ihr wollt, dann erhalte ich euch diese Hoffnung. Ich werde euch auf dem Fluss der unbeschwerten Phantasie begleiten. Aber euch anführen« – sie schüttelte entschieden den Kopf – »das würde nur in einer Katastrophe enden.«

Spikes atmete erleichtert auf.

Tunichtgut nickte sinnend. In seinem Kopf schien sich ein neuer Plan zu bilden. »Also gut«, sagte er schließlich. »Wichtig ist nicht, wie wir dich nennen. Wichtig ist allein, was du für uns tust.«

Die Spielverderber rechneten mit dem Schlimmsten. Pekunias Augen und Ohren seien überall, erklärte Tunichtgut. Zwar hingen in der Unterwelt keine Plakate, aber die Flederratten fühlten sich in den dunklen Tunneln und Höhlen dafür umso wohler. Bisher habe man die Biester zwar aus den Verstecken der Rotte fernhalten können, aber beim Verlassen derselben müsse man gehörig auf der Hut sein. Außerdem würden die Auswanderer irgendwann irgendwo an die Oberfläche zurückkehren müssen, und dann wären kämpferische Auseinandersetzungen mit den königlichen Patrouil-

len nur eine Frage der Zeit. Zu ihrer eigenen Sicherheit solle sich Lena dafür rüsten.

Das hatte der Anführer durchaus wörtlich gemeint. Während einige Rebellen Proviant auf die Flöße luden und andere ihre Kameraden in der Stadt oben über die geplante Flucht unterrichteten, überwachte er in der Rüstkammer persönlich Lenas Ausstaffierung.

Ihr gefiel diese Anprobe überhaupt nicht. Missmutig starrte sie auf die fünf im Brunnen eingesammelten Münzen, die sie neben ihrem Kleid auf einen Hocker gestapelt hatte. Ob man davon in Metropoly einen bequemen Waffenrock kaufen konnte? Sie schüttelte den Kopf. Vermutlich würden die Spielmarken bald in den Taschen irgendeiner klapprigen Montur stecken, die hier schon seit ewigen Zeiten vor sich hinrostete.

Einige dieser von Tunichtgut so hoch gelobten »Schätze« hatte sie sofort empört zurückgewiesen, andere wenigstens einmal angezogen: Brustharnische, Lendenschurze, Helme und Blechschuhe. Die Panzergarderobe war ohne Ausnahme unflexibel, unbequem und unpassend, für ein zartes Mädchen wie Lena schlichtweg zu groß und zu schwer.

»Das wird nichts«, stöhnte sie schließlich. »Ich bin zu dünn. Wenn mir das Zeug am Leib schlackert, scheuere ich mir nur alles blutig. Und außerdem: Nennst du es sicher, Tunichtgut, wenn man mich zehn Meilen gegen den Wind klappern hört?«

»Ich finde, du siehst zum Fürchten aus«, brummte er vieldeutig. Er selbst hatte inzwischen auch eine leichte Rüstung angelegt.

»Wenn ich für euch die Hoffnung verkörpern soll, dann passt ein Kleid sowieso viel besser als ein Panzer.«

Er hob warnend den Zeigefinger. »Mit einem Halmbeschuss der königlichen Leibgarde ist nicht zu spaßen, Lena. Eine Jutehaut wie Hexel ist mehr als eine wandelnde Strohmatratze. Als Pekunia ihm ihren Odem eingeblasen hat, ist er zu einem lebenden Sack voll langer Dornen geworden. Und auf seine Kameraden trifft das Gleiche zu. Ehe ich dich völlig ungeschützt losziehen lasse, musst du wenigstens noch einen Versuch machen. Spikes holt gerade die Rüstung von Inga Viri.«

Er hatte es kaum ausgesprochen, als auch schon sein Stellvertreter in die Waffenkammer stürzte. »Hat ein bisschen länger gedauert, weil wir die Sachen erst entstauben mussten«, keuchte er und reichte Lena eine grüne Kiste. Sie verschwand damit in einer zugehängten Nische, wo sie sich von den Jungen unbeobachtet umziehen konnte.

Die Rüstung des Ewigen Kindes bestand aus zwei Schichten. Zunächst schlüpfte Lena in eine langärmelige Tunika, in Hose und Mokassins aus weichem, braunem Leder. Zum

Schutz des Oberkörpers diente ein eng mit quadratischen Metallplatten besetztes Wams. Im Vergleich zu den anderen Brustpanzern war es federleicht. Der Helm bestand aus verstärktem Leder, fest genug, um jedes Strohhalmgeschoss abprallen zu lassen, versicherte Tunichtgut.

Auf einen faustgroßen Beutel an einem Lederband deutend, sagte er: »Und jetzt hänge dir unsere Wunderwaffen um.«

Lena runzelte die Stirn. »Was ist da drin?«

»Rate mal. Die kindliche Königin pflegte zu sagen: ›Du kannst damit Pekunia Hören und Sehen vergehen lassen.‹«

»Mir ist jetzt wirklich nicht nach Rätseln zumute, Tunichtgut.«

»Der Beutel enthält einige Utensilien, die zur Grundausrüstung der meisten Spielverderber gehören: eine Pfeife …«

»Sag bloß, die Allerlustigste ist lärmempfindlich.«

»Sie nicht, aber ihre Flederratten. Deren Orientierungssinn gerät nämlich völlig aus dem Häuschen, wenn sie unsere Pfeifen hören. Was glaubst du, weshalb die Blutsauger sich nicht in unsere Höhlen wagen? Wir haben im weiten Umkreis eine unsichtbare Barriere aus Tönen errichtet, die das Geschmeiß auf Abstand hält. Und jetzt wäre ich dir sehr verbunden, wenn du mich ausreden ließest.«

Lena klappte den Mund zu.

Er zeigte wieder auf den Lederbeutel. »Außerdem findest du da drin einen kurzen Pinsel und ein verschließbares Tintenfass.« Tunichtgut sah sie an, als erwarte er ein anerkennendes Nicken oder ehrfürchtiges Staunen.

»Aha«, versetzte sie trocken. »Klingt ja nach einer mächtigen Geheimwaffe.«

»Ich hoffe, du wirst sie nie gebrauchen müssen. Ebenso wie das hier.« Er zog hinter dem Rücken ein kurzes Schwert hervor und legte es in ihre Hände. »Inga nannte es *Blitz*.«

»Weil sie so schnell damit war?«

»Nein. Sie hatte immer einen Feuerstein dabei.« Er hob die Hand und Spikes warf ihm einen walnussgroßen Brocken zu, den der Anführer sicher auffing. Er gab ihn an Lena weiter und erklärte: »Wenn du ihn in flachem Winkel gegen die Schwertklinge schlägst, verschießt sie Funkenblitze. Gib gut auf den Stein acht. Er könnte dir eines Tages das Leben retten.«

Die Flotte der Rebellen

Fluss der unbeschwerten Phantasie (Metropoly), 2. Tag

Sich im Untergrund zu bewegen war für Lena nicht neu. Gelegentlich benutzte sie die Londoner U-Bahn. Die Unterwelt Metropolys brauchte, was ihre schiere Größe anbelangte, keinen Vergleich mit den menschengeschaffenen Tunnelsystemen ihrer Geburtsstadt zu scheuen.

Der Fluss der unbeschwerten Phantasie verlief in einem geräumigen Bett, auf dem die Bahnhöfe der London Underground nicht mehr als Papierschiffchen gewesen wären und die Röhren der Metropolitan District Railway sich lediglich wie Strohhalme ausgenommen hätten. Die dort verkehrenden Dampfzüge verpesteten allerdings weit mehr die Luft als die Fackeln und Öllichter der Rebellen. Selbst ihre besten Laternen reichten nicht aus, um den Strom in seiner ganzen Breite auszuleuchten.

Zweihundert Spielverderber auf zwanzig Flößen – das war die ganze Flotte. Lena konnte sich schwer vorstellen, dass Pekunia vom Verschwinden der kleinen Schar überhaupt Notiz nehmen, geschweige denn darunter leiden würde. Doch letztlich spielte das wohl auch keine Rolle. Man konnte niemanden zu seinem Glück zwingen. Lena war damit zufrieden, jenen zu helfen, die sich helfen ließen.

Nach einigen Stunden Schlaf in Inga Viris alter Höhle hatte sie zusammen mit Tunichtgut das erste Floß bestiegen, Spikes fuhr mit dem letzten. Als die Taue gelöst wurden und die Strömung sich der Gefährten annahm, zitterte Lena vor Aufregung. Die großen, flachen, aus bunten Balken zusammengebundenen Fahrzeuge glitten so leicht dahin, als kannten sie den Namen des träge dahinfließenden Wassers genau: Fluss der unbeschwerten Phantasie.

Tief in ihrem Herzen fühlte sich Lena alles andere als leicht. Sie konnte die Floßfahrt schon deshalb nicht sorglos antreten, weil sie ständig an ihre kranke Mutter denken musste. Wollte sie ihre Familie jemals wiedersehen, dann durfte sie in Metropoly nicht scheitern. Diese Überlegungen behielt sie jedoch für sich. Sie verkörperte von nun an für ihre neuen Freunde die Hoffnung und als solche durfte sie keine Zweifel verbreiten.

Jedes Floß verfügte über ein Ruder zum Steuern und ein großes Zelt, in dem sowohl die Ladung als auch die Flussfahrer vor Spritzwasser geschützt waren. Lena zog es jedoch vor, im Freien zu schlafen, wo es weniger stickig war. Die Gefahr, durchnässt zu werden, hielt sich in den ersten zwei Tagen in Grenzen, denn der dunkle Strom blieb meistens ruhig. Erst zu Beginn des dritten Tages kündigte sich eine dramatische und völlig unerwartete Wende an.

Lena träumte gerade von ihrer Mutter, als ein gellender Schrei ihren Schlummer jäh beendete. Sofort spürte sie auf dem Kopf ein Gewicht, das dort nicht hingehörte. Es konnte nicht allein von der bunten Lumpendecke stammen, die sie sich zum Schutz gegen das Geplätscher des Flusses über die Ohren gezogen hatte.

Irgendetwas lag oder saß auf ihr.

Was immer es war, der Schrei hatte es aufgeschreckt. Die Decke wurde von Lenas Kopf gezogen. Instinktiv rollte sie sich zur Seite und richtete sich zum Sitzen auf. Dann, im Licht einer Schiffslampe, sah sie es.

Die Krallen eines Tieres hatten sich in dem Wollgewebe verfangen und nun versuchte es, mit wild flatternden Flügeln wieder davon loszukommen. Es war eine Flederratte.

Im näheren Umkreis schwirrte ein ganzer Schwarm der schwarzen Wesen durch die Luft.

»Blast die Pfeifen! Schnell! Keine Ratte darf entkommen«, hallte es über das Deck. Es war Tunichtguts Stimme, die aus unmittelbarer Nähe erscholl.

Lena entsann sich des Lederbeutels an ihrem Hals. Hektisch versuchte sie, das Verschlussbändchen zu lockern. Beiläufig bemerkte sie das Kitzeln eines Tropfens an ihrer rechten Wange, der herablief. Sie dachte, es sei Angstschweiß, doch nachdem sie das feuchte Rinnsal abgewischt hatte, war ihr Handrücken voller Blut.

Wütend starrte sie auf das zappelnde Biest, das immer noch mit der Patchworkdecke kämpfte, durch die hindurch es die Schlafende gebissen haben musste. Es glich tatsächlich einer besonders großen Ratte mit langem, nacktem Schwanz, großen Ohren und noch sehr viel größeren Hautflügeln. Lenas Blick streifte das Schwert *Blitz,* das im Schlaf neben ihr gelegen hatte.

Anstatt sich weiter mit dem Verschluss des Beutels abzuplagen, warf sie sich nach vorn, griff nach dem Heft der Waffe, riss die Klinge hoch und ließ sie auf die Flederratte niederfahren. Das Tier zerfiel der Länge nach in zwei Teile und war auf der Stelle tot.

»Du saugst mir kein Blut mehr aus«, zischte Lena. Normalerweise wäre ihr beim Anblick der Rattengedärme schlecht geworden, jetzt fühlte sie nur Genugtuung.

Ein Platschen neben dem Floß ließ sie herumfahren. Gleich darauf plumpste eine Flederratte mit gebrochenem Genick aufs Balkendeck. Verwundert sah Lena sich um.

Überall standen Jungen und Mädchen, hielten sich kleine Silberröhrchen an die Lippen und bliesen mit geblähten Backen hinein.

Aber man hörte keinen einzigen Laut.

Waren alle Pfeifen kaputt?

Schnell wurde Lena klar, dass sie sogar sehr gut funktionierten. Die Töne waren nur für menschliche Ohren nicht wahrnehmbar. Der Schwarm geriet dagegen – wie hatte Tunichtgut es ausgedrückt? – »völlig aus dem Häuschen«. Orientierungslos prallte ein Tier nach dem anderen in vollem Flug gegen den Fels und wenn es sich dabei nicht den Hals brach, dann fiel es bewusstlos ins Wasser und ertrank. Einige wenige landeten auch auf dem Deck.

Bald herrschte wieder Stille auf dem Fluss der unbeschwerten Phantasie.

Während die Jungen und Mädchen begannen, das Floß von toten Blutsaugern zu reinigen, eilte Tunichtgut zu Lena. Sein Blick fiel auf die halbierte Flederratte. »Guter Streich! Wer hat dich gelehrt, so mit dem Schwert umzugehen?«

Sie atmete tief durch. »Niemand. Aber auch eine blinde Ziege findet ab und an ein Büschel Gras.«

Er warf die blutige Decke samt Kadaver in den Fluss. Danach deutete er auf Lenas rechtes Ohr. »Hat dich angezapft der Blutsauger, was?«

Sie nickte. »Es fühlt sich jedenfalls so an. Ist aber nicht so schlimm, glaube ich.«

»Die Zähne der Flederraten sind nadelfein. Deshalb merkst du nicht, wenn sie dich beißen. Aber sollte sich die Wunde entzünden, kann das übel ausgehen. Wir haben Salbe dabei. Die machen wir drauf. Dann spürst du bald nichts mehr.«

Unwillkürlich musste Lena wieder an ihre kranke Mutter denken. Sie lächelte schwach. »Irgendwo habe ich einmal gelesen: ›Solange dich der Schmerz plagt, weißt du, dass du noch am Leben bist.‹«

Der Rebellenführer sah sie nachdenklich an. Mit einem Mal straffte er den Rücken und erklärte aufgeräumt: »Der Vorfall sollte uns zu denken geben, Lena. Unsere sicheren Höhlen liegen endgültig hinter uns. Sollte uns nur ein einziger Spitzel entkommen sein, dann wird Pekunia bald erbarmungslos Jagd auf uns machen. Von jetzt an gibt es für uns kein Zurück mehr.«

Die Flusswächterin saß im Schneidersitz am vorderen Rand des Floßes. Ihr verletztes Ohr brannte kaum noch. Tunichtguts Salbe hatte wahre Wunder vollbracht. Inzwischen ging der dritte Tag der Reise zu Ende und keine Flederratte hatte sich seit dem Zwischenfall am Morgen mehr blicken lassen.

Lenas Nachtwache würde noch zwei Stunden dauern. Sie musste in die Dunkelheit lauschen und alles Auffällige melden. Das Zwicken am Ohr gemahnte sie ständig, diese Pflicht ernst zu nehmen. Neben sich hatte sie eine der Schiffslampen gestellt, ein Öllicht in einem Gehäuse aus

Messing und Glasfenstern. Hinter ihr sang eine Rebellin mit faltigem Gesicht ein traurig-schönes Lied aus der Zeit, als Metropoly noch das Reich der freien Kindlichkeit war. Lange ließ sich nur die kräftige Stimme des älteren Mädchens vernehmen.

Dann aber horchte Lena auf. Immer, wenn die Sängerin Luft holte, vernahm sie ein fernes Brausen. Zögernd erhob sie sich und drehte sich zu den Gefährten um. »Seid still!«

Das Mädchen verstummte.

Tunichtgut kam nach vorne geeilt. »Was gibt's?«

Lena deutete in die Dunkelheit vor dem Floß. »Hörst du das?«

Beide lauschten.

Aus den Tiefen des Flusslaufs drang ein brodelndes Geräusch.

»Es klingt wie ein fernes Donnergrollen«, flüsterte Lena.

»Könnte ein singendes Loch sein.«

»Singendes … was?«

»An einigen Stellen der Stadt gibt es Schächte, die bis an die Oberfläche reichen. Wenn sie mit einem unterirdischen Gewässer verbunden sind und die Luft hindurchstreicht, verwandeln sie sich in riesige Orgelpfeifen – singende Löcher eben.«

»Also für mich hört sich das nicht wie Gesang an. Eher wie Gedröhn.« Das Geräusch war inzwischen stark angeschwollen.

Tunichtgut riss die Augen auf. »Heiliger Strohsack! Es ist ein *Wasserfall!* Wir müssen sofort ans Ufer.« Er wirbelte herum, rannte längs über das Floß und rief die Warnung dem Flusswächter auf dem nachfolgenden Gefährt zu.

In Windeseile verbreitete sich die Nachricht über die ganze Kolonne.

Der Steuermann hatte sofort das Ruder umgelegt, doch die Strömung war stark geworden und das lange Gefährt schoss schneller voran, als es den Kurs änderte. Geradezu unwillig ließ es sich nach rechts lenken. Das Donnern aus der

Dunkelheit wurde unterdessen immer lauter und feiner Sprühnebel zog auf.

»Das wird knapp«, sagte Tunichtgut. Er hatte den Gefährten auf dem Floß inzwischen weitere Anweisungen erteilt und war wieder zu Lena an den Bug zurückgekehrt. In der Hand trug er jetzt eine Lampe mit einem gewölbten Spiegelreflektor, dessen Lichtkegel einige Floßlängen weit auf den Fluss hinausreichte.

»Es gibt kein Ufer hier, wir müssen rüber auf die andere Seite!«, rief Lena entsetzt. Gerade war neben dem Floß eine senkrechte Felswand aufgetaucht.

»Was meinst du, wo die viele Gischt herkommt? Dazu ist es zu spät«, brüllte Tunichtgut. Das Getöse verschluckte fast seine Worte. »Wir müssen bei der nächstbesten Gelegenheit aussteigen.«

»Und wenn die Stelle für alle Flöße zu kurz ist?«

»Dann überlassen wir sie dem Fluss. So werden wenigstens die Kinder gerettet.«

Gemeinsam liefen sie zu den Gefährten, die sich auf der Steuerbordseite versammelt hatten. Tunichtgut fasste die Lage knapp zusammen und schloss: »Wir müssen uns ganz nahe am Fall befinden. Zum Ausladen des Gepäcks bleibt keine Zeit. Schnappt euch die Waffen, ein paar Fackeln, Lampen und etwas Proviant. Dann springt damit an Land.«

»Ich sehe einen flachen Felsen, der ein Stück ins Wasser reicht«, brüllte ein Junge vom Rand des Floßes.

Tunichtgut lief zu ihm. Ein Blick genügte, um die Lage abzuschätzen. Er wandte sich wieder den Gefährten zu. »Es ist eine natürliche Mole, leider ziemlich kurz. Wir müssen das Floß aufgeben. Macht euch bereit, Brüder und Schwestern. Und seid vorsichtig! Der Boden ist schlüpfrig.«

Drei, vier Atemzüge später schrammte der Bug an den vorspringenden Fels. Ein Knarren ging durch die ganze Konstruktion, so grauenerregend, dass Lena schon fürchtete, das Floß könne auf der Stelle zerbersten. Doch es hielt.

Während die Balken an der Mole entlangschabten, sprangen sechs oder sieben Kinder ans Ufer. Zwei hielten Taue in der Hand, um das Abtreiben des Floßes zu verlangsamen und ihren Kameraden dadurch mehr Zeit zu verschaffen. Unvermittelt blieb der Bug an einem Felsvorsprung hängen und ein gewaltiger Ruck erschütterte das Deck. Einige Kinder wurden von dem Aufprall umgeworfen. Lena half einem neben ihr gestürzten Mädchen wieder auf die Beine.

Derweil drehte sich das Heck des Floßes in die Flussmitte, im Nu war die Entfernung zum Ufer für einen Sprung zu groß. Auf dem Felsen riss die Kraft der Strömung einen Jungen fast ins Wasser. Er schrie vor Verzweiflung, als das Tau seinen Händen entglitt. Der andere Knabe hielt seines weiter vorne noch fest. Sämtliche Kinder eilten ihm zu Hilfe.

»Lauft nach vorne und springt!«, rief Tunichtgut den Jungen und Mädchen auf dem Floß zu. Er trieb sie zu höchster Eile an.

Unterdessen traf bereits das zweite Wasserfahrzeug ein. Es stieß gegen das erste und verkeilte sich zwischen diesem und dem Ufer. Die Kinder sprangen der Reihe nach vom Führungsfloß an Land, manche auch nebeneinander. Lena setzte fast zum Schluss mit einem großen Satz auf den nassen Fels über. Dabei rutschte sie mit dem linken Fuß aus, kippte nach hinten auf das brausende Wasser zu, schrie vor Angst …

Da wurde sie von zwei kräftigen Händen gepackt und zurück auf die Mole gezogen. Der Junge, der zuvor das Tau verloren hatte, war ihr zu Hilfe geeilt.

Als Letzter verließ Tunichtgut das Floß. Die Halteleine wurde auf seinen Befehl hin freigegeben und das Gefährt verschwand in der tosenden Dunkelheit.

Sofort trieb das nächste Floß an den frei gewordenen Landeplatz. Mit vereinter Hilfe wurden sämtliche Flussfahrer in Sicherheit gebracht. Einige waren sogar kühn genug, erst große Proviantsäcke auf die Mole zu schleudern, bevor sie selbst zum Sprung ansetzten.

Schon hob sich der Vorhang für den nächsten Akt. Noch siebzehnmal wurde das dramatische Schauspiel fortgesetzt, wurden Befehle gebrüllt und befolgt, wurde mit dem Mut der Verzweiflung um das Überleben jedes Gefährten gekämpft. Dank Tunichtguts Besonnenheit ging kein einziger verloren.

Die Flotte der Rebellen indes war vollständig zerstört.

Die Stiege

In der Unterwelt von Metropoly, 4. Tag

Am Fluss der unbeschwerten Phantasie hatte sich Trübsinn breitgemacht. Die Gefährten waren durchnässt, die meisten Fackeln von der Gischt erloschen und die Hoffnungen auf ein Leben jenseits der Grenzen von Metropoly fast geschwunden. Mit hängenden Köpfen saßen die Jungen und Mädchen auf Felsvorsprüngen oder kauerten auf dem feuchten Stein. Es war ein Trauerspiel, beleuchtet von wenigen geretteten Schiffslampen. Niemand wagte zu fragen, wie das Drama enden würde.

»Vielleicht können wir neben dem Wasserfall nach unten klettern, dort die Trümmer der Flöße zusammenlesen und uns neue bauen«, brach endlich Lena das Schweigen. Sie war heilfroh, dem Drängen Tunichtguts standgehalten zu haben. Als Führerin hätte sie in der ersten großen Prüfung bestimmt versagt. Er hatte alle gerettet. Vielleicht konnte sie den Jungen und Mädchen jetzt wenigstens etwas Hoffnung einflößen.

Der Anführer rappelte sich mühsam hoch, ächzend und mit gequälter Miene, wie man es sonst nur bei sehr alten Leuten sah. Dann aber griff er entschlossen nach einer Sturmlampe. »Du hast recht. Ich schaue mich mal um.«

»Vier Augen sehen besser«, sagte Lena und stellte sich mit einer Fackel an seine Seite.

»Und sechs entgeht nichts«, tönte Spikes und gesellte sich den beiden hinzu.

Sie folgten dem Flusslauf in Richtung des Wasserfalls. Die natürliche Mole verjüngte sich schnell zu einem schmalen Grat, auf dem die drei Gefährten hintereinander gehen mussten. Je mehr das Tosen zu ihrer Linken anschwoll, desto mulmiger wurde Lena. Etwa einen Steinwurf hinter dem flachen Felsen endete der Weg in einem kleinen Plateau, das kaum mehr als einem halben Dutzend Personen Platz zum Stehen geboten hätte. Dahinter ging es steil bergab.

»Kannst du erkennen, wie tief es ist?«, rief Lena. Der Gedanke an einen unter ihr gähnenden Abgrund schreckte sie nicht. Sie fühlte sich unwillkürlich nach Cornwall versetzt, wo sie in den Sommerferien gelegentlich den Leuchtturmwärter von Godrevy Point besuchte. Auf seiner Aussichtsplattform hoch über dem Meer gischtete und toste es an stürmischen Tagen genauso wie hier.

»Nein, aber gleich werden wir's wissen«, brüllte Tunichtgut. Er stellte sein Sturmlicht ab und streckte den Arm aus. »Gib mir bitte mal deine Fackel.«

Lena reichte sie ihm.

Er nahm das immer noch brennende Licht und griff nach ihrer Linken. »Halt mich fest.«

Mit sanftem Schwung warf er die Fackel über den Rand des Plateaus. Hand in Hand beugten er und Lena sich vor, um die rasch entschwindende Flamme mit den Augen zu verfolgen. Sie fiel und fiel und fiel …

»Heiliger Strohsack, ist das tief!«, rief Tunichtgut. Die Fackel hatte den Grund noch immer nicht erreicht.

»Ich habe nirgends einen Pfad gesehen, der uns da runterbringen könnte«, bemerkte Lena.

Er nickte. »Da unten gibt's nur senkrechten, glatten, schlüpfrigen Fels. Wenn wir je wieder hier herauskommen wollen …« Anstatt seinen Gedanken zu Ende zu führen, schrie Tunichtgut plötzlich lauthals auf. Sein Körper neigte sich nach vorn. Er riss den freien Arm hoch, verlor aber trotzdem das Gleichgewicht.

Weil sie sich bei den Händen hielten, hatte Lena schon kurz vorher einen Ruck verspürt, doch ehe sie reagieren konnte, war es schon fast zu spät. »Tuni…!«, stieß sie entsetzt hervor – vor Schreck hatte sie seinen Namen verstümmelt. Ihr Freund drohte, sie mit in die Tiefe zu reißen.

Lena warf den rechten Arm herum, damit Spikes ihn ergreifen konnte, aber die erhoffte Hilfe blieb aus. Immerhin hatte der Schwung dieser Bewegung sie zu einem Ausfallschritt gezwungen. Dadurch bekam sie einen festeren Stand. Sie brüllte vor Anstrengung, als sie sich zurücklehnte, aus Leibeskräften an Tunichtguts Arm zerrte …

… und ihn auf das Plateau zurückzog.

Spikes stand hinter ihnen, den Rücken an die nasse Felswand gedrückt, die beiden mit großen Augen anstarrend. Lena glaubte, die Angst sei ihm in die Glieder gefahren, doch was dann geschah, war für sie mindestens so überraschend wie der Beinaheabsturz des Gefährten.

Anstatt sich bei seiner Retterin zu bedanken, ging Tunichtgut seinem Stellvertreter an die Gurgel.

»Was sollte das eben? Sag schon!«

Spikes ruderte verzweifelt mit den Armen, sein Waschbärenschwanz zuckte wild hin und her, doch der Rebellenführer war stärker als er. Weil Tunichtgut ihm die Luft abschnürte, konnte er bestenfalls krächzen. Er bewegte zwar die Lippen, zu verstehen war im Getöse des Wasserfalls aber nichts. Verzweifelt schüttelte er den Kopf.

Lena packte die Handgelenke des Wüterichs, drückte sie auseinander und schrie: »Was ist in dich gefahren? Du bringst ihn noch um.«

Spikes rang röchelnd nach Atem.

»Besser ich ihn als er mich«, gab Tunichtgut brüllend zurück.

»Was redest du da?«

»Er hat mich gestoßen.«

»Das stimmt nicht«, verteidigte sich Spikes lauthals.

»Ich hab's aber deutlich gespürt.«

»Das war keine Absicht. Du weißt, dass ich nicht schwindelfrei bin. Allein bei dem Gedanken an den gähnenden Schlund ist mir schwarz vor Augen geworden. Da wollte ich mich an dir festhalten. Entschuldige bitte.« Spikes senkte zerknirscht den Blick.

Tunichtgut schüttelte wutschnaubend den Kopf.

Lena verdrehte die Augen. »Jungs sind schlimmer als Kampfhähne. Jetzt hört schon endlich auf zu schmollen und vertragt euch wieder.«

Weder der Ältere noch der Jüngere machte Anstalten, ihrem Rat zu folgen. Also griff sie persönlich ein und führte wie eine Marionettenspielerin die Hände der beiden zusammen.

»Tut mir leid«, sagte Spikes mit hängendem Kopf, so leise, dass man es von seinen Lippen ablesen musste.

Tunichtgut atmete tief durch. Dann warnte er: »Sollten wir je wieder an einem Abgrund stehen, halte dich bloß fern von mir.«

Lena fiel ein Stein vom Herzen. Die Lage der Auswanderer war auch so schon verzweifelt genug. Was sie im Moment am wenigsten gebrauchen konnten, war eine Fehde zwischen ihren Anführern. Sie bückte sich nach der Sturmlampe und leuchtete damit die Felswand hinauf. Gleich darauf durchströmte sie freudige Erregung.

»Seht ihr, was ich sehe?«

Die Jungen blickten ebenfalls nach oben. »Eine Treppe!«, rief Spikes.

»Ich würde eher sagen: ein Knochenbrecherpfad«, knurrte Tunichtgut.

Es war ein bisschen von beidem. Stufen im eigentlichen Sinne gab es zwar nicht, wohl aber in kurzen Abständen Vorsprünge oder Vertiefungen, an denen man sich hinaufhangeln konnte. Wenn vierhundert Füße über diese Stiege klettern mussten, wuchs natürlich die Gefahr eines tödlichen Fehltritts.

»Haben wir eine andere Möglichkeit?«, fragte Lena. »Ehe unsere Vorräte aufgebraucht sind, werden unsere Lichter verlöschen. Was dann mit uns geschieht, möchte ich mir lieber nicht ausmalen.«

Mit einem Mal grinste Tunichtgut. »Siehst du! Aus dir wird doch noch eine gute Anführerin.«

»Jetzt hör schon auf damit! Weißt du, was mein Vater immer sagt, Tunichtgut? Man besetzt nicht mitten in einem Theaterstück die Rollen neu.«

»Tuni.«

»Wie bitte?«

»Sag Tuni zu mir. Eben, als wir fast abgestürzt sind, da hast du mich so genannt. Der Name gefällt mir viel besser, als das Etikett, das Pekunia mir angehängt hat.«

Mit einem Mal fiel alle Anspannung von Lena ab und sie lachte.

»Wie hieß eigentlich der Junge, dessen Kindheit du bist?«

»Ich will euch ja nicht die gute Laune verderben«, mischte sich Spikes ein, »aber habt ihr euch schon überlegt, wie es weitergehen soll, nachdem wir diese Stiege erklommen haben?«

»Zu Fuß«, antwortete sein Freund.

»Witzbold.«

Der Anführer breitete die Arme aus. »Es ist doch so: Entweder finden wir

weiter oben andere Tunnel, durch die wir zum Toten Bezirk marschieren können, oder wir müssen an die Oberfläche zurück.«

»Ja, aber da sind Pekunias Plakate«, gab Lena zu bedenken.

Tuni nickte mit grimmiger Miene. »Ich weiß. Und hier unten lauern die Flederratten.«

»Wir haben doch die Pfeifen.«

»Schon, aber auf unserem Marsch können wir damit nicht so eine weiträumige Schutzzone um uns errichten, wie in unseren heimatlichen Höhlen. Wir würden den geflügelten Spitzeln unweigerlich unseren Aufenthaltsort verraten. Die Pfeifen können nur unser letzter Ausweg sein, wenn wir noch einmal auf Pekunias Geschmeiß stoßen.«

Lena atmete tief. »Ich weiß nicht, was mir mehr Angst macht – die Flederratten oder die Plakate.«

Das alte Gesicht des Anführers lächelte aufmunternd. »Zu deiner Beruhigung: Ich fürchte mich auch. Und das ist auch gut so, denn es schärft unsere Wachsamkeit. Allerdings hast du eben auch gesagt, jedem von uns sei in diesem Stück eine feste Rolle zugedacht. Und die unsrige ist doch wohl klar: Wir sind die Spielverderber.«

Die zweihundert Kinder benötigten einen halben Tag, die steile Stiege über dem tosenden Wasserfall zu erklimmen. Einmal mehr bewies Tuni dabei Umsicht und Klugheit. Er ließ seine Gefährten rasten, sofern es für ihre Sicherheit nötig war, und brachte sie wieder auf Trab, wenn sie seinen Ansporn brauchten.

Wohlbehalten erreichte die Rotte ein kleineres System von Höhlen, das Tuni sofort von einigen Kundschaftern durchsuchen ließ. Bald stand fest, dass es nur einen einzigen Ausgang gab: einen vertrockneten Brunnen.

»Ich hatte gehofft, die Rückkehr in die Oberwelt bliebe uns erspart«, brummte Tuni missmutig.

»Wir könnten ausschließlich nachts wandern«, schlug Lena vor.

»Das werden wir sowieso tun müssen. Aber es ist trotzdem gefährlich. Mir bereiten nicht nur Pekunias Plakate Bauchgrimmen. Um uns auffliegen zu lassen, genügt schon ein Bildnis in Kreide auf den Boden gemalt oder mit scharfer Klinge in einen Baum geritzt. Außerdem kann sie sich über die Ikonen auch mit ihren Strohmännern verständigen, die in ganz Metropoly herumschnüffeln und ihr jede Auffälligkeit melden. Wie ich schon einmal sagte: Pekunias Augen und Ohren sind überall.«

Voller Unbehagen entsann sich Lena des Tempels. Draußen hatte an der Tempelpforte das zwinkernde Plakat gehangen und drinnen die Flederratte gelauert. Kein Wunder, dass Hexel so schnell in der Basilika aufgekreuzt war.

Tuni schickte seinen Stellvertreter zum toten Brunnen, damit er ihm den Anbruch der Abenddämmerung melde. Anschließend hob er die Stimme, damit alle ihn hören konnten.

»Spielverderber, ihr solltet euch jetzt ausruhen. Versucht, ein bisschen zu schlafen. Heute Nacht müssen alle hellwach sein. Eine große Prüfung steht uns bevor. Nur wenn jeder aufpasst, können wir sie bestehen.«

Zulauf

Irgendwo in Metropoly, 4. Tag

Der vertrocknete Brunnen lag in einem stillen Viertel weit außerhalb des Zentrums von Metropoly. Nicht einmal Straßenlaternen leuchteten hier. Dafür glühte das Firmament wie in einer klaren Vollmondnacht, wenngleich kein einziger Himmelskörper daran hing. Es war somit alles andere als dunkel.

Trotzdem bemerkte wohl niemand die zwei Schemen, die lautlos über die gemauerte Brunneneinfassung glitten und in die Schatten der Arkaden, den Bogengängen am Rand des kleinen Platzes, huschten.

Tuni deutete auf eine viereckige Säule und wisperte: »Verhalte dich still und bleib immer hinter oder neben dem Plakat. Dann kann sie dich nicht entdecken.«

Lena hielt ihren Helm fest und nickte. Sich am Armausschnitt des Brustpanzers kratzend, flüsterte sie: »Auch wenn ihre Augen geschlossen sind wie gerade jetzt?«

»Dann ist sie blind. Aber du hast ja selbst schon erlebt, wie schnell sich das ändern kann. Bist du bereit?«

Sie nickte erneut. Ihre Nase kribbelte. Eben erst hatte sich Lena zum allerersten Mal die Salbe hineingeschmiert, mit der sich die Spielverderber vor dem benebelnden Duft aus den allgegenwärtigen Blumenkübeln schützten. Rasch drückte sie mit Daumen und Zeigefinger die Nasenflügel zusammen, um nicht zu niesen.

Tuni huschte von einer Säule der Bogenreihe zur nächsten, bis er hinter jene gelangt war, an der Pekunias Plakat klebte. Lena blieb ihm immer dicht auf den Fersen. Er legte den Finger auf die Lippen. *Keinen Mucks!*, bedeutete das. Sie nickte zum dritten Mal.

Leise streifte sie sich den Lederriemen mit dem Beutel über den Kopf und öffnete das Verschlussbändchen – diesmal leistete es ihr keinen Widerstand. Kurz darauf hielt sie den Pinsel und das Tintenbehältnis in den Händen. Behutsam zog sie den Stöpsel aus dem Glasflakon, tauchte das Malwerkzeug hinein und reichte es dem Gefährten.

Der schmiegte sich bäuchlings an die Säule, während er um diese herumglitt und mit langem Arm und erprobter Schnelligkeit das Plakat beschmierte. Die aus Ruß, Milch- und Eibestandteilen zusammengemischte Farbe bedeckte im Nu drei breite Streifen auf dem Bild: einen zwischen Augen-

brauen und Wangenknochen der Königin, die beiden anderen seitlich ihres Kopfes. Weil Pekunias Ohren auf allen Plakaten unter Haaren verborgen waren, benutzte er lieber etwas mehr als zu wenig Farbe.

»So, das wäre geschafft«, sagte er lauter als zuvor.

»Du meinst, jetzt ist Pekunia Hören und Sehen vergangen?«, fragte Lena, sich an das Gespräch in der Waffenkammer erinnernd.

Er nickte. »Ja. Zumindest hier auf dem Platz.«

»Eins verstehe ich nicht. Die Strohmänner brauchen doch nur der Spur der übermalten Plakate zu folgen, um uns zu finden.«

»Damit haben sie schon in den Tagen Inga Viris aufgehört. Die Spielverderber sind für die Häscher der Königin längst zu einer Plage geworden, die sie am liebsten totschweigen. Es gibt sogar immer mehr Kinder, die das Bemalen der Plakate für ein Spiel halten und uns nachahmen. Ab und zu ertappen die Schergen einen Schmierfinken auf frischer Tat, aber meistens begnügen sie sich damit, die blinden und tauben Bildnisse so schnell wie möglich gegen neue auszutauschen.« Tuni steckte zwei Finger in den Mund und stieß einen trällernden Pfiff aus, der wie der Ruf eines Vogels klang – das mit Spikes verabredete Zeichen.

Beim toten Brunnen wurde es hierauf sehr lebendig. Nacheinander glitten weitere Schemen über die Mauer und huschten unter die Arkaden. Zuvor war in der Unterwelt bereits alles gründlich besprochen worden, deshalb herrschte Schweigen während der ganzen Aktion. Die Rückkehr der Spielverderber in die Straßen von Metropoly war nur der erste Schritt in dem lebhaft diskutierten Plan.

Sobald die Zweihundert unter den Bogengängen versammelt waren, sandte Tuni ein Dutzend Kundschafter aus, die sich nach Plakaten und anderen Pekunia-Bildnissen umsehen sollten. Es waren allesamt Jungen und Mädchen, die in den letzten Jahren Erfahrung auf diesem Gebiet gesammelt hatten. Sie beherrschten perfekt jenes Spiel, das die Königin wie kaum ein zweites hasste: das Versteckspiel.

Der Haupttross folgte, jede sich bietende Deckung nutzend. Eine kleine Nachhut sicherte die Gruppe nach hinten ab. Die von Tuni vorgeschlagene und einstimmig angenommene Marschroute orientierte sich an einer Kette von Brunnen, unter denen – so die Hoffnung des Anführers – sich Ausläufer des Flusses der unbeschwerten Phantasie befanden. Eine zusätzliche Hilfe waren Wegweiser. Es gab zwar keinen einzigen, auf dem die Worte »Toter Bezirk« standen, doch unzählige mit Aufschriften wie »Zentrum«, »Pekunia-Tempel« oder »Palast«. Man müsse sich die Pfeile nur umgedreht vorstellen, hatte Tuni erklärt, dann kenne man den direkten Kurs *weg* vom Mittelpunkt der Stadt. Zwei Nächte lang kamen sie auf diese Weise, von Strohmännern unbehelligt, voran.

Gänzlich unbemerkt blieben sie trotzdem nicht. Ab und zu hörte man ein Käuzchen rufen, das sich wohl über den Auflauf zu später Stunde wunderte. Auch vierbeinige Spielkameraden kreuzten ab und zu den Weg der Auswanderer. Zudem gab es immer irgendwo schlaflose Kinder, die gerade aus dem Fenster sahen, während der Tross an ihrem Haus vorüberzog. Auch andere Nachtschwärmer streiften durch die Dunkelheit. Zu Lenas Überraschung hatte aber bisher niemand Alarm geschlagen. Auf diese Beobachtung angesprochen, zuckte Tuni nur mit den Schultern.

»So ergeht es den meisten Unmarkierten: Wer keines der zugelassenen Abzeichen trägt, wird einfach links liegen gelassen. Manche lacht man auch aus oder verprügelt sie. Doch kaum einer macht sich die Mühe, sie bei der Obrigkeit anzuzeigen. Wäre es anders, hätte Pekunia uns wohl längst erwischt.«

Es gab aber auch andere Reaktionen und die überraschten Lena fast noch mehr. Beispielhaft dafür war ein etwa achtjähriges Mädchen, das ihnen bereits kurz nach dem toten Brunnen in die Arme lief. Selbst im fahlen Licht des Nachthimmels war es auffallend blass. Es wandte sich nicht ab, sondern blieb mitten auf der Straße stehen und starrte den Kindertross aus großen, gelblich leuchtenden Augen an.

»Was glotzt du so?«, knurrte Spikes. Seine Hand lag auf dem Schwertgriff.

»Seid ihr Spielverderber?«, entgegnete das katzenäugige Mädchen mit bebender Stimme.

»Wie kommst du da darauf, kleine Schwester?«, übernahm Tuni in freundlichem Ton das Gespräch.

»Man redet über euch. Es heißt, ihr tragt keine Uniformen.«

»Bei dir sehe ich auch weder eine Mütze noch eine Marke.«

»Ja. Aber das traue ich mich nur nachts. Ich wäre gerne so wie ihr.«

»Dann schließe dich uns an«, sagte Lena.

Die Kleine musterte sie interessiert. »Warum trägst du vier Sterne? Das Zeichen kenne ich nicht.«

»Weil es nicht von dieser Welt ist. Ich bin Lena aus dem Meer der Träume. Und wie ist dein Name?«

»Naseweis.«

Noch so eine Kindheit, die Pekunias Verachtung wie einen Stempel aufgedrückt bekommen hat, dachte Lena. »Wenn du uns begleitest, wirst du ab heute Weißnase heißen.«

»Weißnase?« Das Mädchen lächelte. »Der Name gefällt mir. Wohin geht ihr denn?«

»Dorthin, wo Pekunia keine Macht hat.«

»So einen Ort gibt es?«

»Ja. Sonst wären wir nicht hier.«

»Dann komme ich mit euch.«

Von nun an marschierten zweihundertundein Abtrünnige zu den Grenzen Metropolys.

Und bald kamen weitere hinzu. Die Totalverweigerer waren nämlich viel bekannter, als irgendeiner von ihnen es je gedacht hätte. Unter den Jungen und Mädchen der Stadt gab es zahlreiche Sympathisanten, die insgeheim gegen Pekunias strenge Spielregeln rebellierten, aber bisher keine offene Auflehnung gewagt hatten. Jetzt sahen sie plötzlich eine Schar Gleichgesinnter und gewannen Mut.

Gegen Ende der zweiten Nacht in der Oberwelt – die Rotte war inzwischen auf etwas mehr als zweihundertundfünfzig Spielverderber angewachsen – meldete ein Kundschafterpaar nur zwei Straßenzüge voraus eine Patrouille von etwa sechzig berittenen Strohmännern.

»In welche Richtung bewegen sie sich?«, fragte Tuni.

»Sie kommen direkt auf uns zu, allerdings nur langsam,

weil sie die Häuser und Höfe durchkämmen«, antwortete einer der Jungen.

»So als wüssten sie genau, wo wir sind«, murmelte der Anführer.

»Vielleicht habt ihr ein Plakat übersehen«, sagte Spikes zu dem Späher.

»Warum überpinselst *du* nicht die Bilder?«, fauchte der zurück.

Lena verdrehte die Augen zum Himmel. »Hört schon auf, euch zu streiten. Wo können wir uns verstecken? Die Gasse hier ist zu schmal dazu.«

Der Wind trug fernes Hufgetrappel heran.

»Wie wär's mit dem letzten Brunnen, den wir passiert haben?«, schlug Spikes vor.

Tuni schüttelte den Kopf. »Wir sind für sie die Unterweltler. Wenn sie tatsächlich von uns wissen, werden sie dort als Erstes nachsehen.«

»Dann zerstreuen wir uns«, sagte Lena. »Du kannst zweihundertfünfzig Vögel im Schwarm mit einem einzigen Netz fangen, aber einzeln sind sie kaum zu kriegen.«

Unweit wieherte ein Pferd.

Weißnase schob sich zwischen Tuni und Spikes hindurch. »Bis vor Kurzem habe ich in der Nähe gewohnt. Ich kenne ein paar Verstecke, wo sie bestimmt nicht nachsehen.«

»Ja, wir auch«, ertönte es mehrfach aus den Reihen der neuen Spielverderber.

»Dann weiß ich, was wir machen«, erklärte Tuni. »Jeder der Ortsansässigen übernimmt eine Gruppe und bringt sie zu einem Versteck. Seid vorsichtig in alten Gemäuern und den anderen Lieblingsplätzen der Flederratten! Haltet eure Pfeifen bereit. Wenn die Patrouille vorübergezogen ist, treffen wir uns am Ende der Gasse. Dort müsste der nächste Brunnen sein.«

Während die Geräusche der nahenden Patrouille immer lauter wurden, teilten Tuni, Spikes und Lena den ganzen Tross in kleinere Horden von etwa je einem Dutzend Kinder. Geführt von den Jungen und Mädchen aus dem Viertel, schwärmten die Grüppchen in Windeseile aus. Lena und Tuni gingen mit Weißnase, Spikes schloss sich einer anderen Schar an.

Das blasse Mädchen, das einmal Naseweis geheißen hatte, führte ihre Gefährten zwischen eng stehenden Häusern hindurch. Hinter ihnen erklang weiter das Trommeln von Hufen auf dem Kopfsteinpflaster. Die Soldaten mussten ihnen dicht auf den Fersen sein.

Die Gasse mündete in einen kleinen, dreieckigen Platz. Er war umstanden von zwei- und dreistöckigen Häusern, deren Fachwerk an große Bauklötze erinnerte. Hinter den oft zerbrochenen Fenstern brannte nirgends Licht. Pekunia-Bildnisse und Hypnosienbäume gäbe es hier keine mehr, weil die Kinder inzwischen woanders spielten, erklärte Weißnase.

Mitten auf dem Pflaster stand ein Karussell, das einem großen Hut glich. Auf der breiten »Krempe« reihten sich Tiere: ein Pferd, ein Esel, ein Kamel, ein Elephant und ein ... Lena hatte keine Ahnung, was dieses geflügelte Geschöpf mit den sechs Beinen, zwei Köpfen und langen Schnäbeln darstellen sollte.

»Das Karussell ist kaputtgegangen, als die Stadt wieder mal wuchs. Man hat sich nicht die Mühe gemacht, es zu reparieren, sondern benutzt seitdem ein viel moderneres«, erklärte Weißnase.

Tuni nickte. »Das erinnert mich an das siebte Gebot: ›Du sollst dein Spielzeug zerbrechen – Pekunia gibt dir neues.‹ Ich will ja nicht drängen, kleine Schwester, aber die Reiter können jeden Moment hier eintreffen. Wie hast du dir das vorgestellt? Sollen wir uns auf die Tiere setzen und hoffen, dass die Strohmänner uns nicht bemerken?«

Sie kicherte. »Nein, wir kriechen drunter. In der Mitte ist eine Klappe.«

»Sogar die Strohköpfe sind schlau genug, um uns darunter zu finden.«

»Ist schon klar. Aber sie haben keine Ahnung von dem Riss, der beim letzten Wachstumsschub unter dem Karussell entstand. Er ist gut versteckt. Kommt, ich zeig ihn euch.«

»In solchen Spalten hausen oft Flederratten.«

»Nicht in dieser. Mit meinen Katzenaugen sehe ich im Dunkeln mindestens ebenso gut wie sie. Da drin sind wir sicher.«

»Also gut.« Tuni bedeutete ihr durch eine Geste, voranzugehen.

Sie lief zwischen dem Elephanten und dem doppelköpfigen Flugsechsbeiner hindurch. Zur Mitte hin stieg die Karussellscheibe leicht an. Um besagten Deckel zu öffnen, bedurfte es allerdings Tunis starker Arme. Die hölzerne Luke klemmte zunächst und anschließend knarrte sie, als wolle sie gegen die grobe Behandlung protestieren. Rasch kletterten die Kinder in das rechteckige Loch und der Anführer schloss die Klappe wieder.

»Es ist stockfinster«, beklagte sich ein Junge.

»Nur die Ruhe, kleiner Bruder«, sagte Tuni. »Wir haben zwar keine Katzenaugen wie Weißnase, doch unsere Hoffnung wird uns Licht geben.«

»Ich?«, wunderte sich Lena.

»Ja, du. Nimm den Feuerstein und schlage ihn gegen dein Schwert, wie ich es dir erklärt habe. Wir fassen uns bei den Händen und lassen uns von Weißnase führen.«

Lena holte den Flint aus der Hosentasche, zog das Schwert *Blitz* aus der Scheide und schlug den Stein flach gegen die Klinge. Ein Funkenregen sprühte durch die Dunkelheit und erhellte die Umgebung lange genug, um sich fürs Erste zu orientieren.

Lena spürte Tunis Hand, warm, runzelig und dennoch kräftig zupackend. Nachdem alle Jungen und Mädchen sich angefasst hatten, lief Weißnase voran. Wie eine Hydra bewegte sich die zwölfköpfige Schar durch die Dunkelheit oder eher – Schlangen haben ja keine Beine – wie ein Dutzendfüßler. Ein paarmal musste Lena noch ihre Funken aufblitzen lassen, um dem Gefolge der katzenäugigen Führerin einen sicheren Abstieg zu ermöglichen. Noch bevor alle in der Erdspalte verschwunden waren, ertönte von oben das Hufgeklapper der königlichen Garde.

»Pscht! Beeilt euch, aber seid leise!«, ermahnte Tuni die Gefährten.

Der Dutzendfüßler stieß immer tiefer ins Erdreich vor. Dumpfe Stimmen drangen zu ihnen herab. Befehle wurden gerufen. Kurz darauf waren Schritte und knarzendes Holz zu hören. Jemand lief übers Karussell.

»Keinen Mucks!«, raunte Tuni.

Dann wurde auch schon die Luke aufgerissen. Lena sah über sich einen schwachen Lichtschimmer.

»Da ist niemand drin«, rief eine knurrige Stimme.

»Bist du sicher, Ballung?«, erkundigte sich eine andere. Es war ein eher schnarrendes Organ.

»Ihr könnt ja selbst nachsehen, Hauptstrohmann Hexel.«

Lena erschauerte. *Hexel?* Dann stimmte es also. Man hatte den Jutekameraden tatsächlich wieder zusammengeflickt und ihm ein weiteres Mal Leben eingehaucht. Sie lauschte. Warum sagte der Kommandant nichts? Wieder hallten Schritte herab, gefolgt von quälender Stille.

»Herr Hauptstrohmann!«, rief plötzlich jemand von Weitem. Es war unverkennbar ein Mädchen.

»Was willst du?«, antwortete Hexel.

»Ich soll euch von einem Eurer Männer eine Nachricht überbringen. Eben wurden vier Straßen weiter Rebellen gesehen. Euer Truppführer erbittet Verstärkung.«

Einen Moment lang war es ganz still. Dann sagte Hexel: »Du hast recht, Ballung. Hier ist nichts. Wir ziehen ab.«

Die Luke fiel knallend zu. Gleich darauf war wieder Hufgetrappel zu vernehmen, das schnell leiser wurde.

»Die alte Jutehaut tötet mir noch den letzten Nerv«, knurrte Tuni in der Finsternis.

Lena konnte es noch immer nicht fassen. »Du meinst, es ist tatsächlich der von dir im Tempel zerhäckselte Hexel?«

»Was glaubst denn du? Der Kerl ist unverwüstlich. Ich frage mich nur, wieso ausgerechnet wir ihn an der Hacke haben.«

»Spikes meinte, wir könnten irgendeine Ikone übersehen haben.«

»Vielleicht.« Tuni ließ ein schnaubendes Geräusch vernehmen. »Möglicherweise gibt es aber auch einen anderen …« Er verstummte, weil plötzlich über ihnen der Deckel knarrte.

»Seid ihr noch da? Geht es euch gut?«, rief dieselbe Mädchenstimme, die zuvor mit dem Hauptstrohmann gesprochen hatte.

Einen Moment lang wagte niemand in dem Erdspalt zu antworten.

»Ich habe euch vorhin in das Karussell kriechen sehen. Ihr braucht keine Angst zu haben. Die Strohmänner sind weg und ich bin auf eurer Seite.«

Lena fasste sich ein Herz und erwiderte: »Ja, es geht uns gut. Warte, damit wir zu dir raufkommen können.«

Sie schlug den Feuerstein gegen die Klinge, um sich und den anderen Gefährten Licht zu geben. Kurz darauf streckte sie den Kopf durch die Luke. Von oben lächelte ein zwölf- oder dreizehnjähriges Mädchen auf sie herab. Im fahlen Licht der Nacht konnte Lena nur wenig erkennen. Zwei Besonderheiten fielen ihr trotzdem sofort ins Auge: Erstens war das Gesicht der Fremden nicht runzlig, sondern makellos glatt. Und zweitens hatte sie schon Brüste. Sie war überdies erkennbar schlank, trug ein langes, unten weit ausfallendes Kleid und hatte lockiges Haar, das ihr wie ein Wasserfall aus glühendem Gold bis weit über die Schultern fiel.

»Komm, ich helfe dir«, sagte sie mit wohlklingender Stimme und ergriff Lenas Arm. Während diese aus dem Loch stieg, lag der Blick des Mädchens auf ihrem Kettenanhänger. Anschließend half es auch den nachfolgenden Jungen und Mädchen hinauf. Weißnase, die als Letzte an die Oberfläche kam, fiel der Fremden sofort um den Hals. Augenscheinlich kannten sich die zwei.

»Ich bin Rose«, stellte sich das Mädchen endlich vor.

»Rose? Das passt zu dir«, erwiderte Lena, während sie die dargebotene Hand schüttelte.

»Ich habe Pekunias Spottnamen etwas zurechtgestutzt – zu meinen Gunsten, versteht sich. Sie meinte, ich sei so schwer zu greifen wie ein Rosendorn. Genauso nannte sie mich dann auch.«

»Rosendorn?«, wiederholte Lena ungläubig.

Rose lächelte säuerlich. »Klingt grässlich, was? Obwohl – manchmal stimmt's. Ich piesacke Pekunia, wo ich nur kann.«

Lena lachte. »Indem du ihre Strohmänner an der Nase herumführst? Ich habe mich noch gar nicht dafür bedankt. Ohne dich hätten uns die Jutekameraden bestimmt geschnappt.«

»Hab ich gerne getan. Ich nehme an, ihr seid Spielverderber.«

»Noch eine geheime Anhängerin?«, fragte Tuni amüsiert.

Sie musterte ihn lächelnd. »Bist du der Anführer der Rebellen?«

»Ja. Man nennt mich Tuni. Wieso?«

Roses Augen weiteten sich. »Doch nicht etwa der Anführer von Tunichtguts Rotte?«

»So hieß ich früher, bevor *sie* mir einen schöneren Namen gegeben hat.« Er deutete mit dem Kopf in Lenas Richtung.

»Sapperlot! Ich bin selten einem Jungen begegnet, der so alt aussieht.«

Lena presste die Lippen aufeinander, um nicht laut loszuprusten. Ganz ohne Geräusche gelang ihr dies jedoch nicht.

Tuni warf ihr einen mürrischen Blick zu, ehe er sich wieder an das Mädchen wandte. »Was weißt du über uns?«

»Jeder hier kennt Tunichtguts Rotte, aber die meisten glauben, ihr seid nur so eine Art Legende, ein Phantasiegebilde, ein Wunschgedanke unzufriedener Kinder. Seit gestern geht im Viertel freilich das Gerücht um, ihr hättet eure Schlupfwinkel verlassen und zieht in einem täglich anwachsenden Tross durch die Stadt.«

»Heiliger Strohsack! Das erklärt zumindest, warum uns Hexel und seine Jutehäute so dicht auf den Fersen sind.«

»Ich bin die Anführerin einer kleinen Gruppe Gleichgesinnter, die sich euch gerne anschließen würde.«

»Oh!«, staunte Tuni. »Wie klein ist deine Schar denn?«

»Ungefähr hundert Jungen und Mädchen.«

»Heiliger Strohsack!«, entfuhr es ihm abermals.

»Kannst du auch etwas anderes sagen, Tuni?«

»Äh … Ja. Ihr dürft gerne mit uns kommen. Unter einer Bedingung.«

»Und die wäre?«

»Ich bleibe der Oberspielverderber.«

Sie lachte und streckte ihm die Rechte hin. »Abgemacht.«

Der Zusammenschluss wurde per Handschlag besiegelt.

Roses Blick schweifte wieder zu Lenas Kettenanhänger, während sie weiter mit Tuni sprach. »Und deine hübsche Begleiterin? Sie kommt mir irgendwie bekannt vor. Was ist das für ein Geheimnis, das sie umgibt?«

»Ohne sie wären wir nicht hier. Sie ist unsere Hoffnung.«

»Ich bin Lena«, stellte sie selbst klar. »Lena aus dem Meer der Träume.«

»Du kommst aus der Quelle der Erleuchtung?«, staunte Rose und verbeugte sich ehrfürchtig.

Lena waren derlei Respektsbezeugungen eher unangenehm. Sie ergriff das Mädchen bei den Schultern und richtete es wieder auf. »Wir sind gleich. Wie Schwestern.«

»Gleich?«, murmelte Rose und bedachte ihr Gegenüber mit einem rätselhaft tiefen Blick. Lächelnd schüttelte sie den Kopf. »Wenn du mich Schwester nennst, so nehme ich diese Ehre in Demut an – vielleicht verbindet uns ja mehr als dieser Augenblick. Aber *gleich* können wir niemals sein. Ich bin nur eine Kindheit, die sich früh gegen Pekunia und ihre falschen Spiele aufgelehnt hat. Das ist nichts gegen dich. Du kamst leibhaftig aus einer Welt zu uns, in der unsereiner nur als kindliches Glück oder Leid existiert, als geballter Wissensdurst, als pure Lebenskraft, jedoch ohne eigene Gedanken oder Wünsche, ohne Fleisch und Blut. Tuni nennt dich zurecht unsere Hoffnung, denn du bist ein richtiges *Kind*.«

Als Tunis Truppe den Sammelpunkt erreichte, warteten dort bereits etwa sechs Dutzend Spielverderber, darunter auch Spikes. Er saß auf dem Boden, den Rücken an eine Brunnenmauer gelehnt. Wie leblos lag sein buschiger Schwanz halb eingerollt neben ihm. Die Arme hatte er auf die Knie gestützt und den Blick aufs Straßenpflaster gerichtet. Ein Mädchen löste sich aus der Schar und lief dem Anführer entgegen.

»Komm schnell, Tuni!«

»Ist was passiert?«

»Ja. Die Strohmänner haben die Gruppe von Spikes gefangen.«

»*Was!?*« Tuni ballte die Fäuste. »Wie konnte das passieren?«

»Am besten, du fragst ihn selbst.«

Mit großen Schritten lief Tuni zu seinem Stellvertreter und stellte ihn zur Rede.

Spikes erhob sich nicht einmal, sondern blickte nur müde auf. »Vielleicht haben uns die Flederratten entdeckt. Es ging alles so schnell. Wir wollten uns gerade in einem zugemauerten Turm verstecken, in den man nur durch einen geheimen Tunnel gelangt. An dem versteckten Zugang waren wir plötzlich von Gardisten umstellt. Den Jungen, der uns geführt hat, streckten sie sofort mit einem Strohhalmhagel nieder, damit er uns keinen Fluchtweg zeigen kann. Die übrigen zehn wurden festgenommen. Mit meinem Schwert konnte ich ein paar Jutehäute aufschlitzen, aber es waren einfach zu viele. Ich bin der Einzige, der entkam.«

»Das glaub ich einfach nicht!« Tuni hieb sich mit der flachen Hand gegen die faltige Stirn. »Von allen Gruppen wird ausgerechnet die eine gefangen, die ich meiner rechten Hand anvertraut habe.«

Lena wurden vor Verzweiflung die Knie weich. Zehn Kinder zur Fron ins Arbeitshaus, ein Junge ins Grab! Das war ein hoher Preis. Und sie hatte die Rebellen zu diesem Wahnsinn angestiftet …

»Wenn du meinen Rücktritt forderst – ich könnte es dir nicht verübeln«, sagte Spikes leise.

»Rücktritt?«, japste Tuni empört. Er bückte sich, packte den Zerknirschten beim Brustpanzer und zerrte ihn auf die Beine. »Erst stößt du mich beinahe in den Wasserfall und jetzt verlierst du elf Kinder. Ich sollte wohl besser deinen Kopf fordern.«

Lena legte ihm die Hand auf die Schulter. »Sei nicht so hart zu ihm, Tuni. Er ist auch so schon genug gestraft. Ohne Roses Hilfe wäre *deine* Gruppe jetzt möglicherweise auch nicht besser dran.«

Sie spürte, wie ihr Freund sich versteifte. Die Last, die Verantwortung für so viele Kinder zu tragen, musste für ihn eine ungeheuerliche Bürde bedeuten. Vielleicht sah er ja in Wahrheit deshalb älter als alle anderen aus? Mit einem Mal schien er unter der tröstenden Hand zu schrumpfen. Seine Schultern und Arme sanken schlaff herab. Er blickte seinen Stellvertreter geradeheraus an. Mit einem Ausdruck maßloser Enttäuschung schüttelte er den Kopf.

»Ich nehme deinen Rücktritt an, Spikes. Ehe ich dir wieder vertrauen kann, musst du dich erst bewähren. Ab sofort ist Rose meine Stellvertreterin.«

Tuni drehte sich um und schlurfte davon.

Das Revier der myriaden Bilder

Irgendwo in Metropoly, 7. Tag

Rose hatte es faustdick hinter den Ohren. Bei Licht betrachtet war sie ein bildhübsches Mädchen mit lockigem rotblondem Haar, rehbraunen Augen, anmutig, groß, in jeder Hinsicht von schönem Wuchs – so wie Lena sich manchmal im Innersten ihres Herzens zu sein wünschte. Doch das Mädchen, das einst Rosendorn hieß, hatte die letzten acht Jahre trotz Pekunias allgegenwärtiger Schnüffler nur überlebt, weil es auch vorsichtig war wie eine Schlange und listig wie ein Fuchs. Roses Anhängerschar bewies zudem, dass sie über Führungsqualitäten verfügte. Trotzdem war sie nicht vor Stolz aufgeblasen wie manch selbst ernannter Befehlshaber. Bescheiden, ja geradezu demütig unterstellte sie sich und die Ihren Tunis Kommando.

Das gewitzte Mädchen hatte die mittlerweile fast dreihundertfünfzig Kinder für den Rest der Nacht und während der Stunden des Tageslichts in einem flederrattenfreien, ummauerten Anwesen versteckt, das früher einmal eine Spielzeugfabrik gewesen war.

Das Gebäude bestand im Wesentlichen aus einer riesigen, leeren Halle mit schmalen, hohen Fenstern, die schmutzig und an etlichen Stellen zerbrochen waren. Wenn der Wind durch die Löcher wehte, wirbelte er drinnen Staub, Papierfetzen oder Blätter auf. Lena hielt Ausschau nach Hinterlassenschaften aus der Zeit, als an diesem totenstillen Ort ein reger Betrieb geherrscht haben muss – alte Mützen, Kittel, Werkzeuge oder Essbestecke, doch sie fand nichts dergleichen.

»Wer hat denn hier gearbeitet?«, wunderte sie sich.

Roses Miene verfinsterte sich. »Das habe ich mich auch schon oft gefragt. Die Fabriken sind für unsereins tabu – niemand darf hinein. Vom Tag ihrer Einweihung bis zur Stilllegung werden sie von Strohmännern bewacht. Wenn sie schließlich aufgegeben werden, sind sie so ausgeräumt wie diese Halle.«

»Da, wo ich herkomme, gehen meistens die Väter in die Fabriken.«

»In Metropoly gibt es keine Erwachsenen, Lena, und schon gar keine Männer.«

»Vielleicht war das hier ja früher ein Arbeitshaus für aufsässige Kindheiten?«

»Das bezweifle ich. Selbst wenn die Königin sämtliche Spielverderber der Stadt für verrückt erklären und einsperren würde, gäbe es immer noch mehr Fabriken als Zwangsarbeiter.«

»Aber irgendwer muss das Kinderspielzeug doch herstellen.«

»Allerdings«, pflichtete Rose ihr bei. »Pekunia wird nicht müde, uns zu erzählen, es sei ihr Geist, der hier das für die Bedürfnisse ihrer Untertanen Nötige erschafft. Es sind unheimliche Orte, so viel steht fest. Durch ihre Tore sieht man niemals Kinder gehen. Trotzdem dringen Geräusche heraus, als schufte darin ein ganzes Heer unsichtbarer Arbeiter.«

»Vielleicht sind's nur Maschinen …«, grübelte Lena. Ihr Vater hatte ihr von einigen neuen, mit Wasserdampf oder elektrischem Strom angetriebenen Apparaten erzählt. Manche Plackerei gehörte damit der Vergangenheit an – auch für Kinder wie Oliver Twist. Allerdings verloren auch erwachsene Arbeiter immer häufiger Lohn und Brot, weil die Kraftmaschinen sie gleich ganz ersetzten.

Rose nickte. »Die P.P. – Pekunias Propaganda – besteht häufig aus geschönten Halbwahrheiten. Möglicherweise habt ihr beide recht, die Königin und du. In der Lage wäre sie zweifellos, mit ihrem Geist sämtliche Maschinen in sämtlichen Fabriken in Gang zu halten.« Das Mädchen zuckte die Achseln. »Wie auch immer. Inzwischen hat die Allerlustigste diese Stätte ihres Wirkens jedenfalls durch eine neuere und leistungsstärkere ersetzt. Das tut sie ständig – angeblich im Namen des Fortschritts und zum Wohle ihres Volkes.«

Für einige Stunden tankten die Auswanderer in dem alten Gemäuer neue Kraft. Überdies redeten Lena und Rose dem niedergeschlagenen Tuni zu. Mehr als unter sämtlichen Strapazen litt er an dem Verlust seiner elf Kameraden.

Als die Dunkelheit hereinbrach, machte sich die Rotte für den Abmarsch bereit. Rose kannte die Gegend im weiten Umkreis wie ihre eigene Rocktasche. Daher blieb sie jetzt immer dicht an Tunis und Lenas Seite. Spikes hielt sich im Hintergrund.

Auch auf dieser Etappe begegneten die Spielverderber Gleichgesinnten, die sich ihnen anschlossen. Viele brachten Proviant mit, den sie mit ihren neuen Gefährten selbstlos teilten. Als der Morgen graute, waren sie bereits über vierhundert. Auf diese Weise wuchs der Tross von Nacht zu Nacht und der Zulauf wurde immer größer. Bald zählte die Rotte fünfhundert und am zwölften Tag des Marsches überschritt sie die Tausend.

Eine so große Horde vor den Schnüfflern der Königin zu verstecken, wurde zu einer immer größeren Herausforderung. Tuni und Rose ließen von den Spähtrupps nicht nur Pekunia-Bildnisse überpinseln, sondern wandten auch sämtliche anderen Tricks an, die sie sich im Laufe der Jahre angeeignet hatten.

So klebten die Spielverderber, wenn es kurz vor dem Morgengrauen stockfinster wurde, manche Plakate einfach um. Wenn dann das Tageslicht zurückkehrte, sah die Königin überraschend etwas ganz anderes als erwartet, ein Plumpsklo etwa oder die schwankende Perspektive eines Schiffsschaukelbodens. Sehr verwirrend war auch der sogenannte »Spiegeleffekt«. Diese unter Spielverderbern sehr beliebte Methode bestand darin, zwei Plakate einander direkt gegenüber anzukleben. Dadurch sah sich Pekunia selbst in die Augen, was nach Tunis Erläuterungen ungefähr das Gleiche sein musste, als blicke man in einen Spiegel, der sich endlos in einem Spiegel spiegele.

»Morgen betreten wir ein gefährliches Revier«, sagte Rose am Ende der besagten zwölften Nacht. Die Gruppe schlug ihr Lager gerade in einem verwilderten Park auf.

»Inwiefern?«, fragte Tuni. Er ließ sich müde unter einem großen Baum ins Moos sinken.

»Es ist ein sehr altes Viertel. Früher lag es viel näher am Stadtzentrum, ist aber längst durch angeblich bessere Wohn- und Spielquartiere verdrängt worden. Heute ist es eher dünn besiedelt. Dafür gibt es dort umso mehr Plakate.«

Lena setzte sich im Schneidersitz neben den Anführer. »Du meinst, Kinder, die in Metropoly etwas auf sich halten, suchen lieber die Nähe des Kreiselpalastes?«

Rose nickte.

Ihre Schilderungen kamen Lena nur allzu vertraut vor. Die Fabriken in England wurden ebenfalls ständig modernisiert oder durch neuere ersetzt, um ihren Besitzern noch mehr Gewinn einzubringen. Manchmal ließ man die alten Gebäude einfach verfallen, oder Stadtstreicher ohne feste Bleibe zogen dort ein. Die Ärmsten lebten anscheinend überall vom Abfall des Wohlstands. Der Titelheld in *Oliver Twist* hatte auch in einem dieser heruntergekommenen Londoner Viertel Unterschlupf gefunden, in dem es von Diebesgesindel nur so wimmelte. Eines jedoch verstand Lena nicht.

»Wieso hängen in einem fast verlassenen Bezirk so viele Pekunia-Plakate?«

Rose machte es sich ebenfalls im Moos bequem. »Keine Ahnung.«

»Warst du je auf der anderen Seite dieses Viertels?«, erkundigte sich Tuni bei seiner neuen rechten Hand.

»Nein. Und ich kenne auch niemanden, der je dort gewesen ist. Es heißt, das plakatierte Viertel wird hauptsächlich von ausgesetzten Spieltieren, königstreuen Dreizehnjährigen und von Vogelscheuchen bewohnt.«

»So nennt man die Strohmänner im Ruhestand, altgediente Soldaten, die sich im wahrsten Sinne des Wortes für die Allerlustigste aufgerieben haben«, erläuterte Tuni an die Adresse Lenas gewandt, bevor er das Wort wieder an Rose richtete. »Ich ahne, was das zu bedeuten hat. Auf die fadenscheinigen Vogelscheuchen kann sich Pekunia sowieso verlassen und die Dreizehnjährigen stehen kurz vor ihrem ›Fortgang‹. Und selbst wenn sie es wollten, sie *können* bald niemandem mehr verraten, was sich jenseits dieses Reviers befindet.«

»Der Tote Bezirk«, hauchte Lena.

Er nickte bedeutungsvoll. »Vielleicht werde ich das Meer der Träume ja doch noch sehen.«

Sie stutzte. Es gab immer noch so manchen unter den Rebellen, der Metropoly insgeheim für grenzenlos hielt, nur das Zusammengehörigkeitsgefühl mit den Kameraden hatte ihn am Zurückbleiben gehindert. Aber Tuni wollte wohl nicht auf Zweifel anspielen, die möglicherweise sogar ihn gelegentlich befielen. Der Klang seiner Stimme deutete auf etwas anderes hin. Ehe Lena ihre Empfindungen in Worte fassen konnte, sagte Rose, was ihr durch den Kopf ging.

»Du fürchtest, vorher weggenommen zu werden?«

Seine Schultern hoben sich unter einem tiefen Atemzug. »Ja. In fünf Tagen werde ich vierzehn. Dann scheide ich für immer aus dieser Welt.«

»*Was?!*«, stieß Lena hervor. »Warum sagst du das erst jetzt?«

»Weil ihr Hoffnung braucht und nicht Entmutigung. Übrigens wusstest du, dass ich dreizehn bin und ich wollte dich auch zu meiner Nachfolgerin machen.«

»Ja, aber …« Sie schüttelte fassungslos den Kopf. Bisher war das, was Tuni über die hinschwindenden Kindheiten gesagt hatte, für sie nicht greifbar gewesen. Auch das seltsame Bild im Tempel, das Pekunia mit einem zum Himmel schwebenden Kind zeigte, hatte ihr nicht wirklich ein Empfinden für diesen Vorgang gegeben. Doch jetzt spürte sie es. Es war das Gefühl eines großen, unwiederbringlichen Verlusts – obwohl doch der Freund mit dem Greisengesicht noch neben ihr saß.

»Wie viel Zeit bleibt *dir* noch?«, fragte Tuni seine Stellvertreterin.

»Eigentlich ein halbes Jahr«, antwortete Rose und griff nach seiner Hand. »Aber ich denke nicht ans Scheitern. Wenn wir Pekunia entkommen, dann machen wir für uns alle eine Ewigkeit draus.«

»Das Revier der myriaden Bilder« – so nannte es Rose. Damit meinte sie nicht wörtlich, es gebe dort zehntausend Ikonen der Königin – es waren schlichtweg unzählig viele.

Um sich einen Eindruck vom Ausmaß der Gefahr zu verschaffen, wollte sich Tuni selbst in dem Viertel umsehen. Rose bestand darauf, ihn zu begleiten. In den Außenbezirken gebe es wenige Verstecke unter der Erde, sagte sie. Er könne auf ihre Erfahrung nicht verzichten. Mürrisch stimmte er zu. Unter Protest gestattete er dann auch Lena die Teilnahme an dem Erkundungsmarsch. Als Spikes von der Sache Wind bekam und unbedingt mitgehen wollte, verlor der Anführer fast die Beherrschung.

»Ausgerechnet *du*«, brauste Tuni auf. »Hast du nicht schon genug Unheil angerichtet?«

Erschrocken zuckte Spikes zusammen. Sein Waschbärenschwanz schlängelte lauernd hin und her, als erwarte er jeden Moment einen Fausthieb des Anführers. Trotzig entgegnete er: »Du sagtest, ich müsse mich bewähren, ehe du mir wieder vertrauen kannst. Wie soll ich das tun, wenn du mir nicht die Gelegenheit dazu gibst?«

»Erinnerst du dich an meine Worte vom Wasserfall? Jetzt stehen wir wieder an einem Abgrund und ich will dich nicht hinter mir haben.«

»Wir werden uns sowieso aufteilen müssen. Er kann mit mir gehen«, erbot sich Lena.

Tuni schnaufte. »Na schön. Es ist deine Entscheidung. Ich hoffe nur, du bereust es nicht.«

Kurz nach Einbruch der Dunkelheit machten sich die vier auf den Weg. Rose leitete die Gruppe zunächst durch eine Reihe verlassener Häuser und quer über brachliegende Grundstücke hinweg, weil die meisten Plakate an den Fassaden in den Straßen klebten. In Bezug auf die Verstecke der Flederratten hatte sie einen sechsten Sinn. Ab und zu blieb sie unvermittelt stehen, um gleich darauf eine andere, eine – so nannte sie das – »unverseuchte« Route zu wählen. Gelegentlich führte diese unter beleuchteten Fenstern entlang, was ihnen die Orientierung erleichterte. Wo immer die Gefährten aus den Schatten heraus in die Gassen spähten, erblickten sie reihenweise Bildnisse der Königin.

»Das nenne ich eine lückenlose Kontrolle«, brummte Tuni

leise. Die vier standen in einer dunklen Toreinfahrt, von der aus man eine schnurgerade Allee überschauen konnte. Ein heißer Wind pfiff hindurch, trieb Papierschnipsel und verdorrtes Buschwerk vor sich her. Die Bäume hatten keine Blätter. Vermutlich waren sie schon vor langer Zeit gestorben. An jedem Stamm klebte Pekunias Gesicht.

»Das Revier der myriaden Bilder«, sagte Rose nur.

»Wir brauchen auf alle Fälle mehr Kundschafter. Sie müssen uns mit Pinsel und Tinte eine Schneise schaffen.«

»Ich zweifle, dass Pekunia da keinen Verdacht schöpft«, unkte Spikes.

»Dich hat keiner gefragt«, knurrte Tuni.

»Aber er hat recht«, sprang Lena dem Gescholtenen zur Seite.

Rose nickte. »Wir müssen uns etwas anderes einfallen lassen.«

Tuni verzog die Mundwinkel. »Zuerst will ich wissen, ob es überall so aussieht wie hier. Wir teilen uns auf und sehen uns in der Nachbarschaft um.«

»Aber bleibt immer schön zusammen«, ermahnte Rose das andere Paar.

»Wieso?«, fragte Spikes.

Sie drehte die Augen zum Himmel, lauschte und zuckte dann mit den Schultern. »Ach, nichts. Heute Nacht ist es ruhig. Trotzdem solltet ihr aufpassen. Es gibt hier noch Gefährlicheres als Flederratten und Vogelscheuchen.«

»Dann los«, sagte Tuni. »In einer Stunde treffen wir uns wieder.«

Wie abgemacht gingen er und Rose. Lena bekam den ungeliebten Spikes an die Seite gestellt.

Eine knappe Dreiviertelstunde schlichen sie auf gepflasterten Gassen, manchmal auch nur über enge Lehmpfade hinweg durch die Schatten der Stadt. Die überwiegend kleinen Gebäude des Viertels boten einen jämmerlichen Anblick. Viele waren windschief, von Rissen durchzogen oder sogar wie Kartenhäuser in sich zusammengefallen. Mancherorts hätte man glauben können, ein Riesenkind habe seine Riesenbauklötze am Straßenrand ausgeschüttet. Überall klebten Plakate. Die ganze Gegend war regelrecht damit zugepflastert. In der Deckung einer mehrstöckigen Hausruine, deren Seitenfront teilweise eingestürzt war, fasste Lena ihre Eindrücke nüchtern zusammen.

»Wenn wir da durchkommen wollen, dann müssen wir den ganzen Tross über solche Nebenpfade führen.«

»Das wird aber dauern«, antwortete Spikes.

»Was bleibt uns anderes übrig?«

»Wir könnten umkehren.«

Lena schnappte nach Luft. »Bist du noch bei Trost? Pekunia würde alle für verrückt erklären und ins Arbeitshaus stecken.«

»Vielleicht lässt sie Gnade vor Recht walten, wenn wir uns freiwillig stellen.«

»Erzähl das bloß nicht Tuni. Für so eine Bemerkung würde er dich in der Luft zerreißen.«

»Tu ich ja nicht. Ich sage es dir, Lena. Sprich mit ihm. Er hört auf dich. Du könntest ihn zu Verstand bringen.«

Sie sah ihren Begleiter ungläubig an. Meinte Spikes das wirklich ernst? Es war zu dunkel, um in seinem Mienenspiel zu lesen. »Wird langsam Zeit, zum Treffpunkt zurückzukehren«, sagte sie schließlich, als habe sie die letzten Worte nicht gehört.

Er deutete nach oben. »Der alte Kasten ist hoch. Vom obersten Stockwerk muss man einen guten Ausblick haben. Ich würde mich gerne kurz umschauen.«

»Meinetwegen. Aber nur einen Moment. Wir sind schon spät dran.«

Sie kletterten über einen Haufen loser Backsteine, die vermutlich blau, gelb, rot und grün waren, im matten Himmelslicht jedoch nur Schattierungen von Grau erkennen ließen. In dem Gebäude war es noch dunkler. Beim Betreten desselben vernahm Lena ein flatterndes Geräusch.

»Hast du das gehört?«, raunte sie.

»Nicht das Geringste«, erwiderte Spikes.

»Könnten die Flügel einer Flederratte gewesen … Was tust du da?« Sie nahm ein hektisches Rascheln wahr.

»Ich hole meine Pfeife raus und werde …«

»Das lässt du schön bleiben!«

»In unseren Höhlen …«

»Da hattet ihr immer *viele* Wächter, die Pekunias Ungeziefer in weitem Umkreis verscheuchen konnten.«

»Aber auf dem Fluss der unbeschwerten Phantasie ...«

»... blieb uns gar keine andere Wahl«, fiel Lena ihm abermals ins Wort. »Was ist denn nur mit dir los, Spikes, dass ich das ausgerechnet dir – Tunis ehemaligem Stellvertreter – erklären muss? Auf den Flößen sind wir von einem ganzen *Schwarm* Blutsauger angegriffen worden. Aber hier haben wir schlimmstenfalls *einen* aufgeschreckt. Mit den Pfeifen würden wir sämtliche Spitzel im Umkreis alarmieren. Wenn's tatsächlich eine Flederratte war, ist sie sowieso längst auf und davon. Lass uns verschwinden.«

»Hast du nun eine gesehen oder nicht?«

»Ich bin so gut wie blind. Außer dem Geräusch habe ich nichts bemerkt.«

»Dann lass uns wenigstens einen Blick aus der Höhe riskieren. Vielleicht hängt das Gelingen oder Scheitern unserer Flucht davon ab.«

Lena musste sich eingestehen, dass er damit recht hatte. Widerstrebend willigte sie ein.

Zu allem Übel gab es in der Ruine nicht einmal ein richtiges Treppenhaus. Vielmehr mussten die zwei Kundschafter erst in jeder Etage die Stiege zur nächsthöheren suchen. Das sei in den rückständigen Bezirken Metropolys völlig normal, erklärte Spikes. So habe man früher den Spieltrieb angeregt. Lena verkniff sich eine bissige Bemerkung. Sie hätte am liebsten ihren Feuerstein hervorgeholt, weil ihr das Zutrauen in die morschen Dielen fehlte. Möglicherweise würde sie blindlings in ein Loch im Fußboden tappen.

Zur Straße hin war es weniger schlimm, ja sogar fast schon verräterisch hell, weil von den gegenüberliegenden Häusern Licht durch die leeren Fensteröffnungen fiel. Direkt unter dem Dach betraten sie einen großen Raum, der das halbe Stockwerk einnahm.

Auch hier fehlten an vielen Stellen Teile der Außenmauer. Lena blickte zur Straße hinab. Spikes lief zu einer rechts hinter ihr klaffenden Bresche, die aussah, als sei eine Kanonenkugel durch die Wand geflogen und habe diese bis zum Fußboden aufgerissen. Während sie die Gegend ausspähten, erscholl plötzlich aus dem Zimmer ein lautes Knarren.

Flederratten!, war Lenas erster Gedanke. Sie stieß sich vom Fenstersims ab und wirbelte herum. Was sie hierauf entdeckte, war aber bei Weitem furchterregender als ein kopfunter hängender Blutsauger.

Nur drei oder vier Schritte von ihr entfernt stand ein Ritter mit gezücktem Schwert. Zwei weitere kamen gerade die Treppe hinauf. Ein vierter schlich sich von hinten an Spikes heran, der ahnungslos durch die Mauerbresche nach unten blickte. *Ich muss ihn warnen!*, schoss es Lena durch die Kopf.

»Pass auf! Hinter dir.«

Damit hatte sie gleichsam das Signal zu einem Kampf auf Leben und Tod gegeben.

Spikes zog das Schwert und fuhr herum, beides war eine einzige Bewegung. Genau im richtigen Moment, um die Klinge des Gegners abzuwehren.

Auch Lena riss ihre Waffe aus der Scheide, um sich zu verteidigen. Das war auch bitter nötig, denn schon rückte der Krieger gegen sie vor. Er trug zwar einen Helm, doch das Visier war hochgeklappt. Im ersten Moment glaubte sie Hexel gegenüberzustehen – für sie sahen alle Jutekameraden irgendwie gleich aus –, aber dann funkelten die beiden Augen ihres Kontrahenten im Licht der gegenüberliegenden Häuser grün auf.

»Wenn ihr euch ergebt, dann lassen wir euch leben«, rief der Kämpfer mit schriller Stimme.

»Niemals«, keuchte Lena. Gerade hatte sie den ersten Hieb pariert.

»Dann wirst du hier sterben.« Er holte abermals aus.

Lena sprang zur Seite und die Klinge sauste ins Leere. »Man soll die Nacht nicht vor dem Morgen loben, Strohkopf.«

Ein kurzer Blick nach links verriet ihr, dass auch Spikes in einen hitzigen Kampf verwickelt war. Die beiden anderen Jutekameraden blieben auf Abstand: Einer bewachte die Treppe, der andere schoss aus seiner Nase Strohhalme ab.

Leichtfüßig tänzelte Lena weg vom Fenster und lockte ihren Gegner durchs Zimmer. Vielleicht geben die morschen Balken unter den schweren Blechrüstungen der Gardisten

nach, dachte sie. Leider erfüllte sich diese Hoffnung nicht. Ganz im Gegenteil. Das Mädchen geriet nun doch zwischen die Fronten, weil sich der Strohhalmschütze in den Kampf einmischte.

Lena wehrte eine schnelle Folge von Hieben ab. Sie konnte selbst nicht fassen, wie geschickt sie sich verteidigte. Entgegen ihrer ursprünglichen Annahme musste die Quelle der Erleuchtung sie wohl doch verändert haben. Wie schon im Pekunia-Tempel stellte sie jedoch auch hier fest: Je heftiger sie sich wehrte, desto erbitterter waren die Attacken der Strohmänner.

Für einen Moment gelang es ihr trotzdem, sich Luft zu verschaffen und nach ihrem Gefährten Ausschau zu halten. Der Soldat von der Treppe hatte nun den Beschuss des Jungen übernommen. Verzweifelt versuchte Spikes, hinter dem vorderen Angreifer Deckung zu finden oder sich zu ducken.

Plötzlich traf ihn eines der Geschosse. Es flog mitten durch sein Ohr. Vor Schreck und Schmerz schrie er auf, taumelte zurück und fiel durch das Mauerloch.

»Mörder!«, schrie Lena und stürzte sich auf den nächsten

Gegner. Einen Moment lang konnte sie den Strohmann mit der Energie ihrer Wut und Verzweiflung tatsächlich zurückdrängen, aber dann passierte das Gleiche wie zuvor. Ihre Kraft schien den Kämpfer regelrecht aufzuladen, so als versetze man ein Schwungrad in Drehung. Der Widersacher wollte einfach nicht ermüden, während ihre Arme immer lahmer wurden. Rasch gesellten sich ihm auch noch die anderen drei Krieger hinzu. Mit einem Mal war Lena in der Mitte des Zimmers von allen vieren umringt.

Zu erschöpft, um noch weiterzukämpfen, verharrte sie reglos auf der Stelle.

Dieses Innehalten bedeutete keine Kapitulation, sie wollte sich auf keinen Fall geschlagen geben. Mit erhobenem Schwert stand sie da, keuchte vor Anstrengung, spürte das Hämmern ihres Herzens bis in die Ohren hinein und zerbrach sich den Kopf, wie sie sich aus dieser scheinbar aussichtslosen Lage befreien konnte.

»Hilf mir, Lena!«, hörte sie mit einem Mal eine krächzende Stimme von der Mauerbresche.

Die Köpfe der vier Soldaten fuhren herum, ihre Knopfaugen suchten nach dem Rufer.

Lena konnte es nicht fassen. »Spikes? Ich dachte …«

»Ich kann mich nicht mehr lange halten.«

Die Soldaten wandten sich wieder ihr zu.

»Mir geht's genauso«, rief sie zurück. »Beiß die Zähne zusammen.«

Einer der Strohmänner knurrte: »Gib auf, Menschenkind. Dann lassen wir dich und ihn am Leben.« Das Licht von der Straße blitzte in seinen grünen Augen.

Für Lena kam diese Spiegelung einer Offenbarung gleich. Sie erinnerte sich plötzlich an Tunis Worte in der Rüstkammer. *Gib gut auf den Stein acht. Er könnte dir eines Tages das Leben retten …*

Eine gespenstische Stille war eintreten, hervorgerufen durch ihr regloses Verharren. Jeder wartete auf die Gelegenheit zum tödlichen Streich. Die Szene wirkte erstarrt, wie auf eine Leinwand gebannt. Das Gemälde hieß: *Vier gegen eine.*

»Lena!«, ächzte Spikes. »Meine Finger … ich kann gleich nicht mehr …«

Wieder hatte seine Stimme die vier für einen Moment abgelenkt, lange genug für Lena, um ihrem Gedanken die Tat folgen zu lassen. Schnell zog sie den Feuerstein aus der Tasche, richtete die Schwertklinge auf das Grünauge und schlug den Flint schräg gegen den Stahl. Entlang der Klinge sprühten Funken geradewegs in das offene Visier des Kämpfers. Sein Gesicht fing Feuer, im Nu war er geblendet.

Lena sprang mit drei Sätzen um ihn herum und stieß ihn mit einem Fußtritt gegen den zweiten Ritter. Das Strohfeuer sprang sofort auf diesen über. Flammen waren wohl das Einzige, was diese Kämpfer fürchteten, denn die zwei anderen blickten nur starr auf ihre lichterloh brennenden Kameraden. Zweimal noch ließ Lena die Funken sprühen, dann loderten auch die beiden verbliebenen Gegner.

Schnell lief sie zur Bresche. Als sie sich nach draußen beugte, sah sie Spikes. Er hing mit beiden Händen an einem Mauervorsprung. Während sie nach seinen Unterarmen griff, sah sie etwas Helles, Längliches in die Tiefe fallen. Sie stützte sich mit der Brust an der Wand ab, damit sein Gewicht sie nicht mit hinabzog, und keuchte: »Ich halte dich fest, aber du musst mir helfen.«

Halb sich hochziehend, halb kletternd gelang ihm die Rückkehr ins Zimmer. Sein durchlöchertes Ohr blutete etwas, ansonsten schien er unversehrt zu sein. Zerknirscht über das eigene Versagen bedankte er sich bei seiner Lebensretterin. Als er die vier Blechhaufen sah, aus denen immer noch Flammen züngelten, entfuhr ihm ein Ausruf der Überraschung.

»Ach, du grüne Neune! Wie hast du das denn angestellt?«

Sie lächelte grimmig. »Ihre Herzen sind in Leidenschaft zu mir entbrannt.«

»Was? Du meinst, sie haben sich selbst abgefackelt?«

»Nein. Das haben wir *Blitz* zu verdanken. Und dem Flintstein. Der Fußboden fängt übrigens schon Feuer. Wir sollten schleunigst von hier verschwinden.«

»Ja«, brummte er nur und folgte ihr zur Treppe.

Als sie unten ins Freie traten, sagte Lena: »Dir ist da vorhin etwas aus der Tasche gerutscht. Es muss irgendwo da drüben zwischen den Backsteinen liegen.« Sie deutete zu der Stelle, an der Spikes fast abgestürzt wäre. Das Feuer im Obergeschoss der Ruine tauchte den Platz in ein flackerndes Licht.

»Kann nichts von Wert gewesen sein«, erwiderte er mit wegwerfender Geste.

»Bist du sicher?« Sie wartete seine Antwort nicht ab, sondern lief zu dem Steinhaufen.

»Lass es gut sein, Lena. Man könnte uns entdecken. Außerdem müssen wir …«

»Ich sehe es schon«, schnitt sie ihm das Wort ab. Zwischen den bunten Ziegeln schimmerte dieses bleiche Etwas, kaum zwei Handbreit lang und ungefähr so dick wie eine Flöte. Behände kletterte sie über die losen Steine und hob es auf. Es handelte sich um ein zusammengerolltes Stück Papier.

»Gib es mir!«, zischte Spikes vom Rand des Steinhügels.

In Lena regte sich ein Verdacht. »Was ist das?«

»Darüber will ich nicht reden.«

»Ein Brief?«

»Ja, ein Liebesbrief. Jetzt gib ihn schon her.« Er streckte fordernd die Hand aus.

Sie zögerte. Das Flackern in seinen Augen gefiel ihr nicht. War das Furcht? Log er sie an? Schnell entrollte sie den Bogen …

Und blickte geradewegs in Pekunias Gesicht.

Es war eines jener kleinen Kultbilder, die sie in der Vorhalle des Tempels bemerkt hatte. Obwohl sie das Porträt der Übermutter von Metropoly nun schon so oft gesehen hatte, gab es ihr einmal mehr Anlass zu einer Gänsehaut. Denn während sie das geheimnisvolle Antlitz betrachtete, öffnete die Königin ihre Augen. Ihr ausdrucksloser Blick schien sich förmlich in Lenas Seele zu bohren. Dann verzog Pekunia den Mund zu einem spöttischen Lächeln.

Vor Schreck schrie Lena auf. Fast hätte sie das Bildnis fallen gelassen, doch stattdessen riss sie es hektisch entzwei, einmal und noch einmal und immer wieder, bis nur noch kleine Schnipsel übrig geblieben waren. Diese warf sie in die Luft, wo sie der Wind aufwirbelte und in die Nacht davontrug.

»Was hast du getan?«, schrie Spikes.

Lena ließ sich davon nicht einschüchtern. Während sie auf ihn zustapfte, verschaffte sie ihrer Empörung Luft. »Nein. Was hast *du* getan? Erzählst mir etwas von einem Liebesbrief, dabei trägst du ein Bildnis unserer ärgsten Feindin mit dir herum? Ist *sie* etwa deine Freundin?«

»Nein!«, beteuerte er mit entschiedenem Kopfschütteln. »Ich habe das Bild im Pekunia-Tempel gestohlen.«

»Und wozu?«

»Hab gedacht, es könnte uns vielleicht eines Tages nützlich sein.«

»Um die Spielverderber der Königin auszuliefern?«

Er riss die Augen auf. »So etwas traust du mir zu?«

»Ich weiß es nicht, Spikes.«

»Siehst du!«, jammerte er. »Jetzt hat dich Tuni mit seinem Misstrauen auch angesteckt. Meinst du, ich bin ein Verräter? Es macht mich ganz krank, dass du so etwas überhaupt von mir denken kannst. Du weißt, welche Spielchen wir mit Pekunias Bildern treiben. Ich dachte, ich könnte sie irgendwann täuschen.«

Lena schüttelte unwillig den Kopf. Sie wusste nicht, was sie von seinen Unschuldsbeteuerungen halten sollte. Ehe sie sich darüber klar werden konnte, hörte sie aus der Nähe eine zischelnde Stimme.

»*Pst!* Geht sofort aus dem Licht. Da kann euch ja jede Vogelscheuche sehen.« Es war Rose. Sie trat aus den Schatten der Ruine. Hinter ihr stand ein Schemen. Nur an der faltigen Hand auf ihrer Schulter war er als Tuni zu erkennen.

Spikes warf seiner Begleiterin einen flehenden Blick zu, ehe sie sich zu den Gefährten gesellten. Bevor Lena etwas sagen konnte, sprudelte er schon hervor: »Wir sind in einen Hinterhalt geraten. Wahrscheinlich hat uns ein Blutsauger entdeckt – Lena meinte, einen gehört zu haben. Das Mädchen war unglaublich, Tuni! Hat ganz allein vier Strohmänner abgefackelt und mir das Leben gerettet.«

»Als wir das Feuer bemerkten, war uns sofort klar, dass ihr dahintersteckt«, bemerkte Rose.

Tuni sah Lena streng an. »Ich hoffe, sie haben nicht vorher Verstärkung angefordert.«

»Möglich wäre es«, antwortete sie und beobachtete dabei genau Spikes' Mienenspiel. »In dem Trümmerhaufen da drüben habe ich eine Papierrolle gefunden und sie geöffnet. Es war ein Pekunia-Bildnis. Ich hab's zwar sofort zerrissen, aber die Königin konnte mich wohl trotzdem für einen kurzen Moment sehen …« Der leidende Ausdruck im Gesicht des ehemaligen Stellvertreters hielt Lena davon zurück, ihn als den Besitzer der Ikone zu verraten. Damit würde er bei Tuni endgültig in Ungnade fallen. Solange sie sich über seine wahren Absichten im Unklaren war, wollte sie ihm dies ersparen.

Rose warf ihre Lockenpracht über die Schulter. »Wenn das Kultbild vorher zusammengerollt war, dann dürfte Pekunia nicht wissen, wo sie dich erblickt hat. Trotzdem sollten wir schleunigst von hier verschwinden.«

»Ja«, brummte Tuni und musterte Spikes mit düsterer Miene. »Hast du uns zu dem Bild vielleicht noch etwas zu sagen?«

Der Gefragte legte die Hand an die Brust. »Ich? Nein. Lena hat es entdeckt und aufgehoben. Ich hätte es glatt liegen lassen.«

Sie hüstelte vernehmlich, damit er endlich schwieg. Was sollte die Antwort? Wollte er am Ende den Spieß umdrehen und sie für den Vorfall verantwortlich machen? Oder redete er nur diesen Unsinn, um sich selbst in ein besseres Licht zu stellen?

»Mir fällt da gerade etwas ein«, sagte Rose und lenkte damit die Aufmerksamkeit der Gefährten auf sich. Sie deutete nach oben, wo die Flammen immer heftiger loderten. »Das da könnte die Lösung unseres Problems sein.«

Alle blickten an der Fassade hoch.

Spikes schüttelte verständnislos Kopf. »Eine Ruine?«

»Nein, du Galgenvogel«, knurrte Tuni. »Feuer.«

Lena nickte verstehend. »Und eine Menge Rauch.«

Feuer und Rauch

Revier der myriaden Bilder (Metropoly), 14. Tag

Die Nacht war noch jung. Ein paar Straßen weiter brannte nach wie vor die Ruine. Das Feuer hatte neugierige Jungen und Mädchen angelockt und furchtsame Vogelscheuchen fliehen lassen. Von den Auswanderern sahen die Bewohner des Viertels nichts. Der Tross lagerte in einer schon vor langer Zeit stillgelegten Fabrik.

Soeben kehrten einige Kundschafter in das Versteck zurück. Sie hatten gerade in der Allee der toten Bäume einige Pekunia-Plakate überpinselt. Damit war die Phase eins des Plans erfolgreich abgeschlossen. Jetzt kam der schwierigere Teil, etwas, das die Spielverderber noch nie gewagt hatten. Hierzu waren Lena, Tuni und Rose zu der dunklen Toreinfahrt zurückgekehrt, von der aus man die Allee überblicken konnte.

»Ständig wechseln Vogelscheuchen die Straße«, flüsterte die zweite Anführerin. Ihr Haar flatterte in dem Wind, der so heftig wie der Luftzug in einem Kamin stadtauswärts blies.

»Darauf können wir keine Rücksicht nehmen«, raunte Tuni. »Sie werden sowieso gleich das große Rennen kriegen. Ich hoffe nur, Pekunia hat nicht längst unseren Plan durchschaut. Wir ...« Er verstummte, weil plötzlich aus der Ferne ein klagender, hoher, lang gezogener Laut ertönte. Gleich darauf wurde das Heulen sogar mehrstimmig. »Was ist denn das?«

»Die Nachtjäger«, antwortete Rose knapp und als sie dafür nur verständnislose Blick erntete, fügte sie hinzu: »Herrenlose Hunde.«

»Ich habe sie nie so jaulen gehört.«

»Hier fristen jene Tiere ihr Dasein, mit denen niemand mehr spielen will. Die Hunde ziehen auf der Suche nach Beute in Rudeln durchs Viertel. Deshalb traut sich nachts auch kaum jemand auf die Straße.«

Lena erschauerte. »Lasst uns endlich anfangen, sonst überlege ich es mir noch anders.« Sie hatte ein mulmiges Gefühl bei der Sache.

Rose zuckte die Achseln. »Man sagt, die Jäger der Nacht fressen nur Einzelgänger. Und Feuer mögen sie schon gar nicht.«

Das Trio zog sich ein Stück in die Toreinfahrt zurück. Jeder hatte eine Fackel mitgebracht; mit ihrem Feuerstein und Ingas Stahlklinge setzte Lena alle drei in Brand.

»Von jetzt an hat die Heimlichtuerei ein Ende«, verkündete Tuni feierlich. »Kommt!«

Mit erhobener Fackel lief er auf die Allee hinaus, überquerte sie und legte drüben am ersten Baum Feuer. Hüben folgten Rose und Lena seinem Beispiel. In diesem unteren Abschnitt der breiten Straße waren alle Häuser unbewohnt und die Plakate zuvor alle geblendet worden – die Gefahr einer frühzeitigen Entdeckung hielt sich deshalb in Grenzen.

Die vertrockneten Stämme schienen das Feuer förmlich in sich aufzusaugen und es vielfach zu verstärken. Dabei stieg ein heller Rauch auf, der die Straße hinabtrieb und den unbeschmierten Pekunia-Bildnissen die Sicht vernebelte. Wann immer ein Plakat in Flammen aufging, war ein unheimliches Zischen zu hören.

»Ob die Königin die Hitze spüren kann?«, rief Lena ihrer Gefährtin zu, während sie einen weiteren Baum anzündete.

Rose deutete mit der Fackel die Straße hinab. »Was glaubst du, wie viele Bildnisse der Königin schon verbrannt, aufgeweicht, zerknüllt und zerrissen wurden! Kein Knochen in ihrem Leib würde mehr ganz sein, wenn ihr das etwas ausmachte.«

»Na, ist vielleicht auch besser so.«

»Du sagst es, Lena. Sie wird hier in dieser Nacht mit Blindheit geschlagen und muss sich auf die Meldungen ihrer Vogelscheuchen verlassen. Die werden ihr nur von einem Feuer berichten können, was in Metropoly nichts Besonderes ist. Wenn irgendwo ein Viertel eingeäschert wird, zieht man einfach in ein neues um. Die Stadt wächst ja in einem fort.«

Tuni kehrte zu den beiden Mädchen zurück. »Das müsste reichen. Der Wind wird den Rest für uns erledigen. Die Flammen springen von einem Baum zum nächsten, bald brennen alle lichterloh.«

»Dann solltest du jetzt mit Phase drei beginnen«, sagte Rose.

»Du hast recht. Wir wollen keine Unschuldigen dem Flammentod aussetzen.«

»Achte auf deine Fackel. Sie darf auf keinen Fall verlöschen! Bleib immer in Bewegung. Und verlasse niemals die Allee der toten Bäume …«

Tuni grunzte unwillig. »Jetzt hör schon auf, Rose! Du bist doch nicht meine Mutter.«

Sie senkte verlegen den Blick. »Ich möchte nur nicht, dass du den Nachtjägern in die Fänge gerätst.«

»Keine Sorge, kleine Schwester, ich habe schon viel größere Gefahren gemeistert. Die anderen Spielverderber müssten inzwischen auf dem Weg hierher sein. Lauft ihnen entgegen und treibt sie zur Eile an. Wir sollten durch die Allee ziehen, solange das Feuer sich nur an den Bäumen austobt. Wenn die Häuser brennen, ist kein Durchkommen mehr.«

So teilten sich die Gefährten auf. Lena und Rose kehrten zu dem Tross zurück. Tuni schlüpfte derweil in die Rolle eines Nachtwächters. Sein uraltes Gesicht fiel im Revier der myriaden Bilder am wenigsten auf. Wer ihn sah und hörte, hielt ihn für einen wachsamen Nachbarn, der einen Brand entdeckt hatte und nun die anderen warnte. »Feuer! Feuer!« Seine Rufe wurden hinter den Mädchen rasch leiser.

Wenig später trafen sie auf die Rotte. Spikes lief an der Spitze der bunten Horde und empfing die Mädchen mit ernster Miene.

»Wie ist es gelaufen?«

»Alles nach Plan«, antwortete Rose knapp und übernahm sofort das Kommando. Nicht unbedingt barsch, aber mit nicht misszuverstehendem Nachdruck feuerte sie die Jungen und Mädchen zu schnellstmöglicher Gangart an.

Bald hatte der Tross den Eingang der Allee erreicht. Die vorderen Stämme waren bereits wieder erloschen, wie verkohlte Krallen ragten ihre dickeren, vom Feuer nicht ganz verzehrten Äste in den Nachthimmel empor. Hier und da sah Lena kleinere Brände in den benachbarten Häusern. Eile war also geboten, denn bald würde ein Feuersturm durch die Straße ziehen.

Lena hatte das unbestimmte Gefühl, die Allee folgte dem unterirdischen Fluss der unbeschwerten Phantasie, denn der Tross stieß im Abstand von ungefähr einer Meile auf Plätze mit Brunnen. Sollte ihre Vermutung stimmen, dann könnten sie auf der Allee womöglich nicht nur das Revier der myriaden Bilder und den Toten Bezirk durchqueren, sondern sogar bis zum Meer der Träume gelangen.

Während Rose von dieser Idee begeistert war, meldete Spikes sofort Zweifel an. Brunnen gebe es in Metropoly überall, sagte er, und die Allee sei früher wohl lediglich eine jener Prachtstraßen gewesen, die aus allen Teilen des Reiches sternförmig zum Pekunia-Tempel führten.

Wie dem auch sei, die Flammen konnten sich jedenfalls ungehindert auf diesem Boulevard ausbreiten und bahnten den Flüchtlingen einen kohlrabenschwarzen Weg. Ab und zu vernahm Lena leises Schnarren, Klimpern, oder Klappern. Wenn ihre Augen den metallisch klingenden Lauten nachgingen, sah sie in den Seitengassen Paare sich bewegender Leuchtpunkte.

»Das Licht der Flammen fängt sich in den Augen der Nachtjäger«, sagte Rose, als sie die bangen Blicke ihrer Gefährtin bemerkte.

»Woher kommen diese merkwürdigen Geräusche? Tragen die alle Ketten um die Hälse?«

»Was weiß ich! Am besten, du beachtest sie nicht. Und bleib auf keinen Fall stehen!«

»Keine Sorge. Das werde ich nicht«, versprach Lena. Sie musste an Tuni denken und an das, was Rose über die streunenden Hunde bemerkt hatte: *Man sagt, die Jäger der Nacht fressen nur Einzelgänger.*

Der Gewaltmarsch dauerte die ganze Nacht und setzte sich nach der Morgendämmerung bis zum Einbruch der Dunkelheit fort. Die Anführerin gönnte ihren Schützlingen nur wenig Ruhe. Während dieser kurzen Pausen machten Rose, Lena und Spikes den müden Wanderern Mut. Manchmal warf Lena einen verstohlenen Blick auf Tunis einstigen Stellvertreter. Sie sah ihn aufgeregt mit den Händen gestikulieren, immer wieder deutete er in Richtung Stadtmitte. Was er den Jungen und Mädchen wohl erzählte?

Als der Abend kam, vermochten sich einige Auswanderer kaum noch auf den Beinen zu halten. Tuni war dem Tross die ganze Zeit vorausgeeilt, um die ortsansässigen Kinder entlang des Wegs vor dem Feuer zu warnen. Die vom langjährigen Dienst in der königlichen Armee zerschlissenen Vogelscheuchen hatten samt und sonders panisch die Flucht ergriffen. Dadurch konnten sie Pekunia nicht melden, was sonst noch im Bezirk der myriaden Bilder geschah. In wachsender Zahl schlossen sich nämlich die hier angesiedelten Dreizehnjährigen der Rotte an.

Tuni hatte etwa zweitausend Kinder hinter sich geschart, als sich seine Gruppe in der Abenddämmerung mit dem Haupttross vereinigte. Die Nachtjäger waren schon im Morgengrauen verschwunden – ebenso wie das Tageslicht scheuten sie die Nähe so vieler Zweibeiner. Lena war erleichtert, ihn wohlbehalten und in Begleitung so vieler neuer Gefährten wiederzusehen. Ihr blieb auch nicht verborgen, dass Rose sich ebenfalls ausnehmend über das Wiedersehen mit ihm freute. Die beiden umarmten sich auffällig lange. Erst danach erklärte ihm seine Stellvertreterin, dass ihr mittlerweile rund viertausend Jungen und Mädchen folgten.

Aus dem Häuflein Spielverderber war eine Armee geworden.

»Es gibt ihn wirklich«, sagte Tuni nach der Begrüßung und deutete mit dem Daumen über die Schulter auf ein großes Schild, das auf zwei Pfosten am Straßenrand stand.

TOTER BEZIRK
Betreten verboten!
Jede Zuwiderhandlung wird mit
Narrenarrest und lebenslanger
Zwangsarbeit bestraft.

»Hast du daran gezweifelt?«, fragte Lena überrascht.

Er grinste. »Nicht wirklich. Aber glauben und sehen sind immer noch zwei Paar Schuhe.«

Tuni wandte sich an Rose. »Gratuliere, kleine Schwester. Dein Plan hat funktioniert.«

»Danke. Aber dir ist doch klar, in was für einer Lage wir uns befinden:

Wir haben ein Heer von Kindern, viel zu wenige Vorräte und einen viel zu starken Feind. Wenn wir den Toten Bezirk betreten und auf ernsthafte Schwierigkeiten stoßen, dann …« Sie schüttelte den Kopf. »Ich mag lieber gar nicht daran denken.«

»Unsere Freunde brauchen auf alle Fälle Ruhe«, warf Lena ein.

»Drei Stunden«, sagte Tuni mit fester Stimme. »Länger wird es nicht dauern, bis sich das Feuer hier ausgetobt hat. Auf der Grenze zum Toten Bezirk liegt eine Brandschneise, in der die Flammen keine Nahrung finden werden. Dort sind wir vor ihnen sicher und können verschnaufen.«

»Gib ihnen wenigstens Zeit bis Mitternacht. Sie sind völlig erschöpft.«

Tuni schüttelte den Kopf. »Früher oder später wird die Königin unsere Flucht bemerken und dann hetzt sie uns jeden Strohmann hinterher, den sie in der Gegend hat. Wenn wir hier Wurzeln schlagen, werden wir womöglich alle bald tot sein. Willst du das?«

»Lena hat recht«, ergriff Rose für ihre Freundin Partei. »Ich war schon hart zu ihnen, aber du könntest sie umbringen, wenn ...« Sie klappte jäh den Mund zu, weil Spikes plötzlich zu ihnen gestoßen war.

Er nickte Tuni ernst zu. »Ich habe eine schlechte Nachricht.«

»Sag jetzt bitte nicht, die königliche Garde sei im Anmarsch.«

»Nein.« Spikes deutete auf das Warnschild. »Aber die Tafel da hat wohl einige allzu begeisterte Mitläufer wachgerüttelt. Sie wollen umkehren.«

»So kurz vor dem Ziel? Das ist nicht dein Ernst.«

»Ich gebe nur das wieder, was ich gehört habe.«

Lena entsann sich einiger Beobachtungen der letzten Nacht, als Spikes so aufgeregt mit vielen Kindern gesprochen hatte. »Du hast da nicht zufällig nachgeholfen?«, fragte sie freiheraus.

Sein Kopf ruckte herum. »Wie bitte?«

»Kann es sein, dass *du* unseren Freunden zur Umkehr geraten hast? Vielleicht glauben ja einige, sie könnten straffrei aus dieser Sache herauskommen, wenn sie sich Pekunias Häschern freiwillig stellen.«

»Ich habe mich nur erkundigt, wie es ihnen geht und was sie über unsere Zukunft denken«, verteidigte er sich. »Viele meinen, sie wollten nicht aus der Gemeinschaft der Kindheiten ausgeschlossen sein.«

»Sind wir etwa keine Gemeinschaft?«

»Schon, aber du kannst nicht leugnen, dass unsere Erfolgsaussichten alles andere als rosig sind. Wir könnten ewig im Todesgürtel umherirren oder alle ins Arbeitshaus gesperrt werden. Willst du unseren Freunden verübeln, wenn sie nicht für immer vergessen werden wollen und Pekunia lieber um Gnade bitten?«

»Aber darum geht es doch gerade, du Narr!«, brauste Tuni auf. »Wir sind Kindheiten, an die sich in der Welt der Sinne niemand mehr erinnern wird, wenn wir uns weiter von Pekunia ausbeuten lassen. Wir müssen endlich wieder selbst die Spielregeln bestimmen.« Er wandte sich Lena zu. »Hat es einen bestimmten Grund, warum du ihm diese Fragen stellst?«

Sie fühlte, dass sie nicht länger schweigen durfte. »Gestern Nacht, bei der brennenden Ruine, da hat er mich zur Aufgabe überreden wollen.«

Tuni ballte die Fäuste, blieb sonst aber ruhig. »Was sagst du dazu, Spikes?«

Der spreizte die Arme ab und schüttelte fassungslos den Kopf. »Seid ihr jetzt *alle* gegen mich? Das war doch nur ein Gedankenspiel. Hast du nie Zweifel?«

»Vielleicht am Erfolg unserer Sache, aber nie an ihrer Richtigkeit.«

»Deshalb führst *du* uns ja auch an und nicht ich.«

Tuni bohrte seinen Blick förmlich in Spikes' Gesicht. »Du bist aalglatt, von dir gleiten alle Anwürfe ab. Aber ich warne dich, mein Freund. Wenn mir noch einmal auch nur der Verdacht zu Ohren kommt, dass du ein falsches Spiel treibst, dann schicke ich dich zurück.«

Spikes warf Lena einen verzweifelten Blick zu und jammerte: »Warum stehst auch *du* mir jetzt nicht mehr bei?«

Sie schüttelte traurig den Kopf. »Weil mir dein Verhalten schleierhaft ist, mein Bruder. Du tust Dinge, die entweder sehr böse oder sehr dumm sind. Ich hoffe für dich und für uns, dass Letzteres zutrifft.«

Er ließ den Kopf hängen und stapfte wie ein begossener Pudel davon.

Der Tote Bezirk

Toter Bezirk (Metropoly), 16. Tag

Als der Tross gegen Mitternacht die Grenze zum Toten Bezirk überschritt, blieben mehr als tausend Kinder zurück. Manche hatten Angst vor der eigenen Courage bekommen oder ließen sich von Zweifeln übermannen. Andere vermissten bereits das tägliche Spiel in Pekunias großem Vergnügungspark. Sie wählten lieber die festen Regeln des erzwungenen Zeitvertreibs als eine Freiheit, die man selbst gestalten und verantworten musste.

Rose führte die Schar der Standhaften an. Tuni und Lena warteten unter dem Warnschild, während die Auswanderer an ihnen vorüberzogen. Lena sprach jedem Mut zu, der verzweifelt aussah oder sich bange umwandte, Tuni dagegen blickte meist nur düster auf jene Gruppe, die ihm die Gefolgschaft verweigerte. Einige traten gerade den Rückweg an, andere beobachteten noch den Fortgang jener, die sie für Spinner hielten. Er machte sich Vorwürfe, glaubte, als Anführer versagt zu haben. »Mein Leben verrinnt in wenigen Stunden«, klagte er. »Soll alles umsonst gewesen sein?«

Lena ergriff seine Hand und drückte sie ganz fest. »Ich bin auch traurig, aber wir dürfen wegen denen, die aufgeben, nicht die anderen vergessen, die noch an unserer Seite sind. Selbst wenn nur *ein* Leben gerettet würde, hättest du nicht vergeblich gekämpft, Tuni. Aber es sind ja viel mehr: Fast fünftausend werden dir die Freiheit verdanken.«

»Sofern wir Metropolys Grenzen finden.«

»Das werden wir. Das *müssen* wir!«

Mit einem Mal sah er ihr in die Augen und lächelte. »Du bist wirklich unsere Hoffnung, Lena. Ich bewundere deine Stärke.«

Sie hob den Anhänger an der Halskette hoch. »Das hier gibt mir Kraft, Tuni.«

»Die Sterne?«

»Es ist vor allem der eine, der rote, dem ich meinen Durchhaltewillen verdanke. Mein Vater sagte, der Rubin verkörpert die Farbe der Liebe und des Lebens, da er so rot wie das Herzblut ist. Er hatte mir Zerstreuung verordnet, weil meine Mutter sehr krank ist und ich mir immer so viele Sorgen um sie gemacht habe.« Sie breitete die Arme aus. »Darum bin ich hier. Ja, ich glaube, nur deshalb gibt es Metropoly überhaupt. Verstehst du, was ich damit sagen will?«

Er nickte. »Du hast dein Leben an das Schicksal dieser Welt gekettet.«

Sie erschrak. Eigentlich wollte sie ihm die Liebe zu ihrer Mutter begreiflich machen und auch die Sehnsucht nach dem Vater und den Geschwistern, doch Tuni hatte es auf den Punkt gebracht. Lena nickte. »Genau so ist es. Das Wohl und Wehe dieser Welt hat irgendwie mit mir selbst zu tun und ich spüre … Wie soll ich mich ausdrücken?«

»Wenn du Metropoly im Stich lässt, würdest du dich selbst aufgeben?«

Sie nickte. »Ja.«

Abermals lächelte er. Jetzt war es ein mutiges Lächeln. »Eins prophezeie ich dir, kleine Schwester: Wenn du unsere Welt rettest, bleibt das auch für dein Leben nicht ohne Folgen. Ich glaube an dich, denn du bist stärker, als du dir überhaupt vorzustellen vermagst. Wir können froh sein, diese Kraft auf unserer Seite zu haben.« Tuni straffte die Schultern. »Doch jetzt wird es Zeit, dass die vier Sterne wieder an der Spitze des Trosses zu sehen sind. Geh schon mal vor zu Rose. Sobald der Letzte von uns das Schild passiert hat, komme ich nach.«

Was sich im Revier der myriaden Bilder schon angedeutet hatte, war im Toten Bezirk allgegenwärtig: Nirgends wuchsen Pflanzen und wenn hier und da doch ein Baum stand, dann war er schon vor langer Zeit verdorrt. Keinerlei Bewohner ließ sich ausmachen, nicht einmal Vögel am Himmel. Der Wind trieb Staubwolken durch die verlassenen Straßen. Überall blätterte verblichene Farbe von den Hauswänden ab. Alles war trist.

In dieser Ödnis wuchs Lena über sich hinaus. Mit ihrem Sternenzeichen am Hals wurde sie für die Auswanderer zu einem Kometen der Hoffnung und des Lebens. Der lange Schweif, den sie hinter sich herzog, bestand aus annähernd fünftausend Spielverderbern.

Und einer unbekannten Zahl von Nachtjägern.

Das Verhalten der streunenden Hunde sei ungewöhnlich, erklärte Rose besorgt. Normalerweise verließen sie nie das Revier der myriaden Bilder. Statt verängstigt die Schwänze einzuziehen, rückten sie den Auswanderern immer dichter auf die Pelle.

Sie waren hinter den Kindern, flankierten den Tross, nur an der Spitze liefen sie nicht.

Rose ermahnte die Gefährten unermüdlich. Bleibt zusammen! Lasst niemanden zurück! Benutzt trockenes Holz als Fackeln. Die Jäger scheuen das Feuer …

»Sie halten Abstand. Ist euch das aufgefallen?«, fragte Tuni seine Begleiterinnen.

»Ja, weil sie feige sind«, antwortete Rose.

»Hoffentlich hast du recht. Irgendwie komme ich mir vor wie ein Hammel in einer Herde, die von Schäferhunden vor sich hergetrieben wird.« Mehr sagte Tuni nicht. Das Sprechen schien ihn anzustrengen.

Unbehaglich spähte Lena in die Schatten der Nacht. Überall waren kleine Zwillingssterne zu sehen, die wie Glühwürmchen glimmenden Augen der »Schäferhunde«. Als der Morgen dämmerte und sich der Tross bereits tief im Todesgürtel befand, nahmen die Schatten rund um die leuchtenden Punkte Gestalt an. Bald konnte Lena größere und kleinere Hunde unterscheiden.

»Es wird allmählich hell. Wieso verkriechen sich die Kläffer nicht?«

»Weil *er* es ihnen nicht erlaubt«, antwortete Tuni und deutete nach links. »Vermutlich hat Pekunia ihn auf uns gehetzt.«

Lena erblickte in einer Seitengasse einen furchterregenden Schemen. Der Schattenriss erinnerte sie an einen Riesenschnauzer. Allerdings war er so groß wie ein Löwe. Die Augen des Nachtjägers glühten grün im Fackellicht. Lena beschlich das Gefühl, er blicke ihr direkt ins Gesicht. Ein furchtbarer Gedanke drängte sich in ihren Geist: Konnte es sein, dass Pekunia die Jäger nicht nur auf die Fährte der Spielverderber im Allgemeinen, sondern ganz besonders auf die ihre, auf die des Mädchens aus der anderen Welt, gesetzt hatte?

Trotzig bückte sich Lena nach einem abgebrochenen Ast und entzündete ihn an Roses Fackel. Das trockene Holz brannte sogleich lichterloh. Im weiten Bogen schleuderte sie das Geschoss in die Gasse und rief: »Scher dich fort, du Ungeheuer!«

Das Licht der Flamme entriss den Nachtjäger für einen Moment der Finsternis. Es war ein riesiger, zottiger Hund mit rostrotem, grau geflecktem Fell … Lena stutzte. Schimmerten da in dem verfilzten Pelz nicht einzelne Stellen wie Metall?

Das Holzscheit fiel in einiger Entfernung zu dem Vierbeiner funkenstiebend aufs Pflaster. Er fletschte mit bedrohlichem Knurren die Zähne. Dabei erstrahlte sein Gebiss orangerot im Glosen des Brandgeschosses, so als bestehe es aus spiegelnden Messerklingen. Der Hund drehte sich um und trottete davon.

Tuni kicherte wie ein sonderlicher Greis. »Fürs Stöckchenholen kannst du ihn offenbar nicht begeistern.«

»Er sollte nur wissen, dass mit uns nicht gut Kirschenessen ist«, antwortete Lena benommen.

»Ich schätze, das war ihm schon vorher bekannt.«

»Das Fell des Hundes«, murmelte sie. »Es sah aus wie … eine Drahtbürste. Wie aus Eisen. Und die Zähne kamen mir vor wie aus poliertem Stahl. Kann es sein, dass er nicht echt ist?«

»Nicht echt?« Tuni zog den Mund schief. »Er ist genauso echt wie die Vogelscheuchen.«

»Und ebenso lebendig«, fügte Rose hinzu.

»Du meinst …?«

Rose nickte. »Die Tiere sind mechanische Spielzeuge. Automaten. Pekunia lässt sie in ihren Fabriken für die Kinder bauen. Gerade so wie ihren Strohmännern haucht sie den seelenlosen Apparaten Leben ein.«

Tuni wedelte ungeduldig mit der Hand. »Sputen wir uns lieber, Mädels. Mir läuft die Zeit davon.«

Lena musste die Neuigkeit über die Natur der Nachtwächter erst einmal verdauen. Sie hätte gerne weitere Fragen gestellt, verkniff sich aber eine Bemerkung über die ihrer Meinung nach unnötige Antreiberei ihres Freundes und lief weiter. Der mit ihr zum Halten gekommene Tross setzte sich ebenfalls wieder in Bewegung.

Weil sogar im Toten Bezirk vereinzelte Pekunia-Plakate an

den Fassaden hingen, kamen die Fünftausend nur in Schlangenlinien voran. Tunis Späher schwärmten jetzt in größeren Gruppen aus, um sich besser gegen etwaige Angriffe der Nachtjäger verteidigen zu können. Die Kundschafter beschränkten sich darauf, eine von der Königin unbeobachtete Route ausfindig zu machen – ein Überpinseln der so lange unangetasteten Bilder wäre ihr sofort aufgefallen.

Die Verlängerung jener Allee, deren Rauch immer noch zum Himmel aufstieg, gab die Marschrichtung vor. Von diesem Kurs abzukommen, war so gut wie unmöglich, denn sobald sich der Spähtrupp mehr als zwei oder drei Häuserblocks davon entfernte, scharten sich die Hunde zusammen und drängten ihn wieder in die Nähe der Hauptstraße zurück. Als die Kundschafter ihrem Anführer davon berichteten, verfinsterte sich dessen Greisengesicht.

»Ich werde den Verdacht nicht los, Pekunia hat den Nachtjägern einen Maulkorb angelegt. Selbst wenn sie wollten, sie *dürfen* uns nicht verletzten oder gar töten.«

Lena erinnerte sich an seine Äußerung über die Schafherde. »Du meinst, sie treiben uns vor sich her?«

Er nickte grimmig. »Das gefällt mir überhaupt nicht. Ich wüsste zu gerne, welchen Pferch sich die Allerlustigste für uns ausgesucht hat.«

Die streunenden Hunde wurden immer dreister. Sogar bei Tageslicht zeigten sie sich nun des Öfteren den verängstigten Jungen und Mädchen. Das Gemüt vieler Auswanderer war bald ebenso umwölkt wie der Himmel. Sie fühlten sich ständig bedroht. Ihre Nerven lagen blank. Hinzu kamen Müdigkeit und Erschöpfung. Manche hatten sich den Spielverderbern ganz spontan angeschlossen und besaßen nur, was sie auf dem Leib trugen. Essen und Trinken waren ihnen im Moment des Aufbruchs nicht wichtig gewesen, aber das änderte sich nun. Zwar wurden die Vorräte brüderlich geteilt, doch der viel zu knappe Proviant schmolz allzu schnell dahin.

Schlimmer als der Hunger, der bereits etliche Mägen knurren ließ, war allerdings der Durst. Der Tote Bezirk glich einer Wüste. Nach wie vor wehte ein heißer Wind und laugte die vom Gewaltmarsch und der ständigen Anspannung ohnehin erschöpften Wanderer zusätzlich aus. Bereits jetzt mussten einige von ihren Gefährten gestützt werden. Bald würden die ersten ganz zusammenbrechen.

Mehr als um die jüngeren Auswanderer sorgte Lena sich um Tuni. Sie selbst *fühlte* sich nur wie eine Dörrpflaume, er dagegen sah schon so aus. Von Minute zu Minute schien er schneller zu altern. Seine bislang geschmeidigen Bewegungen waren einer greisenhaften Behäbigkeit gewichen. Was das zu bedeuten hatte, war nicht schwer zu erahnen: Pekunia verdankte Kindheiten wie ihm ihre andauernde Jugend. Jetzt war seine Lebenskraft verbraucht und er konnte jeden Augenblick verlöschen wie die Flammen in der Allee der toten Bäume.

Rose hatte ihm gerade einen am Wegrand gefundenen

Stock gegeben, um ihm das Gehen zu erleichtern, als Lena nach vorne deutete. »Da kommt wieder ein Brunnen.«

Tuni schüttelte den Kopf. »Vergiss es. Die sind alle ausgetrocknet.«

»Woher willst du das wissen?«

»Sieh dich doch um, kleine Schwester. Wir befinden uns im Toten Bezirk.«

Sie reckte kämpferisch das Kinn vor. »Und woran ist das Viertel gestorben, großer Bruder?«

Der dreizehnjährige Greis sah sie verwundert an. »Ich nehme an, Pekunia hat es verflucht. Es heißt, bevor sie die Herrschaft an sich riss, sei ganz Metropoly ein blühendes Reich gewesen.«

Lena konnte sich ein zufriedenes Lächeln nicht verkneifen. »Scheinbar endet ihre Macht im Untergrund, sonst hätten die Spielverderber im Stadtzentrum ihr nicht so lange Paroli bieten können und auch der Brunnen auf dem Tempelplatz wäre wohl längst zugeschüttet. Ich weiß noch, was du mir am Tag unserer ersten Begegnung erklärt hast: Metropoly ähnele einer Drehscheibe, Quell und Mündung seien bei euch das Gleiche.«

»Lena hat recht«, sagte Rose mit leuchtenden Augen. »Der Fluss der unbeschwerten Phantasie kann nicht versiegt sein, sonst wäre der Kreislauf längst zum Stillstand gekommen. Was wir im Moment am dringendsten brauchen, Tuni, ist Wasser. Lass uns den nächsten Brunnen untersuchen.«

Er seufzte. »Meinetwegen. Schicken wir ein paar Kundschafter hinab.«

Wenig später kletterten zwei Jungen mit einer Sturmlampe in den Brunnenschacht. Die Zeit zog sich zäh dahin, während oben nahezu fünftausend Durstige auf eine Nachricht aus der Tiefe warteten. Erschöpft, wie sie waren, hatten sie sich auf dem Platz und in den angrenzenden Straßen einfach zu Boden sinken lassen. Dort drängten sie sich wie eine verängstigte Schafherde zusammen. Immer wieder ging ein erschrockenes Stöhnen durch die Menge, wenn die Schatten der Nachtwächter durchs Halbdunkel der benachbarten Gassen huschten. Ab und zu setzten Spielverderber aus Tunis Rotte ihre Steinschleudern ein, um die Meute des rostigen Jägers auf Abstand zu halten.

Spikes beteiligte sich nicht daran. Lena sah ihn in der Nähe des Brunnens sitzen. Mit hängendem Kopf. Er hatte sich in den vergangenen Stunden auffällig unauffällig verhalten. So als trüge er an einer schweren Last, die ihm kaum Kraft zum Atmen ließ.

»Das dauert mir zu lang«, zeterte Tuni. Seine auf den Stock gestützten Arme zitterten, ob vor Ungeduld oder aus Altersschwäche, vermochte Lena nicht zu beurteilen.

Rose trat auf ihn zu und drückte sanft seine Hände. »Hab Geduld, Tuni. Wir müssen trinken, wenn wir nicht sterben wollen.«

Er schnaubte unwillig, widersprach jedoch nicht.

Plötzlich erscholl der erlösende Ruf aus dem Brunnen. »Wasser! Wir haben Wasser gefunden!«

Tuni bedachte Lena mit einem ehrfürchtigen Blick und verneigte sich. »Verzeih mir, kleine Schwester, dass ich an dir gezweifelt habe. Offenbar besitzt du ein besonderes Gespür für jenen Quell, dem wir dein Hiersein verdanken.«

»Sie ist die Trägerin der vier Sterne«, erinnerte ihn Rose. »Inga Viri wird sich schon etwas dabei gedacht haben, als sie uns dieser Führerin anbefahl.«

»Ich bin nicht eure Anführerin«, widersprach Lena.

Tuni und Rose wechselten einen beredten Blick.

»Wirklich!«, beharrte sie.

Die beiden grinsten sich an.

»Ihr braucht euch gar nicht darüber lustig zu machen.«

»Schon klar. Du bist unsere Hoffnung«, lenkte Tuni schließlich ein.

Inzwischen hatte sich die Nachricht vom Wasserfund wie ein Lauffeuer verbreitet. Ringsum erschollen Jubelrufe. In Windeseile wurden aus abgerissenen Ärmeln, gestutzten Hosenbeinen, Unterhemden und manch anderem Kleidungsstück zwei Stricke zusammengeknotet. Für die Eimer musste ein Paar große Helme zweckentfremdet werden. Dann konnte das lebensspendende Nass endlich gefördert werden.

Rose und Lena kümmerten sich um die Verteilung. Die Schwächsten tranken zuerst. Tuni beharrte darauf, seinen Durst als Letzter zu stillen.

»Dein Stolz bringt dich noch um«, schimpfte Lena mit ihm.

»Das ist kein Stolz, sondern Altersstarrsinn«, schlug Rose in dieselbe Kerbe.

Er schüttelte grimmig den Kopf. »Weder das eine noch das andere. Bei mir kommt es nur nicht mehr drauf an. Morgen früh vor vierzehn Jahren bin ich geboren worden. Wenn die Morgenröte vergeht, wird in dieser Welt auch mein Lebenslicht für immer verlöschen.«

Gegen Mittag zog der Tross weiter. Nicht nur die Bäuche, auch die Schläuche waren bis zum Bersten gefüllt. Worin immer sich Wasser tragen ließ, das wurde auch dazu benutzt. Die Auswanderer hatten neuen Mut gewonnen. Vom baldigen Ende ihres Anführers wussten sie nichts. Lena und Rose trugen diese Bürde allein.

Als die Abenddämmerung nahte, gestattete Tuni seinen Gefährten eine kurze Rast. Er selbst war mittlerweile zu schwach, um ohne fremde Hilfe zu gehen. Auf den letzten Meilen hatten ihn Rose und Lena abwechselnd gestützt.

Mit Anbruch der Nacht setzte sich der Tross wieder in Bewegung. Die Kundschafter hatten noch immer keine Nachricht von einem Ende des Toten Bezirks gebracht. Einige Zweifler unkten schon von einer ewigen Wüstenei.

»Wenn dem so wäre«, widersprach Tuni, »hätten sich die Nachtwächter längst aus dem Staub gemacht.«

Rose bedachte ihn mit einem ernsten Blick und sagte leise, um die anderen Kinder nicht zu beunruhigen: »Sie fressen und saufen zwar nicht, aber Pekunia hat ihnen den Jagdinstinkt eingehaucht – vermutlich um das Revier der myriaden Bilder nachts von Ausreißern freizuhalten. Und jetzt folgen sie uns. Hast du dir schon überlegt, dass wir die Beute sein könnten, die sie reißen wollen?«

»Ja«, antwortete er tonlos. »Ich denke ständig daran.«

Wenigstens war die Zahl der Pekunia-Plakate inzwischen fast auf null gesunken. So konnten die Auswanderer auf der breiten Straße bleiben, was ihnen das Vorankommen wesentlich erleichterte.

Für Tuni galt das freilich nicht. Um Mitternacht brach er zusammen, als wolle sein hinfälliger Körper vorzeitig kapitulieren. Lena rief einige kräftige Jungen aus seiner alten Truppe zusammen, damit sie ihn abwechselnd Huckepack nahmen. Rose kümmerte sich derweil um den Bau einer Trage für ihn. Sein Wille blieb weiter ungebrochen. Während Lenas Stimmung von Stunde zu Stunde sank, tat er so, als litte er nur unter einer vorübergehenden Schwäche.

In der dunkelsten Stunde, kurz vor dem Morgengrauen, begann Lena zu weinen. Sie tat es ganz still, damit Tuni sie nicht hörte.

»Ein Tor! Wir haben ein Tor entdeckt!«, hallte plötzlich eine Stimme aus der Ferne.

»Absetzen! Und macht Licht. Jetzt lasst mich schon endlich runter. Ich will auf meinen eigenen Beinen stehen, wenn ich die Nachricht höre«, beschwerte sich Tuni bei seinen Trägern.

Während Rose und Lena ihm beim Aufrichten halfen, kamen zwei Kundschafter des zuletzt ausgesandten Spähtrupps angelaufen. Im unsteten Licht einer rasch entzündeten Fackel empfing Tuni sie voller Ungeduld.

»Was habt ihr gesehen?«

»Ein riesiges Tor«, antwortete einer der beiden Jungen. »Rechts und links davor stehen hohe Häuser. Keine Seitengassen. Die Straße verjüngt sich. Sie ist wie ein Kanal ohne Wasser. Wie eine Schlucht ...«

»Ja, ja, schon gut«, unterbrach Tuni den Späher. »Aber was ist mit dem Tor. Steht es offen? Was befindet sich dahinter?«

Der Gefragte schlug die Augen nieder. »Das wissen wir nicht.«

»Was? Aber wieso habt ihr nicht ...?«

»Weil sich in einem Halbkreis von einer Viertelmeile um das Tor Hunderte von Pekunia-Plakaten befinden«, erklärte der zweite Kundschafter.

»Heiliger Strohsack! Dann war es gut, dass ihr euch zurückgezogen habt. Wie weit ist es noch?«

»Von hier aus etwa eine Stunde. Die Strecke ist frei von Plakaten. Dahinter ...« Er zuckte die Achseln.

Rose drückte die zittrige Hand, die sich auf ihren Arm stützte. »Wir werden das Tor einfach stürmen. Ehe Pekunia reagieren kann, liegt Metropoly längst hinter uns«, erklärte sie mit fester Stimme.

Der erste Kundschafter zog eine Grimasse. »Stell dir das nicht so einfach vor. Das Tor sieht nicht so aus, als könnten wir es mit Schwertern und Messern aufbekommen.«

Tuni machte eine Handbewegung, als wolle er die Bedenken des Gefährten wie lästige Fliegen verscheuchen. »Mit Zaudern und Unken kriegen wir's erst recht nicht auf. Lasst uns endlich weitermarschieren. Ehe ich von dieser Welt abtrete, will ich sehen, wofür wir gekämpft haben. «

Das Tor

Toter Bezirk (Metropoly), 17. Tag

Höchst widerwillig hatte sich Tuni wieder auf die Trage sinken lassen. Am liebsten wäre er auf eigenen Beinen zum großen Tor marschiert, aber dazu reichte seine Kraft nicht mehr.

Schneller denn je zog der Tross nun die Straße hinab, fast so, als hätte die aufregende Neuigkeit den Jungen und Mädchen Flügel verliehen. Das von den Spähern gesichtete Tor konnte nur eines bedeuten: Metropoly war doch nicht grenzenlos. Es gab ein Leben jenseits von Pekunias strengen Spielregeln.

Je näher die Rebellen ihrem Ziel kamen, desto heller wurde es. Lena spürte, dass der Augenblick der Entscheidung nahte. Bange hielt sie Ausschau nach den mechanischen Hunden, doch so sehr sie sich auch bemühte, sie konnte keinen sehen.

Waren die Nachtjäger etwa umgekehrt? Sollte Tuni am Ende recht behalten? Hatten der rostige Jäger und seine Meute die Spielverderber nur hierhergetrieben, damit …? Sie wollte sich das der »Schafherde« zugedachte Schicksal lieber nicht ausmalen. Die Hoffnung stirbt zuletzt. Immer wieder spähte Lena zum Horizont. Noch war das Licht grau.

Als die erste Morgenröte den Himmel verfärbte, tauchte am Ende der breiten Straße das Tor auf.

»Heiliger Strohsack!«, hauchte Tuni. Die bunte Tür füllte die gesamte Straßenbreite aus, war mindestens so hoch wie Pekunias Kreiselpalast und wurde von einem Bogen aus blauen, gelben, roten und grünen Steinen überspannt.

Lena sank das Herz. »Wie sollen wir das nur aufbekommen?«

»Vielleicht ist es ja gar nicht abgeschlossen.«

»Das glaubst du doch selbst nicht.«

Die Spitze des Trosses befand sich jetzt fast in Sichtweite der ersten Pekunia-Plakate. Tuni gab Befehl zum Anhalten und ließ sich einmal mehr auf die Beine helfen. Eine Weile starrten alle stumm auf das monströse Tor. Ihre Blicke waren durch die hohen Fassaden beiderseits der Straße regelrecht eingepfercht. Rose deutete zu den letzten Gebäuden in der Häuserzeile.

»Seht ihr die Schnüre, die da quer über die Straße gespannt sind? Wozu könnten die gut sein?«

»Vielleicht sind es Wäscheleinen«, sagte Lena lahm.

»Oder Stolperfallen«, schlug Tuni vor.

»Im fünften Stock?«

»Es ist ein Riesentor. Vielleicht erwartet die Königin ja auch Riesenbesuch.«

Die beiden Mädchen, die ihn stützten, wechselten vor seiner Brust einen Blick. »Was denkst du?«, fragte Lena.

Rose hob die Schultern. »Wenn wir Tuni zeigen wollen, was jenseits des Tores liegt, dann bleibt uns wohl nur die Attacke.«

»Sehe ich genauso. Notfalls klettern wir irgendwie über die Stadtmauer. Pekunia wird uns zwar sehen, aber ehe sie ihre Truppen alarmiert …«

Lena verstummte, weil aus den hinteren Reihen des Trosses plötzlich Schreie ertönten. Ein Raunen ging durch die versammelte Schar.

»Was ist da los? Dreht mich um«, verlangte Tuni.

Während die beiden Mädchen mit ihm eine halbe Drehung vollzogen, geriet um sie herum die ganze Rotte in Bewegung. Einige Jungen und Mädchen liefen mit entsetzten Mienen an ihrem Anführer vorbei.

»Sofort stehen bleiben!«, befahl Tuni, doch sie hörten nicht auf ihn.

»Die Strohmänner kommen!«, erscholl es aus der Menge.

»Was? Wie ist das möglich? Seit wann können die fliegen?«, wunderte sich Tuni. Immer mehr verängstigte Spielverderber drängten sich an ihm, Lena und Rose vorbei. Er wurde ganz aufgeregt. »Helft mir. Ich glaub's erst, wenn ich sie mit eigenen Augen sehe.«

Wie Fische, die gegen den Strom schwammen, kämpften sich die drei durch die zurückweichende Menge. Mit einem Mal standen sie vor Spikes.

Er hatte Tränen in den Augen und sank wimmernd auf die Knie. »Bitte verzeiht mir. Es tut mir so leid.«

»Steckst *du* etwa dahinter?«, brauste Tuni auf und deutete in die Richtung, aus der das Donnern Tausender Hufe erscholl. Noch war von dem Heer der Königin nichts zu sehen, weil der Strom aus verängstigten Jungen und Mädchen nicht abreißen wollte.

Spikes senkte den Blick und nickte. »Es war keine böse Absicht. Ich bin auf Pekunias Tücke hereingefallen. Sie hat mich mit Drohungen und Versprechungen zu dem falschen Spiel verleitet. Es sei das Beste für alle, sagte sie, wenn ...«

»Ich Narr!«, platzte Tuni heraus. »Dabei habe ich gleich so etwas geahnt, als Lena mir von dem zusammengerollten Bildnis in den Trümmern der brennenden Ruine erzählte. Von wegen Flederratten! *Du* bist der Spion. Und jetzt besitzt du auch noch die Stirn, dich für deinen Verrat zu verteidigen. Du ...«

»Ja, ich habe euch verraten«, schrie nun auch Spikes. »Aber ich wünschte, ich könnte es ungeschehen machen. Erst als Lena mir an dem Abend das Leben rettete, begriff ich, wer meine wahren Freunde sind. Doch da war es schon zu spät.«

»Du hättest dich uns anvertrauen können«, sagte Lena traurig.

Sein tränenverhangener Blick wechselte zu ihr. »Ich wollte erst meinen Fehler wiedergutmachen. Deshalb habe ich versucht, die Zweifler von der Umkehr abzubringen. Dass ihr mich im Verdacht hattet, kann ich euch nicht mal verübeln.«

Tuni schäumte vor Wut. Er zückte das Schwert. »Ich sollte dich für deinen Verrat auf der Stelle erschlagen.«

Spikes zog den Kopf ein und kroch schnell ein paar Schritte zurück. »Spar dir die Kraft, mein Bruder. Vielleicht wirst du sie noch brauchen.«

Plötzlich sprang er wie eine Katze nach vorn und fiel Lena um den Hals. »Du hast am längsten an mich geglaubt. Dafür danke ich dir. Bitte verzeih mir.«

Ehe noch irgendjemand etwas tun oder sagen konnte, war Spikes herumgewirbelt und rannte mit erhobenem Waschbärenschwanz die Straße hinab.

»Bleib hier!«, schrie Lena entsetzt, aber er hörte nicht auf sie.

Mittlerweile hatten sich die flüchtenden Jungen und Mädchen hinter Tuni, Lena und Rose geschart, weniger um ihnen den Rücken zu stärken, als vielmehr aus dem aberwitzigen Gedanken heraus, die drei könnten eine ganze Armee aufhalten.

Die auf der breiten, schnurgeraden Straße heranrückende Reiterschar reichte bis zum pfirsichfarbenen Horizont. Tausende und Abertausende Lanzenspitzen und Helme glitzerten im warmen Licht des Morgens. Es war eine viel zu schöne Bühnenbeleuchtung für ein so düsteres Stück.

»Was tut dieser Wahnsinnige da?«, stieß Tuni bestürzt hervor.

»Vielleicht möchte er überlaufen«, sagte Rose.

Lena schüttelte fassungslos den Kopf. »Nein. Er will sich für uns opfern.«

Spikes hatte gerade sein Schwert gezückt und lief wie der Wind auf die heranstürmenden Reiter zu.

Tunis Greisengesicht verzog sich zu einer Miene, die eher Schmerz als Zorn verriet. »Dieser dumme Taschendieb! Warum tut er das? Er hat doch nicht die geringste Chance.«

»Er will uns wohl von der Echtheit seiner Reue überzeugen«, sagte Lena bitter.

Rose nickte. »Und vermutlich auch davon, dass es sich lohnt, für das Gute zu sterben.«

Tuni machte einen wackeligen Schritt auf das heranstürmende Reiterheer zu. »Du hast recht. Die letzten Schläge meines Herzens sollen dem Kampf gegen das Böse dienen.«

Als er weiterwankte, ging hinter ihnen ein achtungsvolles Raunen durch die Reihen der Spielverderber.

Rose verdrehte die Augen und stöhnte: »Warum müssen Jungs nur immer so ehrpusslig sein!« Rasch lief sie ihm nach.

Lena starrte nur mit glasigen Augen auf die unwirkliche Szene: auf Spikes, der die Phalanx des Gegners fast erreicht hatte, auf Tuni, dessen kraftlose Greisenbeine jeden Moment zusammenklappen mussten, auf das donnernde Heer. Sollte es so enden? Sie weigerte sich, das zu glauben, wollte nicht wahrhaben, dass sie ihre Mutter nie wiedersehen würde. Es musste doch einen Weg geben, diesen Wahnsinn ohne Gemetzel zu …

Ihre Gedanken schienen jäh zu gefrieren, als Spikes auf die vorderen Reiter traf. Lena dachte, die Schlachtrösser würden

ihn einfach in den Straub stampfen, doch dann geschah etwas Unerwartetes.

Er machte eine schnelle Bewegung mit der linken Hand und seine Schwertklinge spie einen gleißenden Funkenregen, der über zwei oder drei Reiter hinwegstrich. Augenblicklich gingen die Strohmänner in Flammen auf. Dann verschwand Spikes in einer Wolke aus wirbelnden Hufen, Staub und Rauch.

Lena stieß einen spitzen Schrei aus. Mit einem Mal wurde ihr bewusst, was da eben geschehen war. Ihre Hand tastete nach der Hosentasche. Tatsächlich! Spikes hatte ihr den Feuerstein gestohlen.

Tuni war – von Rose festgehalten – endlich stehen geblieben. Möglicherweise verharrte er auch nur auf der Stelle, weil die Schlachtreihen des Feindes eher einer Feuerwalze glichen als einer Kavallerie. Die Flammen verzehrten auf der gesamten Straßenbreite gleichermaßen Ross und Reiter.

Die Rebellen brachen in Jubel aus.

Unwillkürlich wandte sich Lena zu der im Siegestaumel johlenden Schar um. Ihr war nicht zum Jubeln zumute. Spikes mochte ein Verräter gewesen sein, mochte Böses getan haben wie sein Namensgeber, der Sikes aus der Geschichte von Oliver Twist. Und wie dieser war er am Ende ums Leben gekommen. Doch im Gegensatz zu dem Schurken im Roman, der den Helden Oliver umbringen wollte und sogar Nancy – die gute Seele seiner Räuberstube – ermordet hatte, war der Junge mit dem Waschbärenschwanz zuletzt zur Besinnung gekommen. Er hatte seinen Verrat bereut ...

Lena erschauerte. Sie spürte unvermittelt im Nacken den stadtauswärts ziehenden Wind – er war heißer als je zuvor. Hinter den sich überschwänglich freuenden Gefährten vollzog sich etwas Unheimliches, was außer ihr offenbar niemand bemerkte.

Vom Himmel wirbelten lange, schmale, weiße Papierfahnen herab. Sie schlugen wilde Kapriolen, verdrehten sich, streckten sich wieder – alles wirkte ganz natürlich. Doch als sie zur Ruhe kamen, begriff Lena, dass hier nicht der Zufall seinen Übermut austobte. Die Fahnen legten sich nacheinander über eine der Leinen, die Rose zuvor an den Gebäuden vor dem Tor entdeckt hatte. Bald hingen sie zur Rechten wie zur Linken bis an die Giebel dicht an dicht und ließen sich zu Boden sinken als Bildnis von Pekunias Gesicht.

Lena erbebte vor düsterer Ahnungen. Die Fahnen hatten sich zu einer kolossalen Leinwand zusammengefügt, von der die Königin mit kaltem Lächeln auf die Schar jubelnder Kinder herabblickte. Das Riesenplakat war von ihr bestimmt nicht als Abschiedsgruß an die Auswanderer gedacht. Es glich eher einer Mauer, die nicht nur den Blick, sondern auch den Fluchtweg zum Tor versperrte.

Mit einem Mal bemerkte Lena eine Veränderung auf den Gesichtern der Jungen und Mädchen, so als senke sich ein

Schatten auf das siegesgewisse Strahlen. Das triumphierende Funkeln in den Augen erlosch. In den Mienen spiegelte sich plötzlich Angst.

Sie fuhr herum und erschrak.

Das Reiterheer rückte wieder vor, langsam zwar, doch umso entschlossener.

Lena lief zu Rose und Tuni. »Wie ist das möglich?«

»Strohfeuer«, knurrte Tuni voller Abscheu. Vermutlich meinte er, dass solche Brände ebenso schnell und heftig aufflackern, wie sie wieder verlöschen. Von der vorderen Schlachtreihe waren nur noch rauchende Blechhaufen geblieben.

Rose runzelte die Stirn. »Wo bist du mit deinen Gedanken gewesen, dass dir das entgangen ist?«

Lena deutete mit dem Daumen über die Schulter. »Dort.«

Tunis riss die Augen auf. »Heiliger Strohsack! Was ist das nun wieder für eine Teufelei?«

Die Erklärung kam postwendend. Das aus Papierstreifen zusammengefügte Riesenplakat antwortete mit dröhnender Stimme: »Ich wollte mir eure letzte Schlacht nicht entgehen lassen, Lena, Tunichtgut und Rosendorn.«

Bei den ersten hallenden Worten waren die Jungen und Mädchen entsetzt herumgefahren. Einige schrien vor Angst, als sie das sprechende Konterfei erblickten, andere sanken verzagt auf die Knie.

Tuni schüttelte drohend das erhobene Schwert. »Kampflos

werden wir uns nicht geschlagen geben, Pekunia, so viel ist gewiss. Spikes mag dir unsere Namen verraten haben, aber unsere wahre Stärke kennst du nicht.«

Das Riesengesicht lachte. »Für einen, der jeden Moment seinen letzten Atemzug macht, nimmst du den Mund ziemlich voll.«

Er sah sich zu den anrückenden Strohmännern um. Sie hatten einen Keil gebildet, dessen Spitze genau auf ihn zeigte. Ganz vorn ritt ein helmloser Reiter mit flickenübersätem Gesicht. Während Tuni sich wieder dem Riesenplakat zuwandte, zermarterte Lena sich das Hirn, wie sie die drohende Katastrophe abwenden konnte. Neben sich hörte sie die trotzige Stimme ihres Freundes.

»Vielen Dank auch, dass du noch einmal meinen alten Lieblingsfeind Hexel zusammengeflickt hast. Ich werde ihm und dir zeigen, wozu ein Greis wie ich imstande ist.«

Die Kolossalikone schmunzelte. »Das wird bestimmt amüsant. Streng dich schön an.«

Tuni senkte das Gesicht und wandte sich seiner Stellvertreterin zu. »Ihr müsst euch verstreuen«, raunte er. »Sobald ich losstürme, befiehlst du den Kindern, in die Häuser zu laufen. Wenn es nach hinten raus einen Fluchtweg gibt, dann sollen sie Gebäude in Brand stecken. Das wird die Strohmänner eine Weile aufhalten.«

»Du willst … *stürmen?*«, wunderte sich Rose. »Du kannst ja nicht mal mehr richtig laufen.«

»Jetzt keine Haarspaltereien, kleine Schwester. Ich wünsche euch viel Glück und dir, Lena …«

»Was gibt es da zu flüstern?«, donnerte Pekunia.

Tuni mobilisierte seine letzten Kraftreserven und straffte den Rücken. »Man darf sich doch wohl noch von seinen Kampfgefährtinnen verabschieden«, schimpfte er laut in Richtung Bild. Danach murmelte er für die Mädchen ein Lebewohl, drehte er sich um und taumelte mit erhobenem Schwert auf die Schlachtreihen des Gegners zu.

Streng dich schön an?, wiederholte Lena im Geiste die Worte der Königin. Das war nicht nur so dahingesagt. Die spöttische Bemerkung hatte etwas zu bedeuten …

Unvermittelt blitzte ein Gedanke durch ihren Sinn.

»Bleib stehen!«, rief sie Tuni nach.

Der drehte sich wankend um. »Was?«

»Wir dürfen uns nicht bewegen.«

»Was soll das, Lena? Willst du uns jetzt etwa auch verraten? Ich habe Rose gesagt, was zu tun ist. Nur so können wenigstens einige von euch …«

»Nein. Glaub mir, ich habe endlich das Wesen der Strohmänner durchschaut«, schnitt ihm Lena aufgeregt das Wort ab. Sie konnte jetzt deutlich hinter Tuni die Gesichter der königlichen Gardisten erkennen. Der vordere Reiter hatte inzwischen zwei gut festgenähte rote Augen und mehr Flicken im Gesicht als je zuvor. Aus seinem Ohr ragte ein Büschel goldgelber Halme.

Es war Hexel.

»Sie haben nur Stroh im Kopf«, widersprach Tuni. »Deshalb folgen sie blind Pekunias Befehlen.«

»Aber streng nach den Regeln der Königin«, erklärte Lena hektisch. »Sie interessieren sich nur für uns, solange sie mit uns spielen können. Wenn wir stillhalten, wenn wir uns ihnen aus freiem Willen verweigern, dann verlieren sie ihre Macht. Ich hab's im Tempel erlebt und auch in der Ruine. Je erbitterter ich mich gegen sie wehrte, desto stärker wurden sie. Ich war ihnen im Kampf hoffnungslos unterlegen. Als ich mich aber überhaupt nicht mehr rührte, sind sie schier versteinert.«

Während Tuni noch zögerte, drehte sich Rose zu den Gefährten um, hob die Arme und rief: »Bleibt alle ganz still stehen, rührt keinen Finger. Habt ihr verstanden? *Nicht bewegen!* Sagt es schnell weiter.«

»Feiglinge!«, dröhnte das Riesenkonterfei. »Achtet nicht auf die dumme Göre. Ihr müsst euch wehren.«

»Nein«, schrie Lena. »Hört auf *mich*. Ich bin die Trägerin der vier Sterne. Eure Hoffnung. Ich werde euch nicht enttäuschen. Bewegt euch nicht von der Stelle …« Sie spürte, wie jemand ihre linke Hand ergriff.

Es war Tuni. Er lächelte. »Willst du immer noch abstreiten, dass in dir eine prima Anführerin steckt?«

Auch Rose stellte sich Schulter an Schulter neben sie, nahm ihre Rechte und bot dem Feind die Stirn.

Das Reiterheer rückte weiter vor.

»Wehrt euch, ihr verdammten Würmer!«, keifte Pekunia im Hintergrund.

Lena schüttelte den Kopf. »Nein! Ruhig Blut, Freunde. Habt keine Angst.«

Die Spielverderber gehorchten.

»Folge mutig den vier Sternen, bis du wirst im Tanz dich dreh'n«, murmelte Tuni. Je näher die Phalanx der Strohmänner kam, desto inbrünstiger wiederholte er die Worte.

Das Heer der Jutekameraden war nur noch wenige Pferdelängen entfernt. In Lena rührten sich Zweifel. Galten im Toten Bezirk womöglich andere Spielregeln als im Rest Metropolys? Würde Pekunias Armee gleich ein Blutbad anrichten?

»Zieh endlich dein Schwert und kämpfe, Adeline Virginia«, rief Hauptstrohmann Hexel und reckte ihr die eigene Klinge entgegen. Dies geschah auffallend träge und seine Stimme klang merkwürdig tief.

Die Reiterei verlangsamte sich.

»Ganz ruhig bleiben!«, beschwor Lena ihre Freunde.

Mit jedem Schritt wurden die Bewegungen der Rösser zäher.

»Wagt nicht einmal zu atmen«, warnte sie.

Und dann blieb die Phalanx stehen.

Aus Richtung des Stadttors hallte Pekunias wütende Stimme. »Trampelt sie nieder! Haut sie in Stücke! Lasst keinen Rebellen leben!«

Aber die Armee rührte sich nicht.

Umso zorniger wurde die Königin, wie ihre schrille Stimme verriet. Sie hallte nicht nur vom Riesenbild herab, sondern auch von allen anderen Plakaten, die an den Hauswänden hingen. »Adeline Virginia«, gellte es, »dreh dich gefälligst um, wenn ich mit dir rede. Du bist ein ungezogenes Kind. Deine Königin spricht mit dir. *Lena!*«

Die so Gescholtene verharrte reglos auf dem Fleck.

»Darf ich wieder atmen?«, fragte Tuni mit zusammengebissenen Zähnen.

»Meinetwegen. Aber rühr dich nicht. Das würde die Reiter sofort wiederbeleben«, antwortete Lena. Hinter ihr überschlug sich die Stimme der zeternden Königin.

Rose räusperte sich. »Ist ja alles recht und schön, aber wie geht's jetzt weiter?«

»Darüber habe ich in der Eile noch nicht nachgedacht.« Lena merkte, wie Tunis Hand zu zittern begann. Sein Atem ging rasselnd und er schnaufte, als koste ihn allein das Stehen enorme Kraft.

Als er Lenas Seitenblick bemerkte, quälte er sich ein Lächeln ab. »Ich will jetzt nicht nörgeln, Mädels, aber die Morgenröte zieht sich schon zurück.«

Lena erschauerte. Vor lauter Aufregung hatte sie nicht mehr an seine schwindende Lebenskraft gedacht …

Ihre Gedanken gerieten ins Stocken, weil sie plötzlich aus den Augenwinkeln eine Bewegung wahrnahm. Irgendetwas

Helles kreuzte ihr Sichtfeld. Sie konnte der Versuchung nicht widerstehen und folgte dem durch die Luft taumelnden Ding mit den Augen.

Ein Pekunia-Plakat?

Es war ungefähr so groß wie drei Schreibhefte, im Vergleich zu dem zeternden Riesenbild auf der Leine also nur ein Zettelchen. Vermutlich hatte der Wind den bunten Anschlag von einer Wand abgerissen. Jetzt drehte er sich mal hierhin, mal dorthin, sank ein Stück herab, hüpfte wieder empor und schien so wankelmütig wie ein Blatt im Wind. Für die Dauer eines Wimpernschlags bemerkte Lena in dem wirbelnden Konterfei etwas, das sie mit dem Verstand nicht greifen konnte – nur mit dem Unterbewusstsein nahm sie es wahr. Sie spürte, es war unfassbar wichtig, womöglich bedeutete es sogar die ersehnte Rettung. Doch ehe sie das Rätsel des Augenblicks lösen konnte, war dieser auch schon wieder vorbei. Das Bildnis hatte sich direkt vor ihre Zehenspitzen gelegt.

»Was erlaubst du dir, mir einfach den Rücken zuzuwenden«, wetterte nun von dort unten die Königin.

Lena stutzte. Täuschte sie sich, oder sah das Antlitz der Übermutter tatsächlich weniger jugendlich frisch als bisher aus? Zwar waren darauf nach wie vor keine Falten zu finden, aber die Züge in dem vor Zorn verzerrten Konterfei wirkten wie von einer dicken Schicht Schminke verdeckt.

»Warum antwortest du nicht?«, keifte Pekunia.

»Wieso sollte ich?«, entgegnete Lena und grübelte weiter: Was stimmte mit dem Gesicht nicht?

»Ich bin die Königin.«

»Und ich die Trägerin der vier Sterne.«

»So ein Abzeichen gibt es in Metropoly nicht.«

»Und ob es das gibt«, widersprach Lena und beugte sich leicht vor, damit Pekunia ihren Anhänger sehen konnte. »Ich trage nämlich meine *eigene* Marke.«

»Damit kommst du in meinem Reich nicht durch.«

»Bis hierher ging's ganz gut.«

Die Augenbrauen auf dem Plakat zogen sich bedrohlich zusammen. »Du bist ein freches, vorlautes Ding. Hast du dir schon überlegt, wie du mit deinen Spielverderbern durchs Tor entkommen willst? Wenn ihr euch bewegt, wird meine Reiterei euch niederrennen. Im anderen Fall verhungert ihr stehenden Fußes. Abgesehen von Tunichtgut. Dem bleibt kaum mehr als die Füllung einer Sanduhr.«

Lena lief ein Schauer über den Rücken. Sie drückte Tunis Hand, als könne sie dadurch etwas von ihrer Lebenskraft auf ihn übergehen lassen. »Du hast nicht das Recht, uns gegen unseren Willen in der Stadt festzuhalten.«

»Hab ich wohl. Ich bin die Mutter jeder Kindheit in Metropoly.«

»Aber nicht von mir.« *Mutter*? Glaubte Pekunia selbst daran? Oder …? Lenas Hand schloss sich um den Kettenanhänger und sie musterte aus engen Augen das lebendige Konterfei. Aus ihrer Erinnerung tauchte ein anderes Bildnis auf, ein unvollständiges Puzzle, das sie im Tempel der Königin betrachtet hatte, voller Unbehagen, weil ihr irgendetwas daran falsch vorgekommen war …

Vom Plakat zu ihren Füßen ertönte ein höhnisches Gelächter. »Du meinst wohl, weil du ein richtiges Kind bist, gelten für dich hier andere Spielregeln. Aber das kannst du vergessen. In meinem Reich ist *jeder* ans Gesetz gebunden. Selbst die Königin, denn sie verkörpert das Gesetz.«

»Ohne Ausnahme?«, vergewisserte sich Lena. Hatte die Möchtegernübermutter eben auch schon Falten auf der Stirn gehabt?

»Ohne Ausnahme«, bekräftigte Pekunia.

»Gilt das auch für die Bestrafung? Angenommen, es käme heraus, dass die Königin gegen ihre eigenen Spielregeln verstößt. Was geschähe dann mit ihr?«

»Darauf kannst du lange warten. Eher würde es mich zerreißen.«

Lena nickte verstehend. »In deinem Reich dürfen nur Kinder leben, die jünger als vierzehn sind, nicht wahr?«

Ein müdes Lächeln kräuselte Pekunias Lippen. »Falls du darauf anspielen willst, dass ich kein Kind mehr bin – das ist kein Verstoß. Ich bin die Große Mutter. Und immer noch knackfrisch, wenn ich das anmerken darf.«

»Gibt es auch einen Urvater?«

»Nein«, kam die Antwort auffallend schnell.

»Andere Erwachsene haben in Metropoly also nichts zu suchen – und böse Männer schon zweimal nicht, nehme ich an.«

»Korrekt. So wird es in meinem Tempel gelehrt, so ist es Gesetz. Es genügt ja wohl, dass deine Welt der Sinne von Männern regiert wird. Überall haben sie das Sagen, besitzen Geld, Macht, Soldaten, Fabriken …«

»Wie kommt es dann, dass sich hinter deinem Gesicht« – Lena drehte mit der Fußspitze jäh das Plakat um – »das Antlitz eines *Mannes* verbirgt?«

Von dem Bildnis stieg ein gellender Schrei auf. Tuni und Rose keuchten vor Erstaunen. Es stimmte: Das kopfstehende Plakat zeigte einen bärtigen Mann mit Turban, Halstuch und Kette.

»Wir haben dich durchschaut«, sagte Lena mit fester Stimme. »Du bist keine liebende Mutter, sondern auch nur ein böser König, ein verlogener Tyrann.«

Das Gesicht auf dem Papier verzerrte sich zu einer hasserfüllten Grimasse. »Garstiges kleines Biest. Ich werde dich und deine Gefolgschaft mit Stumpf und Stiel ausrotten. Dann wird niemand davon erfahren.«

»Was ist mit deinen Spielregeln? Ich denke, sie gelten für alle.«

»Das war nur so dahingesagt. Ich *mache* die Gesetze, aber ich befolge sie nicht.«

Ein fauchendes Geräusch ließ Lena von dem Plakat aufblicken und über die regungslos verharrenden Reiter hinwegspähen. Weit hinten loderten Flammen.

Tuni kicherte. »Anscheinend war die Glut des Strohfeuers doch nicht ganz erloschen. Der stadtauswärts ziehende Wind muss ein Fünkchen mitgenommen und die Armee erneut in Brand gesteckt haben.«

Lena meinte in Hexels roten Augen ein furchtvolles Lodern zu sehen, doch weder der Hauptstrohmann noch seine Soldaten vermochten sich zu rühren.

»Wenn die Flammen sich bis nach vorne durchgefressen haben, dann wird's auch für uns brenzlig«, warnte Rose leise.

»Rührt euch nicht!«, rief Lena laut.

Trotzdem entstand Unruhe hinter ihr. Offenbar war bei den Kindern die Furcht vor dem Feuer stärker als die Vernunft. Einige versuchten, in Richtung Tor zu fliehen. Als Lena sich umdrehte, weil der Lärm hinter ihr immer lauter wurde, zuckte sie unwillkürlich zusammen. Auch das aus Fahnen zusammengesetzte Bild zeigte jetzt einen bärtigen Mann. Das riesige Gesicht hatte etliche Falten.

»Wie lautet dein Name, König von Metropoly?«, rief Lena über die Köpfe der Gefährten hinweg.

Das Bildnis knurrte – und alterte unterdessen weiter. Der tiefe Laut ließ die ganze Straße erbeben. »Ich bin Pekunias. Und ihr seid ein Nichts.«

Einige Kinder versuchten, die Papierfahnen zur Seite zu schieben oder einfach drunter durchzukrabbeln, scheiterten aber bei dem Versuch. Die Wand hatte sich verfestigt. Sie war so hart wie Stein. Die Häuserschlucht glich einem Pferch, aus dem es kein Entkommen gab. Hier also hatte die Hatz der Nachtjäger durch den Toten Bezirk enden sollen.

Die Unruhe griff auf die Strohmänner über. Einige bewegten bereits die Köpfe. Jeden Moment konnten auch die Pferde wieder losgaloppieren.

Der Bärtige lachte dröhnend. »Meine vierbeinigen Treiber haben ganze Arbeit getan. Ihr habt euch von ihnen wie verängstigte Lämmer in die Falle scheuchen lassen. Jetzt kommt ihr darin um.«

»Gib uns den Weg frei, Pekunias«, verlangte Lena.

»Niemals.«

»Dann trifft dich dein eigenes Urteil. Es wird dich zerreißen.«

Das Riesenplakat lachte schallend. »Das bezweifle ich.«

»Wenn du einen Spiegel hast, Pekunias, blicke einmal hinein. Deine Jugend schwindet schnell dahin.«

Mit einem Mal waren runzelige Hände auf dem Plakat zu sehen. Sie tasteten hektisch über das faltige Gesicht. Pekunias brüllte vor Zorn und Entsetzen auf.

Lena zog ihr Schwert und streckte es ihm trotzig entgegen. »Du hast die Wahrheit gesagt, alter König: Du verkörperst das Gesetz. Es zu brechen war ein Fehler, sich dabei ertappen zu lassen wird deinen Untergang bedeuten. Dein eigener Fluch soll dich treffen, du Unhold.«

»Tod allen Rebellen!«, ertönte hinter ihr die Stimme des Hauptstrohmannes. Er war den aufgeregten Kindern am nächsten und erlangte dadurch auch als Erster seine Beweglichkeit zurück.

Ehe sich Lena zu dem Heerführer umwenden konnte, bannte ein unheimliches Geräusch ihre Aufmerksamkeit. Im ersten Moment klang es wie ein Zischen, das schnell lauter wurde. Während es noch anschwoll, verwandelte sich Pekunias' runzeliges Konterfei. Es vergreiste rasend schnell, sah einen Moment so aus wie das Galgenvogelgesicht des Hehlers Fagin aus dem *Oliver-Twist*-Roman, dann glich es einem Mumienschädel …

Und schließlich zerbarst das Bild mit lautem Krachen in Millionen kleiner Fetzen.

»Heiliger Strohsack! Was war das?«, keuchte Tuni.

»Jetzt hat's ihn tatsächlich zerrissen«, murmelte Rose.

»Das Feuer!«, rief ein Junge im Hintergrund.

Lena warf den Kopf herum. Hexel hatte sein Pferd bis auf etwa fünf Schritte an sie, Tuni und Rose herangelenkt. Doch dann war er stehen geblieben. Es musste wohl der Anblick des zerschnipselnden Königs gewesen sein, der den Hauptstrohmann verharren ließ.

In diesem Moment erreichte das Feuer die vordere Schlachtreihe seiner Truppe. Fauchend fuhren die Flammen in die Rüstungen, fraßen sich durch Stroh und Jute, ließen Fäden und Flicken verglühen, zerschmolzen Knopfaugen –

bis von Reitern und Rössern nur noch leere Rüstungen übrig waren.

Allein Hexel stand jetzt noch den Fünftausend gegenüber.

»Wir werden nicht mit dir kämpfen«, sagte Lena.

Er nickte. Erhobenen Hauptes ließ er sein Schwert fallen, wandte das Pferd um und ritt ins Feuer.

Das Meer der Träume

Toter Bezirk (Metropoly), 17. Tag

Ein lang gezogenes Stöhnen entrang sich Tunis Kehle. Er sackte zwischen den beiden Mädchen zusammen. Sie ließen ihren Freund vorsichtig zu Boden.

»Bitte stirb uns jetzt nicht!«, klagte Rose. Ihre schmerzvolle Miene verriet, wie tief sie diesen Jungen ins Herz geschlossen hatte.

Er lächelte schwach. »Macht euch um mich keine Sorgen, kleine Schwestern. Wir haben gesiegt. Das ist die Hauptsache.« Sein Kopf fiel zur Seite.

»Nein, du darfst noch nicht gehen!«, schrie Rose.

Lena legte ihr die Hand auf die Schulter. »Noch ist das Morgengrauen nicht ganz verschwunden. Wir müssen ihn schnell zum Tor bringen.«

Sie rief einige Gefährten zu Hilfe.

Vier Jungen hoben ihren Anführer an Armen und Beinen vom Boden auf und trugen ihn durch die sich bildende Gasse von Kindern zum Tor. Die beiden Mädchen blieben an seiner Seite.

Lena deutete mit dem Kopf über die Schulter. »Hast du schon gesehen? Das Feuer ist auf die Häuser übergesprungen. Hier wird's gleich wie im Backofen zugehen.«

Rose nickte schwach.

»Gib die Hoffnung nicht auf«, sagte Lena in beschwörendem Ton. »Wir müssen nur noch durch das Tor. Dahinter sind wir sicher.«

»Woher weißt du das?«

»Ich kann es spüren. Ebenso wie ich den Fluss der unbeschwerten Phantasie gewittert habe.«

Endlich erreichten sie das zweiflüglige Stadttor von Metropoly. Die ehedem strahlend blaue, gelbe, rote und grüne Farbe war nach der Zerschnipselung des Riesenplakats bis auf wenige Reste abgeblättert und darunter war schwarzes Holz zum Vorschein gekommen. Lena blickte zum gemauerten Bogen empor. Sie kam sich vor wie eine Ameise neben einem Kirchenportal und ihr sank das Herz.

»Wie sollen wir das nur aufbekommen?«

»Wir haben schon gezogen und geschoben, aber es rührt sich nicht«, sagte ein Mädchen.

Lena trat ein paar Schritte zurück, blickte nach beiden Seiten und schüttelte den Kopf. »Ich glaub es nicht. Die Stadtmauer ist ja lächerlich niedrig.« Sie war tatsächlich nicht einmal ganze drei Stockwerke hoch.

Rose kniete bei Tuni, den die Träger inzwischen neben dem Tor zu Boden gelassen hatte. Ihre Wangen waren feucht von Tränen. »Schön und gut. *Wir* können einfach drüberklettern, aber *er* schafft das nicht mehr.«

Lena breitete die Arme aus und rief: »Verteilt euch schnell auf beide Seiten. Ich brauche einen unverstellten Blick auf das Tor.«

Die Jungen und Mädchen stoben auseinander.

Mit engen Augen musterte Lena das ungeheuerliche Bauwerk. Plötzlich bemerkte sie auf der rechten Seite – dort, wo auch Rose und Tuni waren – am Torpfosten einen messingumrandeten Schlitz, kürzer und schmaler als ihr kleiner Finger. Sie rannte zu der Stelle, um ihre Entdeckung genauer zu untersuchen. Auf der golden glänzenden Einfassung befand sich eine Inschrift:

ZUM ÖFFNEN DES TORES
ZEHN SPIELPUNKTE EINWERFEN.

Lena taumelte zurück. »Das glaub ich nicht!«

»Was steht da?«, fragte Rose.

»Mit zehn Punkten kriegt man das Monstrum auf. Heißt das, wir brauchen diese Spielmarken?«

»Oh nein!«, jammerte Rose. »Du wirst im ganzen Tross

keine einzige Münze finden. Darin sind sich alle Spielverderber gleich.«

Lena entsann sich einer entsprechenden Bemerkung, die Tuni im Pekunia-Tempel gemacht hatte, kurz nachdem sie aus dem Brunnen … Sie begann mit beiden Händen aufgeregt in ihren Hosentaschen zu kramen. Gleich darauf förderte sie mit strahlendem Gesicht fünf Spielmarken zutage.

»Ich hatte sie beim Anziehen der Rüstung aus meinem Kleid genommen und danach fast vergessen«, erklärte sie und begann die Punkte zu zählen. »Eins und zwei ist drei, plus fünf macht acht und noch mal zwei dazu ergibt …«

»Zehn!«, rief Rose. »Schnell, stopf sie in den Schlitz!«

Mit zitternden Händen steckte Lena die erste Spielmarke in die dafür vorgesehene Öffnung. Sie vernahm ein Geräusch ähnlich jenem Klimpern, das sie von Postkartenautomaten kannte. Rasch warf sie auch die übrigen vier Münzen ein.

Fünftausend Augenpaare blickten gespannt zum Tor hinauf. Nichts geschah.

Blind vor Verzweiflung hieb Rose mit der Faust auf Tunis Brust und klagte: »Pekunias betrügt uns sogar über den Tod hinaus. Das ist nicht gerecht!«

Tuni schlug die Augen auf und blickte sich irritiert um. »Was …? Wer hat mich eben geschlagen?«

Bevor jemand antworten konnte, ertönte ein Geräusch, wie ein gewaltiger Paukenschlag. Das Tor erbebte. Kleine Staubwölkchen hoben sich davon ab.

»Schnell aus dem Weg!«, rief Lena.

Die Jungen und Mädchen machten den zwei gigantischen Torflügeln Platz. Unter lautem Knarren öffneten sie sich wie von Geisterhand. Ausrufe des Erstaunens erklangen.

Als Lena endlich an der Pforte vorbeispähen konnte, traute auch sie ihren Augen nicht. Auf der anderen Seite der Stadtmauer befand sich ein weißer Sandstrand und ein bis zum Horizont reichender Ozean. »Das Meer der Träume«, flüsterte sie ergriffen.

»Hilf mir, Lena. Er ist so schwer«, drang Roses Stimme an ihr Ohr.

Sie riss sich von dem berauschenden Anblick los und eilte ihrer Freundin zu Hilfe. Ehe jemand anderer zupacken konnte, hatten die Mädchen Tuni hochgehievt und schleppten ihn durch das Tor aus der Stadt hinaus. Unter einer Palme ließen sie ihn vorsichtig in den Sand sinken.

Er deutete lächelnd auf die Uferlinie, die bis in weite Ferne reichte. Dahinter erstreckten sich von üppiger Vegetation überwucherte Hügel. Vogelstimmen drangen aus dem Wald. Im Hintergrund sah man schneebedeckte Gipfel. Tuni seufzte. »Wer hätte gedacht, dass die Welt jenseits von Metropoly ein Paradies ist.«

Lenas Blick wechselte zum Gesicht des Freundes und sie erschrak. Nicht, weil er friedlich sein Leben aushauchte – darauf wäre sie noch gefasst gewesen –, sondern weil er *jünger* wurde.

Und weil sie in seinem entrunzelten Antlitz jemanden wiederzuerkennen glaubte. War ihr seine Stimme deshalb schon im Pekunia-Tempel so bekannt vorgekommen?

Niemand sonst hatte Tunis Veränderung bisher bemerkt, nicht einmal Rose, da alle von der Schönheit der Landschaft verzaubert waren.

»Jim?«, murmelte Lena.

Er sah sie überrascht an. »Woher kennst du den Namen des Jungen, dessen Kindheit ich bin?«

»Ich … ich bin ihm begegnet. Wir sind Freunde. Erst vor Kurzem habe ich ihm aus der Quelle der Erleuchtung …« Sie schüttelte den Kopf. »Nein. Das kann nicht sein. Jim ist so alt wie ich. Aber du bist schon dreizehn.«

»Vielleicht bin ich ja ein Doppelgänger. Oder seine Zukunft«, grübelte Tuni. »Wir sind nicht das Bild, das ihr Kinder der Sinnenwelt im Spiegel seht, sondern die Vorstellung, die ihr von euch in euren Herzen tragt – abgesehen von Pekunias' kleinen ›Ausschmückungen‹.«

Lena schlug die Augen nieder. »Ich bin wohl nicht ganz schuldlos an dem Ganzen hier.«

Er setzte sich auf und strich ihr eine Strähne aus dem Gesicht. »Gräm dich nicht deshalb, kleine Schwester. Es stimmt zwar: Irgendwie sind wir alle Geschöpfe deiner Phantasie. Aber du hast unsere … nein, *deine* Welt auch vom Übel befreit. Sieh mich an.« Er lächelte aufmunternd. »Übrigens bin ich gerade vierzehn geworden. Und ich strotze vor Kraft wie ein kleiner Gassenbube.« Zur Unterstreichung seiner Worte, wollte er sich erheben, doch das verhinderte Rose.

»Tuni, du bist wieder jung«, kreischte sie vor Entzücken und stürzte sich auf ihn.

Eine Weile wälzten sich die zwei übermütig juchzend im Sand, bis sie sich der vielen Beobachter bewusst wurden und die Tollerei verlegen einstellten. Tuni kam endlich auf die Beine, räusperte sich und befleißigte sich einer ernsten Miene.

»Wir müssen uns beraten«, sagte er förmlich.

»Inwiefern?« Lena merkte, wie schwer sie das dümmliche Grinsen aus dem Gesicht bekam, das ihrer schäumenden Hochstimmung entsprang – sie freute sich unbändig über das Glück ihrer beiden Freunde.

»Ob wir uns außerhalb der Stadt niederlassen oder zurückgehen«, antwortete Tuni.

Ihr Kinnladen sank herab. »Hast du eben *zurückgehen* gesagt?«

Er nickte, deutete auf die Umstehenden und rief mit kraftvoller Stimme: »Pekunias ist besiegt, kleine Brüder und Schwestern. Und ich wette, der große Kreisel steht in diesem Moment still oder zerfällt ebenfalls zu Staub. Sollen wir Metropoly den Rücken kehren, jetzt, wo die Stadt der Kinder und des ewigen Spiels endlich wieder zu alter Blüte erwacht? Seht euch an, meine Freunde. Eure Jugend ist zurückgekehrt. Wir sind wieder echte, unverbrauchte Kindheiten.

Endlich können wir für uns selbst spielen und für jene, denen wir einst weggenommen wurden. Denn darum existieren wir: Eine unbeschwerte Kindheit ist die Wurzel des glücklichen Erwachsenseins. Denkt über meine Worte nach.«

Unter den Auswanderern entstand Gemurmel.

Mit einem Mal ertönte vom Tor her ein lautes Knirschen. Die Kinder stoben erschrocken auseinander.

»Von der Mauer weg! Schnell!«, rief Tuni.

Aufgeregt gingen die Jungen und Mädchen zu dem merkwürdig niedrigen Ringwall auf Abstand. Unterdessen schwoll das mahlende Geräusch immer stärker an.

Und dann stürzte das Tor wie ein Kartenhaus in sich zusammen. Die Trümmer zerbröselten weiter in immer kleinere Körnchen, bis nur noch eine große Düne übrig war. Doch die Zerstörung hatte damit erst ihren Anfang genommen. Auch die Stadtmauer löste sich auf, so als bestehe sie lediglich aus Sand. Als der Staub sich legte, erinnerte nur noch ein loser Damm an die einstige Befestigung. Und schon machte sich der stetige Wind daran, auch diese Überreste davonzutragen.

Von den Jungen und Mädchen war niemand zu Schaden gekommen.

»Ja«, flüsterte Lena, als verstehe sie erst jetzt, an welchem Ort sie sich befand. »Die unbeschwerte Phantasie kann nicht in Mauern eingepfercht werden. Ebenso wenig, wie man einem Kind das Spielen befehlen darf.«

Mit einem Mal überkam sie eine große Traurigkeit.

»Was ist mit dir, Lena? Freust du dich nicht über unseren Triumph?«, fragte Tuni.

Sie zwang sich zu einem Lächeln. »Ganz bestimmt. Aber mir ist gerade bewusst geworden, wieso ich all die Mühen und Gefahren auf mich genommen habe.«

»Doch wohl, um Metropoly zu befreien.«

»Sicher ...«

»Dann geh mit uns und heile die Stadt von ihren Wunden.«

»Das kann ich nicht, Tuni.« Sie hielt den goldenen Anhänger an der Kette hoch. »Die vier Sterne haben nicht nur euch geleuchtet, sondern auch mir: Ich habe mit euch allen zusammen erreicht, woran ich glaube. Metropoly wird nicht länger ein Ort sein, an dem Kinder ausgebeutet werden wie in einem Arbeitshaus. Und niemand hier wird mehr eurer Phantasie Fesseln anlegen, indem er euch unsinnige Spielregeln auferlegt. Doch meine Hoffnung und meine Liebe galten die ganze Zeit vor allem meiner eigenen Familie. Ich kann euch gar nicht sagen, wie sehr ich mich nach meiner Mutter sehne.«

Rose legte ihr den Arm um die Schulter. »Du möchtest in deine Welt zurück?«

Lena nickte. Sie merkte, wie sich ihre Augen mit Tränen füllten, konnte aber nichts dagegen tun.

»Du brauchst dich für deine Gefühle nicht zu schämen.«

»Trotzdem komme ich mir irgendwie vor, als würde ich

euch im Stich lassen. Eigentlich müsste ich euch helfen, die Stadt wiederaufzub…«

»… aber das tust du doch!«, unterbrach sie Rose. »Hast du es immer noch nicht erkannt, kleine Schwester?«

Lena wischte sich mit dem Handrücken die Tränen aus dem Gesicht. »Was erkannt?«

»Du bist ich und ich bin du.«

»Was …?« Lena schüttelte verständnislos den Kopf.

Rose lächelte. »Ich bin deine Kindheit, Lena.«

»Aber das kann doch gar nicht … Ich meine, du siehst ganz anders aus als …«

»Kann es sein, dass ich so bin, wie du immer schon sein wolltest, kleine Schwester?«

Verstohlen ließ Lenas ihren Blick über Roses rotblonde Mähne und ihre weiblichen Rundungen wandern. Mit einem Mal musste sie kichern, zog den Kopf zwischen die Schultern und machte eine krause Nase. »Hast du je ein Mädchen mit glattem Haar erlebt, das sich keine Locken wünscht?«

Rose schüttelte lachend den Kopf. »Nein. Ich würde übrigens gerne mit deinem seidigen braunen Pferdeschwanz tauschen. Und zu deiner Beruhigung: Bei mir hat es auch ein paar Tage gedauert, bis ich mich in dir erkannt habe.« Gleich darauf wurde sie wieder ernst. »Du brauchst dir also um Metropoly keine Sorgen zu machen. Mit mir wird immer ein Teil von dir hier sein, solange du deine Kindheit nicht vergisst.«

»Rose hat recht«, pflichtete Tuni ihr bei. »Wir verdanken dir unendlich viel, Lena. Niemand würde dich jetzt noch aufhalten wollen.«

»Fragt sich nur, wie ich in die Welt der Sinne heimkehren kann.«

Er deutete auf die blaue See hinaus. »Na, durch das Meer der Träume. Du weißt doch noch: Hier dreht sich alles im Kreis. Irgendwo tief unter unseren Füßen verläuft der Fluss der unbeschwerten Phantasie und mündet in diesen Ozean.«

»Du meinst« – ihr Blick bewegte sich über die sanften Wellen – »auch die Quelle der Erleuchtung befindet sich an diesem Ort?«

»Ganz bestimmt. Sie entspringt in diesem Meer und sie fließt hierher zurück. Wenn du es nicht glaubst, dann überzeuge dich selbst: Steige ins Wasser und tauche darin unter. Ich bin sicher, es führt dich in deine Welt zurück.«

Der Abschied von den Kindern zog sich bis zum Mittag hin. Jeder wollte Lena die Hand schütteln oder sie umarmen. Zuletzt blieben nur noch zwei übrig.

»Ich wünsche dir alles Glück unserer beider Welten«, sagte Rose und drückte sie fest an sich. Jetzt standen beiden Mädchen Tränen in den Augen.

»Komme ich vielleicht auch irgendwann an die Reihe?«, beschwerte sich Tuni im Scherz.

Lena gab ihre Freundin frei und ergriff seine beiden Hän-

de. Sie schüttelte einmal mehr den Kopf. »Du siehst Jim so ähnlich!«

Er lächelte. »Ich schätze, daran bist allein du schuld. Oder sagen wir, deine Phantasie. Bestelle meinem Doppelgänger Grüße, wenn du ihn siehst.«

»Mach ich.« Sie stellte sich auf die Zehenspitzen und gab ihm einen Kuss auf die linke Wange.

Tuni legte seine Finger auf die von Lenas Lippen berührte Stelle. »Wofür war das?«

»Damit du mich nicht vergisst.«

Er und Rose lachten und sagten im Chor: »Da mach dir mal keine Sorgen.«

Lena trat von den beiden zurück, flüsterte ein letztes Lebewohl, winkte den Spielverderbern von Metropoly zu – die darauf einen tosenden Abschiedsjubel anstimmten – und drehte sich um.

Sie spürte den warmen Sand zwischen den Zehen, während sie über den Strand lief; ihre Panzerung und die Schuhe hatte sie längst abgelegt. Der Gedanke an das bevorstehende Bad bescherte ihr ein flaues Gefühl im Magen. Ob hier die gleichen Naturgesetze herrschten wie im Loch Riach? Schließlich wollte sie nicht ertrinken.

Kurz bevor sie das Wasser erreichte, bemerkte sie vier faustgroße, rund geschliffene Kiesel – einer war blau, ein anderer gelb, der dritte rot und der letzte grün. Sie entsann sich ihrer Gedanken beim Untertauchen im Grauen See, wo sie sich am liebsten Steine als Ballast ins Kleid hatte stopfen wollen. Obwohl das Meer der Träume wohl alles andere als ein gewöhnlicher Ozean war, wollte sie in dieser Beziehung lieber auf Nummer sicher gehen. Außerdem mochte die bunte Sammlung ja ein ganz passables Mitbringsel sein, um Lord Alistair und die Phantanauten von der Echtheit ihrer abenteuerlichen Geschichte zu überzeugen. Also stopfte sie sich je zwei Kiesel in eine der beiden Hosentaschen. Dann ging sie ins Meer.

Hinter ihr stimmten die Kinder ein Lied an. Der Text bestand nur aus vier Worten – »Lena, wir lieben dich!« –, doch die Melodie war wunderschön. Bald ragte nur noch ihr Kopf aus dem Wasser und sie spürte unter den Füßen einen steilen Abfall des sandigen Untergrunds. Im Grauen See ist es genauso gewesen, dachte sie, und alle Furcht vor dem Unbekannten war mit einem Mal wie weggeblasen.

Sie wandte sich noch einmal zu den Freunden um und hob zum Abschied die Hand. Hiernach ließ sie sich in die Tiefe sinken.

Verlorenes und Gewonnenes

Loughrea (Irland), 1. Juni 1893

Das Abtauchen ins Meer der Träume hatte sich entgegen Lenas Befürchtungen völlig unproblematisch vollzogen. Sie sackte nach unten, als habe sie nicht vier Kiesel, sondern einen ganzen Steinbruch in den Taschen. Rasch schwand über ihr das Licht.

Gewöhnliche Menschen geraten in einer solchen Situation schnell in Panik, nicht jedoch Phantanauten – oder solche, die es werden wollen. Bevor Lena der Atem knapp werden konnte, wurde es zu ihren Füßen wieder hell.

Sie drehte sich um.

Und dabei rutschten ihr die Steine aus den Taschen.

Zwar versuchte sie, die Kiesel noch mit den Händen zu erhaschen, aber es war zu spät. Die vier Beweisstücke entschwanden unter ihr im dunklen Niemandsland zwischen den Welten, während Lena wie ein Korken in die Höhe schoss.

Als sie mit dem Kopf aus dem Wasser tauchte, staunte sie gleich aus mehreren Gründen: Erstens war sie in die Welt der Sinne zurückgekehrt; zweitens steckte sie wieder in dem geblümten Kleid, das sie doch eigentlich in Metropoly zurückgelassen hatte; und drittens hing sie wie ein Fisch an der Angel, besser gesagt, an der Rettungsleine, die sich durch einen starken Zug in der Körpermitte bemerkbar machte. Eine Kostprobe ihrer Schwimmkünste konnte sie leider nicht abliefern, denn die Jungen holten den Strick so ungestüm ein, als gelte es, eine widerspenstige Nixe zu bergen.

In Ufernähe wiederholte sich dann, was schon – nach Zeitrechnung der Sinnenwelt – tags zuvor mit umgekehrten Vorzeichen geschehen war: Jim sprang zu Lena ins Wasser und als sie zu ihm herangerauscht war, griff er nach ihren Händen und half ihr auf die Beine.

»Hallo, Weltenbummlerin.«

Sie hustete, weil sie sich an der eigenen Bugwelle verschluckt hatte. »Mach dich nicht über mich lustig, das sind *meine* Begrüßungsworte. Wie lange war ich unter Wasser?«

Er schob die Unterlippe vor. »Anderthalb Minuten vielleicht. Wie lange kam's dir denn vor?«

»Wie siebzehn Tage.«

Er verdrehte die Augen zum Himmel. »Wem sagst du das! Sonst alles in Ordnung mit dir?«

Mit einem Mal musste Lena an den Abschied von jenem anderen Jim denken, der diesem hier so ähnlich sah. Verlegen schlug sie die Augen nieder und nickte.

Jim bewegte seine Lippen dicht an ihr Ohr und flüsterte: »Vorhin wollte ich es dir nicht sagen, aber ich habe letzte Nacht von uns beiden geträumt. Wir standen an einem Ufer, so ähnlich wie diesem hier, und du hast mir einen Kuss gegeben.«

Lena wäre vor Schreck fast wieder ins Wasser gefallen, wenn er sie nicht immer noch bei den Händen gehalten hätte. »Aber ... Aber ...« Sie schüttelte den Kopf, brachte jedoch kein anderes Wort heraus.

»Bist du sicher, dass es dir gut geht?«, fragte Jim besorgt.

Sie nickte rasch und kurz.

Er lächelte erleichtert. »Ich bin froh, dass du wieder zurückgekommen bist.«

Die Zusammenkunft der Phantanauten im Wappensaal von Brendan Castle begann wie tags zuvor: Man aß an der runden Tafel zu Abend, die Dienerschaft räumte das Geschirr ab und füllte noch einmal die Kristallkelche auf, gespannte Stille kehrte ein. Das Licht unzähliger Kerzen sorgte für eine zauberhafte Stimmung, wie geschaffen für einen Ausflug in unbekannte Welten.

Am vorangegangenen Abend hatte Jim von seinen Abenteuern in Rád erzählt, nun berichtete Lena von Metropoly.

Der lange Marsch vom Stadtzentrum zum großen Tor bot genug überraschende Wendungen, um den Phantanauten immer wieder laute Ahs! und Ohs! zu entlocken. Im Großen und Ganzen lauschten sie aber sehr diszipliniert. Dafür sorgte schon Lord Alistair.

»Das ist eine ergreifende Geschichte«, sagte er, nachdem Lena zum Schluss gekommen war. Sie hatte nichts ausgelassen.

An König Artus' Tafel wurde mehrheitlich genickt. Sigrid Undset – das Mädchen aus dem norwegischen Christiania – griente wie ein Honigkuchenpferd, seit sie von dem Kuss gehört hatte. Ihre Augen pendelten in einem fort zwischen Lena und dem neben ihr sitzenden Jim.

»Nichtsdestoweniger«, erklärte der Navigator, »müssen wir uns an den Kodex der Phantanauten halten. Jeder Neophyt hat einen Beweis zu erbringen. Besitzt du außer den vier Kieseln, die du verloren hast, noch etwas anderes aus der von dir geschaffenen Welt?«

Lena schlug die Augen nieder und schüttelte den Kopf. Sie hatte das Gefühl, die Stille im Wappensaal schneiden zu können. Der Lord wartete lange, ob ihr nicht vielleicht doch noch etwas einfiele, bis er schließlich bedauernd seufzte.

»Dann …«

»Was ist mit dem Kuss?«, rief Jim.

Alle Blicke wechselten vom Lord zu ihm.

Die buschigen grauen Augenbrauen des Navigators richteten sich an einer steilen Falte auf, die sich über seiner Nasenwurzel gebildet hatte. Solche Unterbrechungen waren nicht üblich. Dennoch fragte er ruhig und würdevoll: »Was soll damit sein?«

»Ich spüre den Kuss immer noch auf der linken Wange. Genau hier.« Jim lief rot an und deutete zu Lenas großem Erstaunen exakt auf die Stelle, wo ihre Lippen Tunis Gesicht berührt hatten. Ihre Schilderungen der für sie etwas peinlichen Szene waren da eher ungenau gewesen.

»Ist das die richtige Wange?«, erkundigte sich der Navigator bei Lena.

Sie nickte.

Die Blicke der Phantanauten wechselten erneut zum Navigator, welcher ziemlich ratlos aussah. Schließlich schüttelte er den Kopf. »Liebe Adeline, mein Herz sagt mir, ihr zwei sprecht die Wahrheit, aber der Kodex lässt diese Stimme leider nicht zu. Wir brauchen einen hieb- und stichfesten Beweis.«

»Bitte entschuldigen Sie, Sir«, meldete sich Jim abermals zu Wort.

»Ja, James?«

»Sie sagten gestern zu mir, niemand könne die Welt der Phantasie durchwandern, ohne bei seiner Rückkehr irgendetwas mitzubringen. Nur manchmal erblicke man vor lauter Aufregung das Offensichtliche nicht, obwohl es doch auf der Hand liege.«

»Das ist richtig.«

»Sie haben uns auch erklärt, die Phantasie eines echten Phantanauten befruchte die Welt der Sinne und lässt darin Neues gedeihen.«

»Auch das stimmt. Worauf willst du hinaus, mein Junge?«

»Vielleicht braucht dieses Neue, das Lena gepflanzt hat, mehr Zeit. Können wir ihr nicht eine Frist einräumen?«

Lord Alistairs tiefblaue Augen erforschten erst Jims, dann Lenas Gesicht. Seine Miene war wie versteinert. Es sah so aus, als schmecke ihm der Vorschlag ganz und gar nicht, aber dann nickte er sacht. »Der Kodex sieht nicht vor, dass wir uns mit der Entscheidung lange Zeit lassen. Sie muss vor Sonnenaufgang getroffen werden. Aber es gibt eine Möglichkeit, die Regeln nicht zu brechen und Lena trotzdem die Chance zu geben, die sie meiner Meinung nach verdient. Denkt ihr genauso?« Die letzten Worte waren an die Runde der Phantanauten gerichtet.

Alle an der Tafel nickten.

»Muss ich …« Lena schluckte. »Muss ich noch eine Welt erschaffen und zu ihr hinabtauchen?«

»Nein. Das könnte deine Kraft übersteigen«, antwortete der Alte und lächelte mitfühlend. »Die Lösung sieht ganz anders aus: Du nimmst das Teil des Phantalabiums, das du gefunden hast, und wirfst es in den Grauen See.«

»Ich soll … *was* tun?« Lena glaubte, sich verhört zu haben.

»Keine Sorge. Das ist die übliche Methode, sein Phantalabiumsegment an den Nachfolger weiterzugeben. Nur der Navigator darf seines behalten, solange er den Zirkel der Phantanauten zusammenhält. Normalerweise trennt sich ein Phantanaut davon erst kurz vor seinem einundzwanzigsten Geburtstag, aber bei dir ist ja offensichtlich so manches anders gelaufen als normal. Wenn du die rechtmäßige Besitzerin des Teils bist, dann wird es zu dir zurückkehren.«

»Und wie? Muss ich noch einmal eine Flaschenpost finden?«

Der Lord lachte leise. »Nein, nein, das ist eher unwahrscheinlich. Das Phantalabium fällt jedem auf eine ganz eigene, ganz neue Weise zu. Du brauchst vielleicht etwas Geduld. Vor dem nächsten Sommer wirst du und werden auch wir Klarheit haben.«

»Ein Jahr!«, stöhnte sie.

»Für eine Elfjährige eine wahrhaft lange Zeit«, pflichtete ihr der Lord bei. »Möglicherweise kehrt das Teil ja schon viel früher zu dir zurück. Einstweilen bist du herzlich eingeladen, weiter an unserem Erzählreigen teilzunehmen.«

Lena nickte. Sie war sich nicht sicher, ob sie das überhaupt noch wollte.

Sigrid Undset war die dritte Neophytin, die sich im Jahr 1893 im Meer der Träume auf Entdeckungsreise begab. Am Morgen des 2. Juni stieg sie in den See – und ungefähr eine Minute später tauchte sie wieder auf. Nachdem Mrs Penelope

Power dem triefnassen Mädchen ein großes Badelaken umgelegt hatte, richtete Lord Alistair das Wort an Lena.

»Nun bist du an der Reihe, Adeline. Wirf dein Segment des Phantalabiums in die Quelle der Erleuchtung.« Der Navigator hatte es am Vorabend aus Brendans Sphäre herausgelöst. Das allein war schon eine ganz unübliche Abweichung vom gewöhnlichen Prozedere; normalerweise blieb das Phantalabium bis zum letzten Tag des Erzählreigens zusammengesetzt.

Lena zog das bronzene Metallstück aus der Tasche ihrer Strickjacke und betrachtete es in der Handfläche. Das Licht der Morgenröte funkelte in den goldenen Linien und Rubinsteinen. Sie musste unweigerlich an Tuni denken, dem das Morgenrot fast zum Verhängnis geworden wäre. Aber es war anders gekommen. Ihr Freund erwachte zu neuem Leben.

Sie holte mit langem Arm aus und schleuderte das wundersame Ding in weitem Bogen auf den See hinaus. Mit einem erschreckend gewöhnlichen Plumps verschwand es im Wasser.

»Das war's?«, fragte sie skeptisch.

»Das war es«, antwortete der Navigator.

»Euer Lordschaft!«, ertönte plötzlich vom Burghang her eine näselnde Stimme. Die am Ufer versammelten Phantanauten drehten sich um.

Es war Arthur Butler, der Leibdiener des Lords, der sich da Gehör verschafft hatte. Der hagere alte Mann stolperte mit durchgedrücktem Kreuz über die abschüssige Wiese, bemühte sich redlich, einen würdevollen Eindruck zu vermitteln, sah aber in seinem Frack mit dem hinter ihm flatternden Schwalbenschwanz trotzdem wie ein komischer Vogel aus. In seiner Rechten hielt er ein silbernes Tablett.

»Was gibt es denn so Dringendes, Mr Butler?«, empfing Sir Alistair seinen Kammerdiener.

»Ein Telegramm, Mylord«, rief der klapprige Alte, schoss an seinem Herrn vorbei und wäre mit an Sicherheit grenzender Wahrscheinlichkeit im See gelandet, wenn ihn der Lord nicht am Ellbogen erwischt und festgehalten hätte. Der auf dem Silbertablett liegende Umschlag indes wollte auf der gedachten Bahn weiterfliegen.

Geistesgegenwärtig fischte ihn Lena aus der Luft und entdeckte erstaunt ihren Namen auf dem Kuvert.

»Für mich?«, fragte sie.

Mr Butler räusperte sich. »Gewöhnlich entscheidet Ihre Lordschaft, wann welcher Phantanaut mit Post behelligt werden darf.«

Sir Alistair verdrehte die Augen zum Himmel und wedelte ungeduldig mit der Hand. »Jetzt mach es schon auf, Adeline.«

Sie öffnete den Umschlag und zog das Telegramm heraus. Die Mitteilung war kurz und elektrisierend:

> Mama seit heute wieder wohlauf. Stopp.
> Es ist ein Wunder. Stopp. Fahren über-
> morgen alle nach Cornwall. Stopp.
> Treffen Dich im Sommerhaus.

Lena musste den Text drei- oder viermal lesen, ehe sie ganz begriffen hatte, was da stand.

»Schlechte Nachrichten?«, fragte Jim.

Sie fing vor Glück an zu weinen und schüttelte den Kopf. »Nein. Eine gute. Meiner Mutter geht es besser. Sie wird wieder gesund.«

»Fabulös!«, murmelte Lord Alistair.

Lena sah ihn fragend an. »Könnte das … mit meiner Reise nach Metropoly zu tun haben? Tuni sagte zu mir, wenn ich seine Welt rette, bliebe das auch für mein Leben nicht ohne Folgen.«

Der Navigator hob die Schulter und schüttelte den Kopf. »Wenn ich das wüsste, mein Kind. Möglich wäre es. Den Beweis für die Echtheit einer Welt muss man ja nicht am Körper tragen.«

Sie erinnerte sich an etwas, das der Lord zwei Nächte zuvor erzählt hatte. Vor einigen Jahren waren im indischen Morabad riesige Hagelkörner vom Himmel gefallen, die fast zweihundertfünfzig Menschen und eintausendsechshundert Stück Vieh erschlagen hatten. Die Eisbrocken waren Bruchstücke einer Traumwelt, die ein unbedachter Phantanaut sich selbst überlassen hatte.

»Soll Mrs Power dein Gepäck für die Abreise bereit machen?«, fragte der Lord.

Lena blinzelte benommen. »Äh … Ja, wenn Sie mir nicht böse sind. Ich möchte so schnell wie möglich zu meiner Familie.«

»Aber das ist doch selbstverständlich. Und was unser kleines Problem betrifft«, der Navigator deutete auf die Stelle im

See, wo Lenas Teil des Phantalabiums versunken war, »das wird sich mit Sicherheit bald von selbst lösen. Ich jedenfalls bin da angesichts des Telegramms sehr zuversichtlich.«

Das Gewitter

London (England), 16. Dezember 1893

London trug Trauerflor. Während Lena am Fenster ihres Zimmers auf die Straße hinabblickte, bemerkte sie lauter Menschen mit schwarzen Binden am Arm. Die Leute grämten sich über das tragische Ableben eines ihrer Lieblinge.

In der aktuellen Ausgabe des Monatsmagazins *The Strand* war darüber in allen schockierenden Details berichtet worden. Der berühmte Schurkenschreck Sherlock Holmes sei, so konnte man darin lesen, am 4. Mai 1891 im schönen Berner Oberland beim Ringkampf mit seinem hundsgemeinen Erzfeind Professor Moriarty in den Reichenbachfall gestürzt. Es gab einen simplen Grund, warum mehr als zwei Jahre zwischen dem Vorfall und dessen öffentlicher Bekanntmachung lagen.

Der scharfsinnige Privatdetektiv hatte nie existiert. Sowohl der Zeitpunkt als auch die Umstände seines Abgangs von der Weltenbühne waren nicht real.

Insofern hielt Lena das Jammern und Klagen der Leute für höchst bemerkenswert. Millionen trauerten um ein bloßes Hirngespinst, das der Vorstellungskraft seines Schöpfers, Arthur Conan Doyle, entsprungen war.

Die Phantasie eines echten Phantanauten befruchte die Welt der Sinne und lasse darin Neues gedeihen, hatte Lord Alistair erklärt. Lenas Hände lagen auf dem Straußenei, das ihr der geistige Vater des verstorbenen Sherlock Holmes vor acht Monaten geschenkt hatte – es besaß einen Ehrenplatz auf dem Fenstersims. Ist doch erstaunlich, dachte Lena, wie lebendig eine Gestalt aus dem Reich der Träume werden kann. Selbst wenn sie tot ist.

Ein Blitz erhellte den Himmel. Schon seit einigen Minuten waren über dem Stadtteil Kensington dunkle Wolken aufgezogen. Ein Wintergewitter nahte. Lena konnte sich nicht erinnern, wann sie zuletzt eines erlebt hatte. Ihre Hand umschloss den Kettenanhänger – die vier Sterne begleiteten sie nach wie vor auf Schritt und Tritt.

Obwohl es erst früher Nachmittag war, verfinsterte sich der Himmel binnen weniger Augenblicke wie zur Nacht. Erste Regentropfen fielen. Windböen fegten durch die Straße. Solchen Kummer waren die Londoner gewohnt. Ärgerlich nur, dass der aufziehende Sturm ihnen die Regenschirme um die Ohren schlug. Auf der Suche nach schützenden Unterständen lief man immer schneller, versuchte, es jedoch nicht so hastig aussehen zu lassen – allzu ungestüme Fortbewegung auf den eigenen Beinen galt dem Engländer als unschicklich.

Ein weiterer Blitz, gefolgt von einem heftigen Donnerschlag, ließ Lena zusammenfahren. Benommen taumelte sie zurück und sank mit weichen Knien aufs Bett. Unterdessen öffneten sich die Schleusen des Himmels. Regen peitschte gegen das Fenster.

Unwillkürlich musste sie an Sir Alistairs Warnungen denken. Jim solle das Andenken an Rád bewahren, hatte der Lord ihn ermahnt, denn wenn er seine Welt aus dem Sinn verliere, bliebe das auf der Erde nicht ohne Folgen. Es hätte Lena nicht verwundert, wenn gleich riesige Hagelkörner auf die Passanten niedergeprasselt wären. Sie fragte sich bange, was *sie* eigentlich seit dem vergangenen Sommer für ihre Weltenschöpfung getan hatte.

Sie war direkt von Loughrea nach Cornwall gereist und fast gleichzeitig mit ihrer Familie in St Ives eingetroffen. Julia, ihre Mutter, hatte sich tatsächlich von der Krankheit erholt, und Leslie, Lenas Vater, wirkte so gelöst wie schon lange nicht mehr. Die Familie verbrachte in *Talland House* unbeschwerte Tage des Lachens und des Sonnenscheins. Man spielte im Garten Kricket, räkelte sich am Porthminster Beach im Sand und genoss die Meeresfrüchte, die von den Fischerbooten fangfrisch angelandet wurden.

In diesen Tagen kurz nach der Rückkehr aus Metropoly hatte Lena noch oft von den dort erlebten Abenteuern berichtet. Am Godrevy Point erzählte sie dem Leuchtturmwärter von dem unterirdischen Wasserfall und für ihre Geschwister Vanessa, Thoby und Adrian gestaltete sie am Strand unter Verwendung großer Mengen Sand den Einsturz der Stadtmauer nach.

Dann aber war die Familie nach London zurückgekehrt. Der Alltag zog wieder ein. Immer seltener erwähnte Lena in den folgenden Wochen des Wartens die Stadt der Kinder und des ewigen Spiels. Metropoly erschien ihr bald nur noch wie ein Traum. Warum sonst mutete ihr das Phantalabium diese Ungewissheit zu? Warum schickte es ihr nicht endlich …?

Erneut zuckte ein grellblauer Blitz vom Himmel herab. Er war so hell, dass die Häuser von Hyde Park Gate für die Dauer eines Wimpernschlags überirdisch gleißten.

Lena starrte verblüfft auf das Straußenei vor dem Sprossenfenster. Der Blitz war längst erloschen, doch auf ihrer Netzhaut hatte sich gleichsam ein Bild eingebrannt, das sie immer noch sah, so wie man die Flamme einer verloschenen

Kerze im Dunkeln noch lange wahrzunehmen glaubt. Aber war das überhaupt möglich? Konnte das zuckende Licht die dicke Schale tatsächlich durchdrungen haben? Lena blinzelte.

Oder hatte sie sich den Schatten im Ei nur eingebildet?

Sie erhob sich vom Bett. Ihr Blick blieb starr auf das Straußenei gerichtet, so als könne sonst entkommen, was sie mit ihrem Geist fest umklammerte. Langsam schritt sie zum Fenster, streckte die Arme aus, umfasste das Ei, atmete tief durch und hob es hoch.

Als sie es beim letzten Mal in der Hand gehalten hatte, war es ihr wesentlich leichter vorgekommen. Sie schloss die Augen. Ihre Arme kamen ihr plötzlich wie Fremdkörper vor, als seien sie nur angenäht, nicht wirklich willens, den Befehlen ihres Verstands zu gehorchen. Aber dann schaffte sie es trotzdem und schüttelte das Ei.

Es klapperte!

Lena schrie vor Schreck auf, weil das ja nicht sein konnte, nicht sein *durfte*. Wie hätte denn etwas so Schweres in das Straußenei hineingelangen sollen? Es war leer gewesen, als sie es von Mr Conan Doyle geschenkt bekommen hatte, und bis auf die zwei kleinen Löcher oben und unten wies es auch keinerlei Beschädigungen auf.

Das Durcheinander in Lenas Kopf raubte ihr für einen Moment jegliche Kontrolle über die Gliedmaßen. Sie merkte noch, wie ihr das Ei aus den klammen Fingern rutschte, konnte aber nichts dagegen tun. Es fiel auf die Kante des Fenstersimses, von dort aufs Parkett und zerbarst am Boden in unzählige Teile.

Mit einem Mal hörte der Regen schlagartig auf, der Sturm verstummte und die Sonne bahnte sich einen Weg durchs Gewölk.

Ungläubig starrte Lena auf den goldenen Lichtreflex zu ihren Füßen. Zwischen den Bruchstücken des Straußeneis lag ebenjenes Teil des Phantalabiums, das sie vor einem halben Jahr in den Grauen See geworfen hatte. Wie …? Lenas Gedankenfaden riss ab, als sie ein Klopfen an der Zimmertür vernahm.

»Ja?«

»Ich bin's, Sternchen.« Es war ihr Vater. »Hast du eben geschrien? Fehlt dir was?«

Ihr Blick senkte sich wieder auf das Bronzestück hinab. Sie bückte sich, hob es auf und barg es zwischen den Händen wie einen unendlich kostbaren Schatz. Lächelnd antwortete sie: »Nein, Paps. Allcs in Ordnung. Mir fehlt nichts.«

Virginia Woolf

»Im Reich der Phantasie ist sie von höchster Bedeutung …«
Man könnte glauben, hier sei von der Heldin unseres Romans die Rede. Und irgendwie stimmt das auch, wenngleich sich die Retterin Metropolys durch diese Feststellung nicht selbst auf einen Sockel heben, sondern von der Wichtigkeit der Frau für die Literatur sprechen will.

Ja, diese Worte stammen tatsächlich aus Lenas Feder. Es ist das Jahr 1929 und Virginia Woolf, geborene Adeline Virginia Stephen, veröffentlicht ihren Essay »A room of one's own« (deutsch: *Ein Zimmer für sich allein*); die Frauenbewegung wird Jahrzehnte später fleißig daraus zitieren. Doch dachte die Verfasserin dabei allein an die Gleichberechtigung ihrer Geschlechtsgenossinnen?

In derselben Abhandlung schreibt sie: »Frauen waren jahrhundertelang ein Vergrößerungsspiegel, der es den Männern ermöglichte, sich selbst in doppelter Lebensgröße zu sehen.« Wieder drängt sich uns der Eindruck auf, darin schwinge auch die Erinnerung an Pekunias mit, dem wahren Herrscher

Metropolys, der sich auf kolossalen Plakaten zur »Übermutter« machte. Ob dem so ist, wollen wir dahingestellt lassen – vielleicht ist der Roman *Metropoly* ja nur eine Metapher, ein Sinnbild für jene Gedanken- und Gefühlswelt, die Virginia Woolf zu einer der bedeutendsten Schriftstellerinnen des 20. Jahrhunderts gemacht hat. Bleiben wir also bei den Fakten.

Virginia kommt am 25. Januar 1882 in London, der Hauptstadt des britischen Empire, zur Welt. Ihr Vater Leslie Stephen (1832–1904) hatte in Cambridge studiert und war dort einige Zeit als anglikanischer Geistlicher tätig gewesen, fand im frommen Glauben jedoch keine Erfüllung. Später zog er nach London, wo er als Journalist und Literaturkritiker arbeitete. Besondere Verdienste – nicht nur bei seiner Tochter Virginia – erwirbt er sich in den Jahren von 1885 bis 1891 als Herausgeber des *Dictionary of National Biography*. Darüber hinaus gilt er als eine der prominentesten Figuren im sogenannten goldenen Zeitalter des Alpinismus. An mindestens neun Erstbesteigungen, hauptsächlich von Schweizer Gipfeln, war er beteiligt. 1902 wird er zum Ritter geschlagen und darf sich fortan Sir Leslie Stephen nennen.

Als Julia Prinsep Jackson (1846–1895) seinen Heiratsantrag annimmt, sind beide verwitwet. Sie bringt aus ihrer ersten Ehe mit Herbert Duckworth drei Kinder, er eine Tochter in die neue Verbindung. Nach Vanessa (1879–1961) und Thoby (1880–1906) ist Virginia das dritte gemeinsame Kind.

Adrian, das Nesthäkchen der Familie, wird 1883 geboren (gest. 1948). Mütterlicherseits ist Virginias Stammbaum mindestens so illuster wie er väterlicherseits als honorig gelten darf. Einer von Julias Vorfahren war ein adliger Diener und möglicherweise Liebhaber der französischen Königin Marie Antoinette. Seine weiblichen Nachkommen genossen wegen ihrer Schönheit die Aufmerksamkeit von Malern und Fotografen. Dieses Erbe trugen auch Virginia und ihre Schwester Vanessa im Gesicht. Kein Wunder also, dass Jim in unserer Geschichte sofort von Lena bezaubert ist.

Die Londoner Adresse der Familie Stephen im Stadtteil Kensington belegt ihre gehobene gesellschaftliche Stellung. In 22 Hyde Park Gate erblickt Virginia nicht nur das Licht der Welt. Hier, im Salon ihres Vaters, trifft sich auch die intellektuelle und künstlerische Elite der Zeit – und hier werden Virginias Talente besonders gefördert. In diesem Umfeld, vom Vorbild des Vaters beflügelt, im Privatunterricht durch die Eltern gestärkt, keimt in ihr früh der Wunsch, Schriftstellerin zu werden.

Wie man sieht, hat sich das Phantalabium aus gutem Grund dieses Mädchen als künftige Phantanautin ausgewählt. Dafür ausschlaggebend sind allerdings weniger Virginias früh gereifte Berufspläne als vielmehr ihre kindliche Phantasie und ihr Hang zu überspannter Komik. Nicht von ungefähr hat sie den Spitznamen *The Goat,* was ja im Englischen nicht nur für »Die Ziege« steht, sondern in Verbindung mit *play the (giddy) goat* auch »den Clown spielen« oder »herumalbern« bedeutet.

Bis zum Jahr 1894 darf Virginias Kindheit wohl zu Recht als unbeschwert bezeichnet werden. Während der Sommerferien zieht die Familie gewöhnlich nach *Talland House* in St Ives um. Das sorglose Spiel am Porthminster Beach, die Leichtigkeit des Seins in dem kleinen Küstenort in Cornwall sind für Virginia prägend, sodass sie später auch in ihren Romanen *Jacob's Room* (deutsch: *Jacobs Zimmer*) und *To the Lighthouse* (deutsch: *Zum Leuchtturm*) dorthin und zu dem nahen Leuchtturm von Godrevy Point zurückkehrt.

Alles ändert sich am 5. Mai 1895, als Julia Stephen nach achtwöchiger Krankheit an rheumatischem Fieber stirbt. Mit dem Leben der Mutter endet auch gleichsam Virginias Kindheit – sie ist gerade dreizehn Jahre – und die empfindsame, die verletzliche Seite ihrer Seele tritt zutage. Sie erleidet einen psychischen Zusammenbruch, der weit über den »normalen« Kummer eines um die Mutter trauernden Mädchens hinausgeht. Es soll nicht bei dieser einen Krise bleiben.

Mit Julias Hinscheiden verschwindet auch der Puffer zwischen dem bisweilen schwierigen Wesen des Vaters und der Familie. Leslie versinkt förmlich in Trauer. Er bricht vor seinen Kindern in Tränen aus und lässt sich von ihnen bemuttern, anstatt ihnen bei der Verarbeitung des Verlustes zu helfen. Virginias Halbschwester Stella (1869–1897) führt für die nächsten zwei Jahre den Haushalt, bis sie Jack Hills heiratet. Auf der Hochzeitsreise stirbt sie an einer Bauchfellentzündung.

Die Schicksalsschläge reißen nicht ab. Am 22. Februar 1904 erliegt Leslie einem Krebsleiden. Zehn Wochen nach dem Tod ihres Vaters erleidet Virginia ihren zweiten großen psychotischen Zusammenbruch. Sie wird von Wahnvorstellungen und Albträumen gequält, hört Stimmen und meint, die Vögel im Garten würden griechisch singen. Schließlich versucht Virginia sogar, sich umzubringen.

Erst gegen Ende des Jahres geht es ihr wieder besser, und 1905 beginnt für sie ein neuer Lebensabschnitt, der die Persönlichkeit der später weltberühmten Schriftstellerin entscheidend prägen wird. Sie zieht mit ihren Geschwistern in das Haus Nummer 46 am Gordon Square im Londoner Stadtteil Bloomsbury. Einmal wöchentlich schart ihr älterer Bruder Thoby einen Freundeskreis aus Schriftstellern, Malern, Kritikern und Wissenschaftlern um sich.

Bald macht der intellektuelle Zirkel als »Bloomsbury Group« von sich reden. Virginia und ihre Schwester, die Malerin Vanessa, sind die einzigen weiblichen »Bloomsberries«, was unter anderem einige ihrer Verwandten ziemlich skandalös, die Betroffenen dagegen ungemein erfrischend finden. In der Gruppe ihrer Freunde öffnet sich Virginia und befreit sich zunehmend von dem, was sie als Fessel empfindet: das ihr zu eng gewordene moralische Korsett der vom viktorianischen Zeitalter geprägten Erziehung. Worauf diese abzielte, erklärt uns Virginia selbst, wenn wir ihre eingangs zitierten Worte im Zusammenhang auf uns wirken lassen:

»Im Reich der Phantasie ist sie [die Frau] von höchster Bedeutung; praktisch ist sie völlig unbedeutend. Sie durchdringt die Dichtung von Buchdeckel zu Buchdeckel … Sie beherrscht das Leben der Könige und Eroberer in der Fiktion; in der Wirklichkeit war sie der Sklave eines jeden beliebigen Jungen, dessen Eltern ihr einen Ehering auf den Finger zwangen …«

Von 1905 an widmet sich Virginia nun auch intensiver dem Schreiben. Schon seit etwa 1902 hat sie an verschiedenen Essays gearbeitet, aber noch nichts veröffentlicht. Erst im Januar 1904 war in der Frauenbeilage des *Guardian* ihr erster Artikel erschienen. Bald schreibt sie für verschiedene Zeitungen und Magazine. Der Literaturzeitschrift *The Times Literary Supplement* wird sie bis zu ihrem Lebensende verhaftet bleiben.

Das Jahr 1906 ist für Virginia von einem weiteren Todesfall überschattet. Ihr innig geliebter Bruder Thoby hat sich im November auf einer Griechenlandreise mit Typhus infiziert. Nach seiner Heimkehr stirbt er im Alter von nur 26 Jahren, ein Verlust, den Virginia nur schwer verwinden kann.

Doch es gibt auch lichte Momente in ihrem Leben, so die Heirat ihrer Schwester mit Clive Bell am 7. Februar 1907; unter dem Namen Vanessa Bell ist die Malerin und Innenarchitektin in Kunstkreisen bis heute ein Begriff. Um den Jungvermählten am Gordon Square ein eigenes Zuhause zu geben, ziehen Virginia und ihr jüngerer Bruder Adrian an den Fitzroy Square um.

Die Wechselfälle des Lebens bringen weitere Umwälzungen mit sich. Die Bloomsbury Group hat nun zwei Stützpunkte und Virginia schwimmt sich immer mehr frei. Ende 1907 unterrichtet sie Englische Literatur und Geschichte am Londoner Morley College, einer Einrichtung der Erwachsenenbildung. Im Sommer 1909 lernt sie die Aristokratin und Kunstmäzenin Lady Ottoline Morrell kennen und lieben. Die Förderin der Künste schließt sich dem Bloomsbury-Zirkel an; dessen Mitglieder lassen sich gerne von ihrer extravaganten Erscheinung und ihrem exotischen Lebensstil inspirieren. Oft trifft man sich nun am Donnerstagabend in ihrem Haus am Bedford Square. Auch Winston Churchill, der spätere britische Premierminister und Literaturnobelpreisträger, besucht gelegentlich Lady Morrells Salon.

Ein ziemlich kurioses Ereignis aus dem Jahr 1910 belegt wohl schillernder als kaum ein anderes, dass trotz seelischer Krisen und anderer Schicksalsschläge in Virginia immer noch die Phantanautin Lena steckte. Für sie bleiben Realität und Phantasie untrennbar miteinander verwoben und ihr skurriler Humor, dem sie einst den Spitznamen *The Goat* verdankte, lebt nach wie vor. Die Rede ist vom »Dreadnought-Streich« *(Dreadnought hoax)*.

Virginias exzentrischer Freund Horace de Vere Cole ist bei dem Schwindel federführend. Am 10. Februar legen sich er, Virginia und zwei andere »Bloomsberries« orientalische Kostüme sowie falsche Bärte an und schminken sich bis zur Unkenntlichkeit. Virginias Bruder Adrian und ein weiterer Spaßvogel mimen Mitglieder des britischen Außenministeriums.

In dieser Aufmachung reisen die sechs in die südenglische Hafenstadt Weymouth (Dorset), wo sie sich zuvor telegraphisch als abessinische Abordnung angemeldet haben. Hohe Militärs stehen zum Empfang des falschen Prinzen von Abessinien, dem heutigen Äthiopien, bereit. Diese Rolle wird von Cole gespielt. Er lässt Visitenkarten verteilen, die in Suaheli beschriftet sind – richtigerweise hätte es Amharisch sein müssen. Untereinander verständigt sich die Delegation in Latein.

Man zeigt den illustren Gästen das Kriegsschiff *HMS Dreadnought*. Die falschen Orientalen drücken ihre Verzückung in laut gerufenen Phantasiewörtern aus. Der Dolmetscher täuscht einen deutschen Akzent vor, was den Verdacht eines Offiziers erregt – er hält Adrian Stephen für einen Spion Kaiser Wilhelms.

Später spielen die Spaßmacher dem Londoner *Daily Mirror* ein Foto des Empfangs zu und decken den Schabernack auf. Daraufhin kommt es zu einer offiziellen Anfrage im britischen Oberhaus. Den »Bloomsberries« ging es nämlich nicht so sehr um den Spaß, als um den Hinweis darauf, wie leicht sich hohe Staatsdiener von Rang und Namen blenden lassen. Die Nichtigkeit solcher gesellschaftlichen Formen anzuprangern, das war der ernste Hintergrund der Eulenspiegelei.

Im November 1904 hatte Thoby Stephen, einen Freund zum Abendessen mitgebracht. Der knapp vierundzwanzig Jahre junge Mann namens Leonard Woolf (1880–1969) war von der elfenhaften Virginia offenbar mehr angetan als sie von ihm. Später gesteht er ihr seine Liebe. Sie fühlt sich nicht unbedingt körperlich zu ihm hingezogen. Trotzdem rühren sie seine tiefen Gefühle für sie.

Im Januar 1912 wagt er endlich den Heiratsantrag. Virginia zögert. Kurz darauf erleidet sie einen weiteren depressiven Schub. Sie muss sich ins Krankenhaus von Twickenham begeben. Leonard – für die Ärzte ist er ja nur ein Fremder – darf sie nicht besuchen.

Nach ihrer Entlassung willigt Virginia in die Ehe mit ihm ein. »Ich werde Leonard Woolf heiraten«, schreibt sie am 5. Juni 1912 ihrer Freundin Violet Dickinson. Sie liebe ihn nach bestem Vermögen, weil er sie liebe. »Er ist Jude und hat keinen Pfennig. Ich bin glücklicher, als je jemand für möglich gehalten hat …«

Am 10. August 1912 geben sich die zwei das Jawort. Obwohl diese Verbindung nicht unbedingt der heutigen Auffassung von Liebe und Ehe entspricht, hält sie doch bis an Virginias Lebensende. Leonard ist kein Mann von wankelmütigem Herzen. Er duldet Virginias zärtliche Beziehungen zu anderen Frauen und steht ihr in ihren seelischen Krisen bei.

Bereits kurz nach der Hochzeit erleidet sie den dritten mentalen Zusammenbruch. Am 9. September 1913 schluckt sie Schlaftabletten, doch der Selbstmordversuch scheitert. Die Ärzte sagen, sie sei manisch-depressiv; heute sprechen Mediziner von einer bipolaren affektiven Störung. Möglicherweise wurde sie als Kind von ihren vierzehn und zwölf Jahre älteren Halbbrüdern George und Gerald mehrmals unsittlich berührt oder sogar missbraucht. Dessen ungeachtet vertraut Virginia ihren ersten Roman ausgerechnet Gerald zur Veröffentlichung an – *The Voyage Out* (deutsch: *Die Fahrt hinaus*) erscheint 1915 in seinem 1898 gegründeten Verlag Duckworth & Co.

Mittlerweile wohnen Virginia und Leonard in *Hogarth House* im Londoner Stadtteil Richmond. 1917 gründen sie hier den Verlag Hogarth Press. Sie wollen die Werke zeitgenössischer Autoren aus Großbritannien, den USA und Russland herausbringen. Doch aller Anfang ist schwer. Der gesamte Produktionsprozess ihres ersten Buches liegt buchstäblich in den Händen des Paars:

Two Stories enthält, der Name lässt es vermuten, zwei Geschichten, die eine von Virginia und die andere von Leonard.

Da die beiden Jungverleger nicht genügend Lettern besitzen, können sie jeweils nur zwei der insgesamt 34 Seiten drucken. Anschließend müssen sie den Satz auflösen, um die nächsten beiden Seiten zu setzen. Mit ihrer aus zweiter Hand erstandenen Minerva-Tiegeldruckpresse brauchen sie zwei Monate für den Druck. Auch das Binden übernehmen sie selbst.

Nach *Two Stories* entstehen bis 1932 auf ähnliche Weise 34 weitere Bücher. In seinen Lebenserinnerungen wird Leonard später vermerken: »Wir druckten in der Speisekammer, banden die Bücher im Esszimmer und interviewten Autoren, Buchbinder und Drucker in einem Wohnzimmer.«

Während sich der stets auf Sicherheit bedachte Leonard hauptsächlich der kaufmännischen Aufgaben annimmt, kümmert sich Virginia in den Anfangsjahren der Hogarth Press vor allem um die Gewinnung neuer Autoren und das Lektorieren der Manuskripte. Am 8. Dezember 1929 vertraut sie ihrem Tagebuch an: »Ich las & las & habe bestimmt einen Manuskriptstapel von 3 Fuß beendet, sorgfältig gelesen dazu; vieles davon an der Grenze, was daher Nachdenken erforderte.« Neben dem eigenen Werk verlegt das Paar im Laufe der Jahre so bedeutende Autoren T. S. Eliot, Katherine Mansfield, Sigmund Freud, Maxim Gorki, Anton Tschechow, Lew Tolstoj, Fjodor Dostojewski und Rainer Maria Rilke. Einer ihrer größten verlegerischen Fehler lässt uns Leser des Phantanauten-Zyklus' schmunzeln.

Im Jahr 1918 bietet der Ire James Joyce den beiden seinen

Ulysses an. Die Woolfs lehnen ab. Warum? Wollte Lena an dem Roman keinen »Kunstfehler« begehen, der Jim als Autor und ihrer beider Freundschaft womöglich nachhaltig geschadet hätte? Doch diese Argumentation greift nur im Kosmos der Phantanauten. In der richtigen Welt erscheint eine andere Erklärung naheliegender: Das in Fragen der Körperlichkeit ungewohnt freizügige – und später weltberühmte – Werk des Iren verletzte wohl das in jener Zeit vorherrschende Empfinden für Sitte und Anstand.

Im Juli 1919 ersteigert das Ehepaar Woolf für 700 Pfund *Monk's House*, ein schlichtes Cottage im südenglischen Rodmell (Sussex). Im Garten stehen zwei riesige Ulmen: »Virginia und Leonard«, so werden sie von Besuchern und Freunden bald genannt. Über die Jahre erweitern die Woolfs das Anwesen, statten es mit Teppichen, Tapeten, Stoffen, Spiegeln und Fliesen aus. Virginias Schwester Vanessa Bell und der schottische Maler Duncan Grant schaffen phantasievolle Raumteiler. Im Vergleich zum hektischen London ist *Monk's House* ein ruhiger, fast paradiesischer Ort.

Obwohl Virginia über die Jahre immer wieder von seelischen Erschütterungen heimgesucht wird, entwickelt sie sich künstlerisch kontinuierlich weiter. Als James Joyce 1922 endlich seinen *Ulysses* veröffentlicht, erscheint fast zeitgleich Virginias Roman *Jacob's Room*, der ebenso wie das Werk des Iren autobiographische Elemente enthält – bei Virginia ähnelt die Titelfigur stark ihrem verstorbenem Bruder Thoby.

Solche Bezüge auf persönliche Erfahrungen sind das tägliche Handwerk des Schriftstellers, etwas anderes dagegen macht die zwei Autoren zu Literaturrevolutionären.

Beide bevorzugen in den genannten Werken das bisher kaum bekannte Stilmittel des »inneren Monologs« gegenüber der zu ihrer Zeit in Romanen üblichen Erzähltechnik, nach der ein Ereignis, gestreng dem zeitlichen Ablauf, auf das nächste folgen muss. Sie dagegen wenden sich dem Geschehen im Inneren des Menschen zu, seinen Gedanken, was er empfindet, welche Entwicklungen ihn letztlich so und nicht anders entscheiden lassen. Virginia möchte vor allem der Realität des menschlichen Bewusstseins gerecht werden, die dem Auge sonst verborgen bleibt. Eine spannende Handlung interessiert sie weniger.

Diesem ersten »echten« experimentellen Roman werden weitere folgen, doch mit *Jacob's Room* gelingt ihr endgültig der Durchbruch. Sie darf neben James Joyce und Marcel Proust zu Recht als eine Hauptvertreterin der literarischen Moderne angesehen werden. Ihr Ruf als eine der bedeutendsten Schriftstellerinnen des 20. Jahrhunderts begründet sich nicht allein in so richtungweisenden Romanen wie *Jacob's Room, Mrs Dalloway, To the Lighthouse* oder *The Waves* (deutsch: *Die Wellen*). Früh finden überdies ihre theoretischen und kritischen Arbeiten zum Thema »Literatur« Beachtung, darunter auch die oben genannten Rezensionen für *The Times Literary Supplement*. Vor allem die erst nach ihrem

Tod veröffentlichten Tagebücher geben Einblick in die empfindsame Psyche der Schriftstellerin. Sie offenbaren zudem ihren stets kritischen Blick auf die Zeitgenossen.

Ihr Name wird darüber hinaus im Kampf der Frauen um Gleichberechtigung gegenüber dem männlichen Geschlecht häufig genannt. Diese spät beachtete Facette der Virginia Woolf spiegelt sich in Essays wie dem bereits genannten »A room of one's own« oder »Three Guineas« (deutsch: *Drei Guineen*). Breite Würdigung erfuhr die Schriftstellerin dafür erst durch die Frauenbewegung der 1960er-Jahre.

Der Zweite Weltkrieg stürzt Virginia in ihre letzte Lebenskrise. Nach der Kriegserklärung Großbritanniens an Deutschland entscheiden die Woolfs, künftig ganz in *Monk's House* zu leben und nur noch zweimal im Monat zum Verlag nach London zu fahren. Als die Wehrmacht im Mai 1940 Holland und Belgien überfällt, schließt das Paar einen verzweifelten Pakt: Da Leonard Jude und Sozialist ist – für die Nationalsozialisten also gleich zweifach des Todes würdig –, wollen sie im Falle einer deutschen Invasion Englands gemeinsam aus dem Leben scheiden. Zu diesem Zweck besorgen sie sich vorsorglich Gift und horten Benzin in der Garage. Im September desselben Jahres wird ihre Londoner Wohnung bei einem deutschen Bombenangriff stark beschädigt.

Vom Druck dieser Ereignisse ohnehin schon arg niedergebeugt, verausgabt sich Virginia mit ihrem – 1941 posthum erschienenen letzten – Roman *Between the Acts* (deutsch: *Zwischen den Akten*) über die Grenzen ihrer mentalen Kraft hinaus. Am 28. März 1941 nimmt sie sich im Fluss Ouse bei Lewes das Leben. Als gute Schwimmerin will sie nichts schiefgehen lassen und packt sich Steine in die Manteltaschen, bevor sie ins tiefe Wasser steigt. Ihre Leiche wird erst nach drei Wochen gefunden. Leonard liest im Abschiedsbrief seiner Frau folgende Worte:

> *»Alles, außer der Gewissheit Deiner Güte, hat mich verlassen. Ich kann Dein Leben nicht länger ruinieren. Ich glaube nicht, dass zwei Menschen glücklicher hätten sein können, als wir gewesen sind.«*

Ralf Isau

Ergänzende Informationen zur Serie »Der Zirkel der Phantanauten« sind im Web auf der Homepage von Ralf Isau unter www.isau.de/werk/phantanauten zu finden. In dem Romanzyklus ist bei Thienemann ebenfalls erschienen:

Der Tränenpalast

Isau, Ralf:
Metropoly
ISBN 978 3 522 18088 7

Gesamtausstattung: Helmut Poul Dohle; das Porträt von Virginia Woolf auf S. 271 ist einem Schwarzweißphoto aus der Granger Collection, New York nachempfunden (Bildnr. 0012409)
Umschlagtypografie: Michael Kimmerle
Innentypografie: Sabine Conrad
Schrift: Berling, Tempus ITC
Satz: KCS GmbH, Buchholz/Hamburg
Reproduktion: Medienfabrik, Stuttgart
Druck und Bindung: Friedrich Pustet, Regensburg

5 4 3 2 1° 08 09 10 11

www.thienemann.de
www.isau.de
www.poul.de

Die neue Phantastikreihe für Kinder

Ralf Isau

Der Zirkel der Phantanauten – Der Tränenpalast

ab 10 Jahren · 256 Seiten · ISBN 978 3 522 18087 0

Irland, eine uralte Burg, ein geheimnisvoller See, ein ehrwürdiger Lord, Jungen und Mädchen aus aller Welt. Jim soll zeigen, ob er würdig ist, in den Zirkel der Phantanauten aufgenommen zu werden. Er muss Rád retten, eine Welt aus dem Reich seiner Träume. Hier herrscht Perpeto, der nichts so sehr hasst wie die Macht der Phantasie. Deshalb ist er vor allem ein Feind der Kinder, die er in seinem düsteren Tränenpalast gefangenhält. Mit klopfendem Herzen nimmt Jim die Herausforderung an.